Diogenes Taschenbuch 125/2

W. Somerset Maugham

Das glückliche Paar

Gesammelte Erzählungen II

Diogenes

Der vorliegende Text erschien zusammen mit den Bänden
Honolulu und *Vor der Party* zuerst 1972 als Band 1
der *Gesammelten Erzählungen* von W. Somerset Maugham
im Diogenes Verlag.
Umschlagzeichnung von
Tomi Ungerer

40/80/9/3
ISBN 3 257 20332 2

Inhalt

Schein und Wirklichkeit 7
›Appearance and Reality‹, deutsch von Helene Mayer

Die drei dicken Damen von Antibes 25
›The Three Fat Women of Antibes‹, deutsch von Claudia und Wolfgang Mertz

Aufgeklärt 41
›The Facts of Life‹, deutsch von Claudia und Wolfgang Mertz

Gigolo und Gigolette 61
›Gigolo and Gigolette‹, deutsch von Claudia und Wolfgang Mertz

Das glückliche Paar 79
›The Happy Couple‹, deutsch von Helene Mayer

Das Gurren der Turteltaube 95
›The Voice of the Turtle‹, deutsch von Claudia und Wolfgang Mertz

So handelt ein Gentleman 113
›The Lion's Skin‹, deutsch von Claudia und Wolfgang Mertz

Unbesiegt 137
›The Unconquered‹, deutsch von Friedrich Torberg

Die Flucht 167
›The Escape‹, deutsch von Friedrich Torberg

Der Oberste Richterstuhl 173
›The Judgement Seat‹, deutsch von Mimi Zoff

Mister Allwissend 179
›Mr. Know-All‹, deutsch von Friedrich Torberg

Schein und Wirklichkeit

Ich möchte mich nicht für die Wahrheit dieser Geschichte verbürgen, aber ein Professor für Französische Literatur an einer englischen Universität hat sie mir erzählt, und er war, glaube ich, ein Mann von zu lauterer Gesinnung, als daß er sie mir erzählt hätte, wenn sie nicht wahr gewesen wäre. Er hatte die Methode, die Aufmerksamkeit seiner Studenten auf drei französische Schriftsteller zu lenken, die seiner Meinung nach alle Eigenschaften vereinigten, die als Haupttriebfeder des französischen Charakters gelten können. Er sagte, durch ihre Lektüre könne man so viel über das französische Volk erfahren, daß er, wenn er die Macht dazu hätte, den Mitgliedern unserer Regierung, die mit der französischen Nation zu tun haben, nicht gestatten würde, ihre Ämter anzutreten, bevor sie eine recht strenge Prüfung über die Werke dieser Schriftsteller bestanden hätten. Er meinte Rabelais mit seiner *gauloiserie*, eine Art von Zügellosigkeit, die es liebt, einen Spaten für etwas Besseres zu erklären als eine gemeine Schaufel. Lafontaine mit seinem *bon sens*, der einfach gesunder Menschenverstand ist; und schließlich Corneille mit seinem *panache*. Dies wird in den Wörterbüchern mit Federbusch übersetzt – der Federbusch, den der gewappnete Ritter auf dem Helm trug; bildlich gesprochen bedeutet es anscheinend Würde und Prahlerei, Pomp und Heldentum, Hoffart und Stolz. Es war *panache*, der die französischen Herren in Fontenoy zu den Offizieren von König George II. sagen ließ: »Schießen Sie zuerst, meine Herren«; es war *panache*, der den zynischen Lippen Cambronnes bei Waterloo den Ausspruch entlockte: »Die Garde stirbt, aber sie ergibt sich nicht«, und es ist *panache*, der einen bedürftigen französischen Dichter dazu treibt, den ihm zuerkannten Nobelpreis mit einer großartigen Geste zu verschenken. Mein Professor war kein frivoler Mensch, und nach seiner Meinung zeigte die Geschichte, die ich jetzt erzählen will, so deutlich die drei Haupteigenschaften der Franzosen, daß sie einen hohen erzieherischen Wert besitzt.

Ich habe ihr den Titel ›Schein und Wirklichkeit‹ gegeben. Das ist der Titel des, wie ich wohl annehmen darf, bedeutendsten philosophischen Werkes, das mein Land (mit Recht oder

Unrecht) im neunzehnten Jahrhundert hervorgebracht hat. Es ist schwer, aber anregend zu lesen. Es ist in ausgezeichnetem Englisch geschrieben, mit beträchtlichem Humor, und wenn der Laie auch vielen seiner sehr spitzfindigen Behauptungen kaum mit Verständnis folgen kann, hat er immerhin das erregende Gefühl, auf einem geistigen Seil über einem metaphysischen Abgrund zu balancieren, und er beendet die Lektüre des Buches mit dem beruhigenden Eindruck, daß im Grunde alles gleichgültig ist. Es gibt keine andere Entschuldigung dafür, daß ich von dem Titel eines so berühmten Buches Gebrauch mache, als daß er so hervorragend zu meiner Geschichte paßt. Obwohl Lisette nur eine Philosophin in dem Sinn war, wie wir alle Philosophen sind, und sie ihren Verstand dazu benützte, mit den Problemen des Daseins fertig zu werden, so war ihr Gefühl für die Wirklichkeit doch so stark und ihre Sympathie für den Schein so ursprünglich, daß sie beinahe beanspruchen konnte, den Ausgleich von Unvereinbarkeiten erreicht zu haben, den die Philosophen so viele Jahrhunderte hindurch angestrebt haben. Lisette war Französin, und sie verbrachte mehrere Stunden jedes Arbeitstages damit, sich in einem der teuersten und feinsten Modehäuser von Paris an- und auszukleiden. Eine angenehme Beschäftigung für eine junge Frau, die sich ihrer entzückenden Figur wohl bewußt ist. Sie war, kurz gesagt, ein Mannequin. Sie war hochgewachsen genug, um eine Schleppe mit Eleganz vorzuführen, und ihre Hüften waren so schmal, daß sie in Sportkleidung den Duft von Heidekraut hervorzaubern konnte. Ihre langen Beine gestatteten ihr, Pyjamas mit Vornehmheit zu tragen, und ihre schlanke Taille, ihre kleinen Brüste machten den einfachsten Badeanzug hinreißend. Sie konnte alles tragen. Sie konnte sich so in einen Chinchillamantel hüllen, daß die vernünftigsten Leute zugeben mußten, Chinchilla sei doch den Preis wert, der dafür verlangt wurde. Dicke Frauen, plumpe Frauen, untersetzte Frauen, knochige Frauen, alte Frauen, unschöne Frauen saßen in den breiten Sesseln, und weil Lisette so süß aussah, kauften sie die Kleider, die ihr so glänzend standen. Sie hatte große braune Augen, einen großen roten Mund und eine sehr klare Haut, trotz einiger Sommersprossen. Es fiel ihr schwer, diese hochmütige, verdrossene und kühl gleichgültige Haltung zu bewahren, die anscheinend eine Voraussetzung für das Mannequin ist, wenn es gelassenen Schrittes hereinschwebt, sich langsam dreht und mit einem Ausdruck der Verachtung für das Universum, wie er sonst nur vom Kamel erreicht wird, wieder hinausschwebt. Es lag ein verstecktes Blinken in Lisettes großen braunen Augen, und ihre roten Lippen schienen zu zucken, als könnte sich bei der geringsten Veranlassung ein Lächeln auf ihnen ausbreiten. Es war das Blinken, das die Aufmerksamkeit von Monsieur Raymond Le Sueur erregte.

Er saß auf einem unechten Louis-XVI.-Stuhl neben seiner Gattin (auf einem ebensolchen), die ihn überredet hatte, sie zu begleiten, um die Privatvorführung der Frühjahrsmoden anzusehen. Dies war ein Beweis für Monsieur Le Sueurs liebenswürdige Veranlagung, denn er war ein äußerst beschäftigter Mann, der vermutlich weit wichtigere Dinge zu erledigen hatte, als eine Stunde lang dazusitzen und einem Dutzend schöner junger Frauen zuzusehen, wie sie verwirrend verschiedenartige Kleider vorführten. Er konnte nicht erwartet haben, daß irgendeines von ihnen aus seiner Frau etwas anderes machen könnte als das, was sie war: eine große, eckige Frau von fünfzig Jahren, mit beträchtlich überlebensgroßen Gesichtszügen. Er hatte sie wirklich nicht ihres Aussehens wegen geheiratet, und sie hatte das nicht einmal in den ersten berauschenden Tagen ihrer Flitterwochen angenommen. Er hatte sie geheiratet, um die blühenden Stahlwerke, deren Erbin sie war, mit seiner ebenso blühenden Lokomotivfabrik zu vereinigen. Die Ehe war gut ausgefallen. Sie hatte ihm einen Sohn geschenkt, der fast so gut Tennis spielen konnte wie ein Berufsspieler, genauso gut tanzte wie ein Gigolo und sich beim Bridge mit allen Experten messen konnte; und eine Tochter, die er mit einer genügenden Mitgift hatte ausstatten können, um sie mit einem beinahe verbürgt echten Prinzen zu verheiraten. Er hatte Grund, auf seine Kinder stolz zu sein. Durch Beharrlichkeit und angemessene Rechtschaffenheit war es ihm gelungen, die Aktienmehrheit in einer Zuckerraffinerie, einer Filmgesellschaft, einer Firma, die Autos herstellte, und einer Zeitung zu erwerben; und schließlich hatte er genug Geld auszugeben vermocht, um die freie und unabhängige Wählerschaft eines bestimmten Bezirkes dazu zu bewegen, ihn in den Senat zu entsenden. Er war ein Mann von würdevoller Erscheinung, von sympathischer Wohlbeleibtheit und frischer Gesichtsfarbe, mit einem gepflegten, viereckig geschnittenen Bart, einer Glatze und einem Fettwulst im Nacken. Man brauchte nicht auf die rote Rosette, die seinen schwarzen Rock schmückte, zu sehen, um sicher zu sein, daß man eine Persönlichkeit von Bedeutung vor sich hatte. Er war ein Mann von raschen Entschlüssen, und als seine Frau die Schneiderin verließ, um Bridge zu spielen, trennte er sich von ihr und sagte, er wolle sich etwas Bewegung machen und zu Fuß zum Senat gehen, wohin ihn die Pflicht gegenüber dem Vaterland rief. Er ging jedoch nicht so weit, sondern begnügte sich damit, sich diese Bewegung in einer Seitenstraße zu machen, in der, wie er richtig vermutete, die jungen Damen des Modehauses bei Geschäftsschluß auftauchen würden. Er hatte kaum eine Viertelstunde gewartet, als das Erscheinen einer Anzahl von Frauen in Gruppen, einige jung und hübsch, andere nicht so jung und durchaus nicht hübsch, ihn davon unterrichtete, daß der Moment gekommen war, und in zwei oder drei Minuten trippelte Lisette auf die Straße. Der Senator war sich wohl bewußt, daß sein Aussehen und sein Alter nicht von vornherein anziehend auf junge Frauen wirken mochte, aber er hatte die Erfahrung gemacht, daß sein Reichtum und seine Stellung diese Nachteile ausglichen. Lisette hatte eine Begleiterin bei sich, was einen Mann von geringerer Bedeutung vielleicht abgehalten hätte, den Senator aber keinen Augenblick zögern ließ; er ging auf sie zu, nahm seinen Hut höflich ab, jedoch nicht so weit, daß man sehen konnte, wie kahlköpfig er war, und wünschte ihr einen guten Abend.

»Bonsoir, Mademoiselle«, sagte er mit einem verbindlichen Lächeln.

Sie warf ihm einen ganz flüchtigen Blick zu, und ihre vollen roten Lippen, auf denen ein ganz schwaches Lächeln lag, erstarrten; sie wandte den Kopf ab, fing ein lebhaftes Gespräch mit ihrer Freundin an und ging weiter, indem sie sich den sehr gelungenen Anschein höchster Gleichgültigkeit gab. Keineswegs dadurch aus der Fassung gebracht, kehrte der Senator um und folgte den beiden Mädchen in einer Entfernung von einigen Metern. Sie gingen die kleine Seitengasse entlang, kamen dann auf den Boulevard und nahmen an der Place de la Madeleine einen Bus. Der Senator war sehr befriedigt. Er hatte eine Anzahl korrekter Schlüsse gezogen. Die Tatsache, daß sie augenscheinlich mit einer Freundin nach Hause ging, bewies, daß sie keinen beglaubigten Verehrer hatte. Die Tatsache, daß sie sich abgewandt hatte, als er sie anredete, zeigte, daß sie besonnen und bescheiden und gut erzogen war, was er bei hübschen jungen Frauen schätzte; und ihr Kostüm, der einfache schwarze Hut und ihre kunstseidenen Strümpfe deuteten an, daß sie arm und darum tugendhaft war. In dieser Kleidung sah sie genauso reizvoll aus wie in den prächtigen Gewändern, in denen er sie vorher gesehen hatte. Er hatte ein seltsames kleines Gefühl in seinem Herzen. Er hatte diese merkwürdige Empfindung, die erfreulich und doch auch schmerzlich war, seit mehreren Jahren nicht mehr gehabt, aber er erkannte sie sofort.

»Das ist Liebe, weiß der Himmel«, murmelte er.

Er hatte solche Gefühle nicht mehr erwartet, und mit gestrafften Schultern schritt er zuversichtlich aus. Er ging zum Büro eines Privatdetektivs und hinterließ dort den Auftrag, daß Auskünfte eingeholt werden sollten über eine junge Person mit Namen Lisette, die als Mannequin in der und der Firma angestellt war; und dann erinnerte er sich, daß im Senat die amerikanische Anleihe an der Tagesordnung war, worauf er sich von einem Taxi zu dem imponierenden Gebäude fahren ließ, dort in die Bibliothek ging, wo ein Lehnstuhl stand, den er sehr gern hatte, und wo er ein angenehmes Schläfchen hielt. Die Auskunft, die er verlangt hatte, erreichte ihn drei Tage später. Sie war ihr Geld wert. Mademoiselle Lisette Larion lebte bei einer verwitweten Tante in einer Zweizimmerwohnung im Pariser Bezirk Batignolles. Ihr Vater, ein verwundeter Held des großen Krieges, hatte ein *bureau de tabac* in einem Landstädtchen im Südwesten Frankreichs. Die Miete für die Wohnung betrug zweitausend Francs. Sie führte ein regelmäßiges Leben, ging aber gern ins Kino, hatte anscheinend keinen Liebhaber und war neunzehn Jahre alt. Die Concierge des Mietshauses äußerte sich günstig über sie, und ihre Kolleginnen im Geschäft hatten sie gern. Offenbar war sie ein sehr anständiges junges Mädchen, und der Senator konnte nicht umhin zu finden, daß sie hervorragend geeignet war, die freien Stunden eines Mannes angenehm auszufüllen, der eine Entspannung von den Staatsgeschäften und dem harten Druck der großen Finanztransaktionen suchte.

Es erübrigt sich, im einzelnen zu erzählen, welche Schritte Monsieur Le Sueur unternahm, um das ihm vorschwebende

Ziel zu erreichen. Er war zu bedeutend und zu sehr beschäftigt, um sich selber mit der Sache zu befassen; aber er hatte einen Privatsekretär, der sehr geschickt mit noch unentschlossenen Wählern umzugehen wußte, und der es jedenfalls verstand, einem jungen Mädchen, das anständig, aber arm war, die möglichen Vorteile einer solchen Freundschaft auszumalen. Der Privatsekretär machte einen Besuch bei der verwitweten Tante, Madame Saladin, und setzte ihr auseinander, daß Monsieur Le Sueur, immer seiner Zeit voraus, sich neuerdings für Filme interessiere und tatsächlich im Begriff sei, einen solchen herzustellen. (Dies zeigt, wie ein kluger Kopf eine Sache verwerten kann, die ein gewöhnlicher Mensch als unbedeutend übergangen hätte.) Mademoiselle Lisettes Erscheinung in jenem Modehaus und ihre blendende Art, die Kleider zu tragen, sei Monsieur Le Sueur aufgefallen, und es sei ihm der Gedanke gekommen, daß sie für eine Rolle, die er ihr zugedacht hatte, sehr geeignet sein müßte. (Wie alle intelligenten Leute blieb der Senator immer möglichst nahe an der Wahrheit.) Der Privatsekretär lud dann Madame Saladin und ihre Nichte zu einem Diner ein, bei dem sie sich näher kennenlernen würden und der Senator beurteilen könnte, ob Mademoiselle Lisette die von ihm vermutete Eignung für die Leinwand wirklich besitze. Madame Saladin sagte, sie wolle ihre Nichte fragen, schien aber den Vorschlag durchaus annehmbar zu finden.

Als Madame Saladin diese Aufforderung Lisette übermittelte und den Rang, die Würde und Bedeutung ihres großzügigen Gastgebers hervorhob, zuckte diese junge Person verächtlich ihre hübschen Schultern.

»*Cette vieille carpe*«, sagte sie, was mit ›So ein alter Karpfen‹ zu übersetzen wäre.

»Was macht das, wenn er ›ein alter Karpfen‹ ist, sofern er dir eine Rolle verschafft?« sagte Madame Saladin.

»*Et ta sœur*«, sagte Lisette.

Diese Redensart, die natürlich heißt: ›Und deine Schwester‹ und harmlos genug und sogar sinnlos klingt, ist ein wenig ordinär und wird, glaube ich, von guterzogenen jungen Mädchen nur gebraucht, wenn sie Ärgernis erregen wollen. Sie drückt den äußersten Unglauben aus, und die einzig richtige Übersetzung in die volkstümliche Sprache ist zu gemein für meine keusche Feder.

»Auf alle Fälle bekämen wir ein fabelhaftes Essen«, sagte Madame Saladin. »Du bist immerhin kein Kind mehr.«

»Hat er gesagt, wo wir soupieren würden?«

»Im Château de Madrid. Jedermann weiß, daß es das teuerste Lokal der Welt ist.«

Dagegen ist nichts einzuwenden. Das Essen ist sehr gut, der Keller berühmt, und seine Lage macht es an einem schönen Abend im Frühsommer zu einem bezaubernden Ort. Ein reizendes Grübchen erschien in Lisettes Wange und ein Lächeln auf ihrem großen roten Mund. Sie hatte tadellose Zähne.

»Ich könnte ein Kleid vom Geschäft leihen«, murmelte sie.

Einige Tage später holte der Privatsekretär des Senators sie mit einem Taxi ab und brachte Madame Saladin und ihre anziehende Nichte zum Bois de Boulogne. Lisette sah entzükkend aus in einem der erfolgreichsten Modelle der Firma, und Madame Saladin äußerst achtbar in ihrem eigenen Schwarzseidenen und einem Hut, den Lisette für diese Gelegenheit gemacht hatte. Der Sekretär stellte die Damen Monsieur Le Sueur vor; er empfing sie mit der milden Würde eines Politikers, der die Gattin und Tochter eines geschätzten Wählers liebenswürdig begrüßt: in seiner schlauen Art nahm er an, daß die Leute an den Nachbartischen, die ihn kannten, genau dies über seine Gäste denken würden. Das Diner verlief sehr angenehm, und kaum einen Monat später zog Lisette in eine reizende kleine Wohnung, die in praktischer Entfernung sowohl von ihrer Arbeitsstätte wie auch vom Senat lag und von einem modernen Innenarchitekten eingerichtet worden war. Monsieur Le Sueur wünschte, daß Lisette weiterarbeiten sollte. Es paßte ihm sehr gut, daß sie während der Stunden, die er den Geschäften widmen mußte, etwas zu tun hatte, denn das bewahrte sie vor Torheiten, und er wußte sehr wohl, daß eine Frau, die den ganzen Tag nichts zu tun hat, viel mehr Geld ausgibt als eine, die beschäftigt ist. Ein kluger Mann denkt an solche Dinge.

Verschwendungssucht war jedoch ein Laster, das Lisette fern lag. Der Senator war zärtlich und freigebig. Es war ihm eine Quelle der Befriedigung, daß Lisette sehr bald anfing, Geld zu sparen. Sie führte ihren Haushalt wirtschaftlich und kaufte ihre Kleider zum Nettopreis, und jeden Monat schickte sie eine gewisse Summe nach Hause an ihren Heldenvater, der damit kleine Grundstücke erwarb. Sie fuhr fort, ein ruhiges und bescheidenes Leben zu führen, und Monsieur Le Sueur freute sich, von der Concierge, die ihren Sohn gern in einem Regierungsbüro untergebracht hätte, zu erfahren, daß Lisettes einzige Besucher ihre Tante und ein oder zwei Mädchen aus dem Geschäft waren.

Der Senator war in seinem ganzen Leben noch nie so glücklich gewesen. Es befriedigte ihn sehr zu denken, daß selbst in dieser Welt eine gute Tat belohnt wurde, denn hatte er nicht aus reiner Güte an jenem Nachmittag, da sie im Senat die amerikanische Anleihe behandelten, seine Frau zur Schneiderin begleitet und auf diese Weise zum erstenmal die reizende Lisette gesehen? Je näher er sie kennenlernte, desto vertrauter war er mit ihr. Sie war eine höchst angenehme Gefährtin. Sie war heiter und gutmütig. Ihre Intelligenz war beachtlich, und sie konnte klug zuhören, wenn er geschäftliche Dinge oder Staatsangelegenheiten mit ihr besprach. Sie wirkte ausruhend auf ihn, wenn er müde war, und munterte ihn auf, wenn er Depressionen hatte. Sie freute sich, wenn er kam – und er kam oft, meistens von fünf bis sieben –, und war betrübt, wenn er wegging. Sie erweckte den Eindruck in ihm, daß er nicht nur ihr Geliebter, sondern auch ihr Freund war. Manchmal speisten sie zusammen in ihrer Wohnung zu Abend, und die gut zusammengestellte Mahlzeit, die freundliche Behaglichkeit ließ ihn den Reiz der Häuslichkeit lebhaft schätzen. Seine Freunde erklärten dem Senator, er sähe zwanzig Jahre jünger aus. Er fühlte sich auch so. Er war sich seines Glückes bewußt. Er konnte aber auch nicht umhin zu finden, daß ihm das nach einem Leben ehrlicher Bemühung und öffentlicher Dienstleistung durchaus gebührte.

So bedeutete es für ihn, nachdem sich alles fast zwei Jahre lang so angenehm entwickelt hatte, einen Schlag, als er in der Frühe eines Sonntagmorgens von einem Besuch in seinem Wahlkreis, der über das Wochenende hätte dauern sollen, unerwartet nach Paris zurückkam. Er öffnete die Wohnungstür mit seinem Schlüssel, in der Erwartung, an diesem Ruhetag Lisette im Bett vorzufinden, und überraschte sie beim Frühstück in ihrem Schlafzimmer, im *Tête-à-tête* mit einem jungen Herrn, den er nie zuvor gesehen hatte und der seinen (des Senators) nagelneuen Schlafanzug trug. Lisette war überrascht, ihn zu sehen. Sie fuhr sogar merklich zusammen.

»*Tiens*«, sagte sie. »Wo kommst du denn her? Ich habe dich nicht vor morgen erwartet.«

»Das Ministerium ist gestürzt«, erwiderte er automatisch. »Man hat nach mir geschickt. Man will mir das Innenministerium anbieten.« Aber das war gar nicht das, was er sagen wollte. Er warf dem Herrn, der seinen Schlafanzug trug, einen wütenden Blick zu.

»Wer ist dieser junge Mann?« rief er.

Lisettes großer roter Mund öffnete sich zu einem höchst verführerischen Lächeln.

»Mein Liebhaber«, antwortete sie.

»Hältst du mich für einen Idioten?« schrie der Senator. »Das sehe ich, daß es dein Liebhaber ist.«

»Warum fragst du dann?«

Monsieur Le Sueur war ein Mann der Tat. Er ging geradewegs zu Lisette hin und schlug sie mit seiner linken Hand kräftig auf ihre rechte Wange, und dann schlug er sie mit seiner rechten Hand kräftig auf ihre linke Wange.

»Scheusal!« rief Lisette.

Er wandte sich dann zu dem jungen Mann, der diesem Akt der Gewalt mit einiger Verlegenheit zugesehen hatte, und indem er sich zu seiner vollen Größe aufrichtete, schleuderte er seinen Arm nach vorn und deutete mit einem dramatischen Finger auf die Türe.

»Hinaus«, rief er, »hinaus!«

Man hätte annehmen können – so gebieterisch war der Anblick dieses Mannes, der gewohnt war, eine Versammlung ärgerlicher Steuerzahler zu zähmen und mit einem Stirnrunzeln die jährliche Hauptversammlung enttäuschter Aktionäre zu leiten –, daß der junge Mann zur Türe gestürzt wäre; aber er blieb an seinem Platz, unentschlossen zwar, aber er blieb; er warf Lisette einen beschwörenden Blick zu und zuckte leicht mit den Schultern.

»Worauf warten Sie noch?« schrie der Senator. »Wollen Sie, daß ich Gewalt anwende?«

»Er kann nicht in seinem Schlafanzug weggehen«, sagte Lisette.

»Das ist nicht sein Schlafanzug, sondern mein Schlafanzug.«

»Er wartet auf seine Kleider.«

Monsieur Le Sueur sah sich im Zimmer um und entdeckte

auf dem Stuhl hinter ihm, unordentlich hingeworfen, eine Auswahl männlicher Kleidungsstücke. Der Senator heftete einen verächtlichen Blick auf den jungen Mann.

»Nehmen Sie Ihre Kleider, Monsieur«, sagte er mit kalter Geringschätzung.

Der junge Mann raffte sie in seinen Armen zusammen, hob die Schuhe auf, die auf dem Boden lagen, und verließ rasch das Zimmer. Monsieur Le Sueur hatte eine bedeutende Redebegabung. Noch nie hatte er sie zu einem besseren Zweck angewandt. Er erklärte Lisette, was er von ihr hielt. Es war nicht schmeichelhaft. Er schilderte ihre Undankbarkeit in den schwärzesten Farben. Er durchstöberte ein umfangreiches Vokabular nach schimpflichen Bezeichnungen für sie. Er rief alle himmlischen Mächte als Zeugen an, daß noch nie eine Frau mit so grobem Betrug das in sie gesetzte Vertrauen eines ehrlichen Mannes vergolten hatte. Kurzum, er sagte alles, was Ärger, verletzte Eitelkeit und Enttäuschung ihm eingaben. Lisette machte keine Verteidigungsversuche. Sie hörte schweigend, mit gesenkten Augen zu, während sie das Brötchen, das sie durch das Erscheinen des Senators nicht hatte fertig essen können, mechanisch zerkrümelte. Er warf einen gereizten Blick auf ihren Teller.

»Ich war so darauf bedacht, daß du zuallererst meine große Neuigkeit hören solltest. Darum bin ich gleich vom Bahnhof hierher gekommen. Ich hatte damit gerechnet, mein *petit déjeuner* am Fußende deines Bettes einzunehmen.«

»Mein armer Liebling, hast du noch nicht gefrühstückt? Ich bestelle sofort frischen Kaffee für dich.«

»Ich will keinen.«

»Unsinn. Bei der großen Verantwortung, die du auf dich nehmen sollst, mußt du bei Kräften bleiben.«

Sie klingelte, und als das Mädchen erschien, bestellte sie heißen Kaffee. Er wurde gebracht, und Lisette schenkte ihn ein. Er rührte ihn nicht an. Sie bestrich ein Brötchen mit Butter. Er zuckte mit den Schultern und begann zu essen. Dazwischen machte er einige Bemerkungen über die Falschheit der Frauen. Sie blieb stumm.

»Immerhin ist es etwas«, sagte er, »daß du nicht die Unverschämtheit hast, einen Versuch zu deiner Verteidigung zu machen. Du weißt, daß ich nicht der Mann bin, den man ungestraft schlecht behandelt. Ich bin der Inbegriff von Großzügigkeit, wenn Leute sich mir gegenüber gut benehmen, aber wenn sie sich schlecht benehmen, bin ich unerbittlich. Sobald ich meinen Kaffee getrunken habe, werde ich diese Wohnung für immer verlassen.«

Lisette seufzte.

»Ich will dir jetzt sagen, daß ich eine Überraschung für dich vorbereitet hatte. Ich hatte beschlossen, den zweiten Jahrestag unserer Freundschaft damit zu feiern, daß ich eine Geldsumme für dich aussetze, um dir eine bescheidene Unabhängigkeit zu sichern, für den Fall, daß mir etwas zustoßen sollte.«

»Wieviel?« fragte Lisette düster.

»Eine Million Francs.«

Sie seufzte wieder. Plötzlich traf den Senator etwas Weiches am Hinterkopf, und er zuckte zusammen.

»Was ist das?« rief er.

»Er gibt deinen Schlafanzug zurück.«

Der junge Mann hatte die Türe aufgemacht, den Schlafanzug dem Senator rasch an den Kopf geworfen und sie gleich wieder geschlossen. Der Senator befreite sich von den seidenen Beinkleidern, die ihm um den Hals hingen.

»Was für eine Art, ihn zurückzugeben! Dein Freund hat kein Benehmen.«

»Natürlich hat er nicht deine Vornehmheit«, murmelte Lisette.

»Und vielleicht meine Intelligenz?«

»Oh, nein.«

»Ist er reich?«

»Er hat keinen Sou.«

»Was in aller Welt siehst du dann in ihm?«

»Er ist jung«, sagte Lisette lächelnd.

Der Senator schaute auf seinen Teller, und eine Träne stieg ihm ins Auge und rollte die Wange hinunter in den Kaffee. Lisette sah ihn freundlich an.

»Mein armer Freund, man kann nicht alles im Leben haben«, sagte sie.

»Ich wußte, daß ich nicht jung bin. Aber meine Stellung, mein Vermögen, meine Vitalität! Ich dachte, das sei ein Ausgleich. Es gibt Frauen, die nur Männer in einem gewissen Alter mögen. Es gibt berühmte Schauspielerinnen, die es als

Ehre betrachten, die kleine Freundin eines Ministers zu sein. Ich bin zu wohlerzogen, um dir deine Herkunft vorzuwerfen, aber die Tatsache bleibt bestehen, daß du ein Mannequin bist und daß ich dich aus einer Wohnung herausgeholt habe, deren Miete nur zweitausend Francs im Jahr beträgt. Es war für dich ein Aufstieg.«

»Als Tochter armer, aber ehrlicher Eltern habe ich keinen Grund, mich meiner Herkunft zu schämen, und du darfst mir keine Vorwürfe machen, weil ich meinen Unterhalt auf bescheidene Art verdient habe.«

»Liebst du diesen Jungen?«

»Ja.«

»Und mich nicht?«

»Dich auch. Ich liebe euch beide, aber auf verschiedene Weise. Ich liebe dich, weil du so vornehm bist und weil deine Konversation belehrend und interessant ist. Ich liebe dich, weil du gütig und großzügig bist. Ich liebe ihn, weil seine Augen so groß sind und sein Haar gewellt ist, und weil er himmlisch tanzt. Das ist ganz natürlich.«

»Du weißt, daß ich meiner Stellung wegen dich nicht in Tanzlokale führen kann, und vermutlich wird er, wenn er in meinem Alter ist, auch nicht mehr Haare haben als ich.«

»Das mag wohl stimmen«, gab Lisette zu, aber sie fand das belanglos.

»Was wird deine Tante dazu sagen, wenn sie erfährt, was du getan hast?«

»Es wird nicht gerade eine Überraschung für sie sein.«

»Willst du damit sagen, daß diese ehrenwerte Frau dein Verhalten billigt? O *tempora, o mores!* Wie lange dauert das denn schon?«

»Seitdem ich ins Geschäft gehe. Er reist für ein großes Seidenhaus in Lyon. Er kam eines Tages mit seinen Mustern herein. Wir gefielen uns gegenseitig.«

»Aber deine Tante war doch da, um dich von den Versuchungen, denen ein junges Mädchen in Paris ausgesetzt ist, zu bewahren. Sie hätte dir nie erlauben dürfen, etwas mit dem jungen Mann zu tun zu haben.«

»Ich habe sie nicht um Erlaubnis gefragt.«

»Es genügt, die grauen Haare deines armen Vaters ins Grab zu bringen. Hast du gar nicht an die Wunden dieses Helden gedacht, dessen Verdienste um das Vaterland mit der Lizenz für Tabakverkauf belohnt wurden? Denkst du nicht daran, daß diese Abteilung mir als Innenminister untersteht? Ich befände mich im Recht, wenn ich die Lizenz wegen deiner offenbaren Unmoral aufheben würde.«

»Ich weiß, daß du viel zu sehr Gentleman bist, um etwas so Heimtückisches zu tun.«

Er machte eine eindrucksvolle, wenn auch vielleicht etwas zu dramatische Geste.

»Befürchte nichts. Ich werde mich nie so weit erniedrigen, mich an einem Mann, dem das Vaterland Dank schuldet, für die Missetaten eines Geschöpfes zu rächen, das zu verachten meine Würde mir gebietet.«

Er widmete sich wieder seinem unterbrochenen Frühstück. Lisette sagte nichts, und es lag ein Schweigen zwischen ihnen. Aber nach Befriedigung seines Appetits schlug seine Stimmung um: er begann eher sich selbst zu bedauern, als über sie ärgerlich zu sein, und mit einer merkwürdigen Ahnungslosigkeit in bezug auf das weibliche Herz glaubte er Lisettes Reue dadurch zu erwecken, daß er sich als ein Objekt des Mitleids hinstellte.

»Es ist schwer, eine vertraut gewordene Gewohnheit aufzugeben. Es war eine Entspannung und ein Trost für mich, hierherzukommen, wenn ich bei meinen vielen Beschäftigungen einen Augenblick erübrigen konnte. Wirst du mich ein wenig vermissen, Lisette?«

»Natürlich.«

Er seufzte tief auf.

»Ich hätte dir nie zugetraut, daß du mich so hintergehst.«

»Es ist das Hintergangensein, das nagt«, murmelte sie nachdenklich. »Männer sind in dieser Hinsicht komisch. Sie können es nicht verzeihen, zum Narren gehalten worden zu sein. Das kommt daher, daß sie so eitel sind. Sie messen Dingen Bedeutung zu, die ganz unwichtig sind.«

»Nennst du es ganz unwichtig, daß ich dich beim Frühstück mit einem jungen Mann überrasche, der meinen Schlafanzug trägt?«

»Wenn er mein Mann wäre und du mein Liebhaber, würdest du es für ganz selbstverständlich halten.«

»Allerdings. Denn dann würde ich ihn hintergehen, und meine Ehre wäre gewahrt.«

»Kurz gesagt, ich brauche ihn nur zu heiraten, um die Situation ganz in Ordnung zu bringen.«

Einen Augenblick lang verstand er nicht. Dann schoß der Sinn ihrer Bemerkung durch seinen klugen Kopf, und er warf ihr einen raschen Blick zu. Ihre schönen Augen hatten das Blinken, das er immer so verführerisch fand, und auf ihrem großen roten Mund lag die Andeutung eines schelmischen Lächelns.

»Vergiß nicht, daß ich als Mitglied des Senats nach allen Traditionen der Republik die autorisierte Hauptstütze der Moral und der guten Sitten bin.«

»Fällt das bei dir sehr schwer ins Gewicht?«

Er strich sich mit einer beherrschten und würdevollen Bewegung über seinen schönen viereckigen Bart.

»Keinen Pfifferling«, erwiderte er, aber der Ausdruck, den er gebrauchte, hatte eine gallische Breite, die vielleicht seine mehr konservativen Anhänger peinlich berührt hätte.

»Würde er dich heiraten?« fragte er.

»Er betet mich an. Natürlich würde er mich heiraten. Wenn ich ihm sage, daß ich eine Million Francs Mitgift habe, würde er sich nichts Besseres wünschen.«

Monsieur Le Sueur warf ihr wieder einen Blick zu. Als er ihr in einem Augenblick des Ärgers gesagt hatte, daß es seine Absicht gewesen sei, ihr eine Million Francs auszusetzen, hatte er ziemlich stark übertrieben, weil er ihr zeigen wollte, wieviel ihr Verrat sie kostete. Aber er war nicht der Mann, sich zurückzuziehen, wenn es um seine Würde ging.

»Es ist viel mehr, als ein junger Mann in seiner Lebensstellung beanspruchen könnte. Aber wenn er dich anbetet, würde er dauernd an deiner Seite sein.«

»Habe ich dir nicht gesagt, daß er Geschäftsreisender ist? Er kann nur über das Wochenende nach Paris kommen.«

»Das ist natürlich eine ganz andere Sache«, sagte der Senator. »Es würde ihm selbstverständlich eine Befriedigung bedeuten, zu wissen, daß ich während seiner Abwesenheit da wäre, um dich im Auge zu behalten.«

»Eine beträchtliche Befriedigung«, sagte Lisette.

Um das Gespräch zu erleichtern, erhob sie sich von ihrem Sitz und machte es sich auf den Knien des Senators bequem. Er drückte ihre Hand zärtlich.

»Ich habe dich sehr gern, Lisette«, sagte er. »Ich möchte nicht, daß dir ein Fehler unterläuft. Bist du sicher, daß er dich glücklich machen wird?«

»Ich glaube es.«

»Ich werde sorgfältige Erkundigungen einziehen. Ich würde dir nie gestatten, jemanden zu heiraten, der nicht von musterhaftem Charakter und einwandfreier Moral wäre. In unser aller Interesse müssen wir über diesen jungen Mann, den wir in unser Leben hereinbringen, genau Bescheid wissen.«

Lisette erhob keinen Einspruch. Sie war sich klar darüber, daß der Senator alles gerne ordentlich und methodisch in Angriff nahm. Er bereitete sich jetzt darauf vor, sie zu verlassen. Er wollte seine wichtige Neuigkeit Madame Le Sueur mitteilen, und er mußte sich mit verschiedenen Mitgliedern seiner Fraktion in Verbindung setzen.

»Es ist nur noch eins«, sagte er, als er sich von Lisette liebevoll verabschiedete, »wenn du dich verheiratest, muß ich darauf bestehen, daß du deine Arbeit aufgibst. Der Platz für die Frau ist das Heim, und es verstößt gegen alle meine Prinzipien, daß eine verheiratete Frau einem Mann das Brot vom Munde nimmt.«

Lisette überlegte, daß ein kräftiger junger Mann ziemlich komisch aussehen würde, wenn er mit wiegenden Hüften über den Steg schritte, um die letzten Modelle vorzuführen, aber sie respektierte die Prinzipien des Senators.

»Es soll so geschehen, wie du es wünscht, Liebling«, sagte sie.

Die Erkundigungen, die er einholte, waren zufriedenstellend, und die Heirat fand an einem Samstagvormittag statt, sobald die gesetzlichen Formalitäten erledigt waren. Monsieur Le Sueur, Innenminister, und Madame Saladin waren Zeugen. Der Bräutigam war ein schlanker junger Mann mit einer geraden Nase, schönen Augen und schwarzem welligem Haar, das von der Stirne zurückgebürstet war. Er sah eher aus wie ein Tennisspieler als wie ein Reisender in Seide. Der Bürgermeister, durch die erhabene Anwesenheit des Innenministers beeindruckt, hielt nach französischer Gepflogenheit eine Rede. Er begann damit, dem jungen Paar zu sagen, was sie vermutlich schon wußten. Er teilte dem Bräutigam mit, daß er der Sohn ehrenwerter Eltern sei und einen geachteten Beruf ausübe. Er beglückwünschte ihn, daß er den Bund der Ehe in einem Alter schließe, in dem viele junge Männer nur an ihr Vergnügen dächten. Er erinnerte die Braut daran, daß ihr Vater ein Held des großen Krieges sei, dessen glorreiche Wunden durch die Lizenz für einen Tabakladen belohnt worden seien, und er sagte ihr, daß sie auf anständige Weise ihren Unterhalt verdient habe, seit sie nach Paris gekommen sei, in einer Firma, die ein Ruhmesblatt für französischen Geschmack und Luxus darstelle. Der Bürgermeister hatte eine literarische Ader, und er erwähnte kurz verschiedene berühmte Liebespaare der Dichtung: Romeo und Julia, deren kurze, aber legitime Verbindung durch ein bedauerliches Mißverständnis unterbrochen wurde, Paul und Virginie, die lieber ihren Tod in den Wellen fand, als durch Abwerfen der Kleider ihre Sittsamkeit zu verletzen, und endlich Daphnis und Chloë, die ihre Heirat nicht vollzogen hatten, bevor sie von der legitimen Behörde sanktioniert worden war. Er sprach so rührend, daß Lisette ein paar Tränen vergoß. Er machte Madame Saladin ein Kompliment, daß sie durch ihr Beispiel und ihre Vorschriften ihre junge und schöne Nichte vor den Gefahren, die einem jungen Mädchen in einer großen Stadt drohen, bewahrt habe, und endlich gratulierte er dem glücklichen Paar zu der Ehre, die der Herr Innenminister ihnen erwiesen habe, indem er als Trauzeuge erschien. Es sei ein Beweis für ihre eigene Redlichkeit, daß dieser Industriekapitän und bedeutende Staatsmann Zeit gefunden habe, Leuten in ihrer einfachen Lebenslage einen solchen Dienst anzubieten, und es beweise nicht nur die Vortrefflichkeit seines Herzens, sondern auch sein lebhaftes Pflichtgefühl. Seine Handlungsweise zeige, daß er den Wert früher Eheschließung schätze, die Sicherheit der Familie bekräftige und die Wünschbarkeit von Nachwuchs betone, um die Macht, den Einfluß und die Bedeutung des schönen Landes Frankreich zu erhöhen. Es war in der Tat eine sehr gute Rede.

Das Hochzeitsfrühstück fand im Château de Madrid statt, das für Monsieur Le Sueur eine sentimentale Bedeutung besaß. Es ist schon erwähnt worden, daß sich unter den vielen Beteiligungen des Ministers (wie wir ihn jetzt nennen müssen) unter anderm auch eine Autofabrik befand. Sein Hochzeitsgeschenk für den Bräutigam war ein sehr hübscher Zweisitzer eigenen Fabrikats, und in diesem begab sich nach dem Essen das junge Paar auf die Hochzeitsreise. Diese konnte sich nur über das Wochenende erstrecken, da der junge Mann an seine Arbeit zurückkehren mußte, die ihn nach Marseille, Toulon und Nizza führte. Lisette küßte ihre Tante, und sie küßte Monsieur Le Sueur.

»Montag um fünf Uhr«, flüsterte sie ihm zu.

»Ich werde kommen«, erwiderte er.

Sie fuhren davon, und einen Augenblick schauten Monsieur Le Sueur und Madame Saladin dem flotten gelben Wagen nach.

»Wenn er sie nur glücklich macht«, seufzte Madame Saladin, die an Champagner mittags nicht gewöhnt war und sich unvernünftig melancholisch fühlte.

»Wenn er sie nicht glücklich macht, wird er mit mir zu rechnen haben«, sagte Monsieur Le Sueur eindrucksvoll.

Sein Wagen fuhr vor.

»*Au revoir, chère Madame.* Sie werden an der Avenue de Neuilly einen Bus bekommen.«

Er stieg in seinen Wagen, und als er an die Staatsangelegenheiten dachte, die auf ihn warteten, seufzte er zufrieden. Es war entschieden seiner Stellung viel angemessener, daß seine Mätresse nicht ein kleines Mannequin in einem Modehaus war, sondern eine anständige verheiratete Frau.

Die drei dicken Damen von Antibes

Die erste war Witwe und hieß Mrs. Richman; die zweite, eine zweifach geschiedene Amerikanerin, hieß Mrs. Sutcliffe, und die dritte – unverheiratet – Miss Hickson. Sie alle waren in die behaglichen Vierziger vorgerückt und besaßen viel Geld. Mrs. Sutcliffe hörte auf den ausgefallenen Vornamen Arrow. Als sie noch schlank und knusprig war, mochte sie den ›Pfeil‹ gut leiden, das paßte zu ihr, verlockte zu etwas allzu häufigen, doch sehr schmeichelhaften Scherzen und entsprach, wie sie sich einredete, auch ihrem geradlinigen, quicken und zielbewußten Naturell. Jetzt schätzte sie Arrow weniger, seit ihre zarten Züge auseinanderliefen, Arme und Brüste sich mächtig rundeten und ebenso die gewichtigen Hüften. Es wurde zunehmend schwierig, ein Kleid zu finden, in dem sie so aussah, wie sie aussehen wollte, die Witzeleien über ihren Namen machte man nun hinter ihrem Rücken, und sie wußte genau, wie wenig schmeichelhaft sie waren. Aber sie fühlte sich durchaus noch in den besten Jahren: sie trug unverdrossen Blau, um die Farbe ihrer Augen zu betonen, und ihr blondes Haar behielt dank kunstvoller Pflege seinen leuchtenden Glanz. An Beatrice Richman und Frances Hickson gefiel ihr vor allem der bedeutend größere Umfang der beiden, sie wirkte daneben doch sehr schlank; auch waren beide älter und behandelten Mrs. Sutcliffe gern als ein junges Dingelchen, was ihr nicht unangenehm war. Gutmütig neckten sie sie mit ihren Verehrern, beide verschwendeten nämlich keinen Gedanken an diesen Unfug, ja, Miss Hickson hatte ihn nie in Betracht gezogen; doch Arrows Flirts verfolgten sie mit Wohlwollen und glaubten fest daran, daß sie in allernächster Zeit einen dritten Mann beglücken würde.

»Du darfst aber nicht zunehmen, Schatz«, sagte Mrs. Richman.

»Und prüfe um Himmels willen sein Bridge!« mahnte Miss Hickson.

Sie sahen sie mit einem guterhaltenen, distinguierten Fünfziger, einem Admiral a. D., der blendend Golf spielte, oder einem Witwer ohne Anhang, aber ein solides Einkommen wurde in jedem Fall vorausgesetzt. Liebenswürdig hörte Arrow ihnen zu und erwähnte mit keinem Wort, daß sie sich alles ganz anders vorstellte. Gewiß, sie wollte gerne wieder heiraten, doch ihre Phantasie wandte sich einem schlanken Italiener mit blitzenden Augen und klingendem Titel zu oder einem spanischen Aristokraten, keinen Tag älter als dreißig. Ein Blick in den Spiegel überzeugte sie von Zeit zu Zeit, auch sie sehe keinen Tag älter aus.

Miss Hickson, Mrs. Richman und Arrow Sutcliffe waren gute Freundinnen; ihr Gewicht hatte sie zusammengeführt und Bridge ihre Verbindung gefestigt. In Karlsbad hatten sie sich kennengelernt, wo sie im gleichen Hotel wohnten und vom gleichen Arzt mit der gleichen Herzlosigkeit behandelt wurden. Beatrice Richman, eine überwältigend dicke, doch hübsche Frau mit großen Augen, gemalten Wangen und geschminkten Lippen, war mit ihrem Witwenstand und einem ansehnlichen Vermögen vollauf zufrieden. Sie aß furchtbar gern und liebte Butterbrot, Sahne, Kartoffeln und Pudding. Elf Monate im Jahr gönnte sie sich einfach alles, worauf sie Lust hatte, dann ging sie vier Wochen nach Karlsbad, um abzumagern. Doch sie nahm Jahr für Jahr zu. Sie beschimpfte ihren Arzt, der kein Mitgefühl zeigte, sondern sie auf ein paar augenfällige und simple Tatsachen hinwies.

»Wenn mir alles verboten wird, was ich mag, ist das Leben nicht lebenswert«, widersprach sie ihm.

Mißbilligend zuckte er die Achseln. Nachher vertraute sie Miss Hickson an, sie schöpfe langsam den Verdacht, der Arzt sei doch nicht so tüchtig, wie sie gemeint habe. Miss Hickson brach in ein donnerndes Gelächter aus – das war so ihre Art. Sie besaß einen Baß und ein bleiches Vollmondgesicht, darin zwei muntere Äuglein blitzten, lief lässig, die Hände in den Taschen, herum und rauchte eine dicke Zigarre, wenn es sich ohne Aufsehen machen ließ. Soweit wie möglich zog sie sich wie ein Mann an.

»Zum Teufel, was soll ich in Rüschen und Volants?« dröhnte sie. »Bei meinem Umfang kann man es ebensogut bequem haben.«

Sie trug Tweed und schwere Stiefel und verzichtete auf eine Kopfbedeckung. Außerdem war sie stark wie ein Pferd und behauptete, nur wenige Männer überträfen beim Golf ihren langen Schlag. Aus ihrem Herzen machte sie keine Mördergrube und fluchte besser als ein Stallknecht. Obwohl sie eigentlich Frances hieß, ließ sie sich lieber Frank nennen. Mit fester Hand, doch nicht ohne Feingefühl, hielt sie durch ihren starken und geselligen Charakter das Kleeblatt beieinander: sie tranken gemeinsam ihr Wasser, badeten zur selben Zeit, wanderten energisch zusammen los, stapften zu dritt auf dem Tennisplatz herum mit einem Lehrer, der sie in Bewegung setzen mußte, und verzehrten am gleichen Tisch ihre kärgliche Diät. Nichts trübte ihre Heiterkeit außer dem Zeiger der Waage, und wenn eine der drei von einem Tag zum andern kein Gramm abgenommen hatte, vermochten weder Franks deftige Witze noch Beatricens Gutmütigkeit oder Arrows neckische Verspieltheiten die schwarzen Wolken zu vertreiben. Dann wurden drastische Maßnahmen ergriffen: die Schuldige legte sich für vierundzwanzig Stunden ins Bett, und keine Nahrung kam über ihre Lippen mit Ausnahme der berühmten Gemüsesuppe ihres Arztes – sie schmeckte wie heißes Wasser, darin man gründlich Kohl gewaschen hatte.

Die drei waren die dicksten Freunde und von niemand abhängig, allein zum Bridge benötigten sie einen vierten ›Mann‹. Sobald sie jeden Tag ihre Kur überstanden hatten, setzten sie sich leidenschaftlich und begeistert an den Bridgetisch. Arrow, ganz Frau, spielte am besten von ihnen: brillant und grausam. Rücksichtslos nutzte sie jeden Fehler aus und gab keinen einzigen Punkt preis. Beatrice war solid und zuverlässig, Frank ein Draufgänger. Als große Theoretikerin schüttelte sie alle maßgebenden Lehrmeinungen nur so aus dem Ärmel. Zu dritt erhitzten sie sich über die verschiedenen Systeme und warfen mit Culbertson und Sims um sich. Selbstverständlich spielte keine von ihnen je eine Karte ohne fünfzehn triftige Gründe, und ebenso selbstverständlich ergab sich aus der folgenden Diskussion, daß fünfzehn gleich triftige Gründe gegen diese Karte sprachen. Obwohl vierundzwanzig Stunden mit der grauenvollen Suppe drohten, sobald die ›abscheuliche‹ (Beatrice), ›verdammte‹ (Frank), ›dumme‹ (Arrow) Waage beim Arzt einen Tag lang keinen Gewichtsverlust anzeigte, hätten sie herrlich und in Freuden gelebt, wäre nur nicht dieses ewige Problem gewesen, einen ebenbürtigen Bridgespieler aufzutreiben.

Darum lud Frank Lena Finch ein, zu ihnen zu kommen, und von diesem Besuch handelt unsere Geschichte. Es war Franks

Idee gewesen, zu dritt ein paar Wochen in Antibes zu verbringen. Als eine verständige Person fand sie es nämlich absurd, wenn Beatrice, die während ihrer Abmagerungskur stets zwanzig Pfund verlor, mit ihrem unbezähmbaren Heißhunger sofort alles wieder aufholte, weil sie allein allen Gelüsten erlag. Sie brauchte eben jemand mit einem starken Willen, der ihre Diät überwachte. Nach ihrem Karlsbader Aufenthalt, meinte Frank, sollten sie also ein Haus in Antibes mieten, wo sich reichlich Gelegenheit zu Sport biete – nichts macht bekanntlich so schlank wie Schwimmen – und sie ihre Kur fortsetzen könnten. Mit einer eigenen Köchin ließen sich zumindest alle katastrophalen Gerichte vermeiden. Und warum sollten sie nicht nochmals von ein paar Pfund herunterkommen? Den beiden anderen leuchtete das ein. Beatrice wußte, was ihr guttat, und widerstand einer Versuchung, wenn sie nicht gerade vor ihrer Nase lag. Auch liebte sie Roulette, zwei- bis dreimal die Woche ein Spielchen im Casino würde den Aufenthalt recht vergnüglich gestalten. Und Arrow schwärmte für Antibes. Nach vier Wochen Karlsbad sah sie äußerst vorteilhaft aus und erwartete nur die Qual der Wahl unter all den jungen Italienern, leidenschaftlichen Spaniern, ritterlichen Franzosen und langgliedrigen Engländern, die sich den ganzen Tag in Badehosen und bunten Bademänteln tummelten. Franks Plan verwirklichte sich aufs schönste: sie amüsierten sich großartig, aßen zweimal in der Woche bloß harte Eier und rohe Tomaten und stiegen jeden Morgen leichten Herzens auf die Waage. Arrow wog nur hundertfünfzig Pfund und fühlte sich wie ein junges Mädchen, während Beatrice und Frank gerade unter hundertachtzig blieben, wenn sie auf eine bestimmte Stelle traten. Sie hatten sich eine Waage gekauft, die Kilogramm anzeigte, und entwickelten eine außerordentliche Geschicklichkeit, ihr Gewicht blitzschnell in englische Pfund und Unzen umzurechnen.

Nur der fehlende Bridgepartner bildete immer noch das ungelöste Problem. Der eine spielte wie ein Anfänger, der zweite trödelte zum Verzweifeln, der dritte suchte Händel, der vierte konnte nicht verlieren, und der fünfte schwindelte sozusagen. Es war merkwürdig schwierig, den richtigen Mitspieler zu finden.

Als sie eines Morgens auf der Terrasse mit Blick aufs Meer frühstückten – Tee (ohne Milch und Zucker) und Dr. Hudeberts Zwieback, der garantiert nicht dick machte –, schaute Frank von ihrer Post auf.

»Lena Finch fährt an die Riviera«, teilte sie mit.

»Wer ist das?« erkundigte sich Arrow.

»Eine angeheiratete Kusine von mir. Mein Vetter ist vor ein paar Monaten gestorben, und sie erholt sich soeben von einem Nervenzusammenbruch. Sollen wir sie für vierzehn Tage einladen?«

»Spielt sie Bridge?« fragte Beatrice.

»Und wie«, polterte Frank, »verdammt gut sogar. Wir wären ganz unabhängig von Zuzüglern.«

»Wie alt ist sie?« wollte Arrow wissen.

»So alt wie ich.«

»Gut.«

Der Vorschlag wurde angenommen. Gleich nach dem Frühstück zog Frank mit gewohnter Entschiedenheit los, um ein Telegramm aufzugeben, und drei Tage später traf Lena Finch ein. Frank holte sie am Bahnhof ab: sie war in tiefer, doch nicht aufdringlicher Trauer. Frank, die sie zwei Jahre lang nicht gesehen hatte, küßte ihre Kusine herzhaft und schaute sie forschend an.

»Du bist sehr schmal geworden«, sagte sie.

Lena lächelte tapfer.

»Ich habe in der letzten Zeit einiges durchgemacht.«

Frank seufzte, ob aus Mitgefühl über den betrüblichen Verlust, den ihre Kusine erlitten hatte, oder aus Neid, bleibe dahingestellt.

Lena war glücklicherweise nicht über Gebühr bedrückt, und nach einem kurzen Bad zeigte sie sich gerne bereit, Frank ins Hotel Eden Roc zu begleiten. Dort stellte Frank den Neuankömmling ihren beiden Freundinnen vor, und sie setzten sich in den ›Affenkäfig‹, die glasüberdachte Terrasse, die aufs Meer hinausging und im Hintergrund eine Bar besaß. Schwatzend drängten sich die Leute in Badeanzügen, Strandkleidern oder Bademänteln und tranken an kleinen Tischchen ihren Aperitif. Beatricens weiches Herz schlug mitfühlend der einsamen Witwe entgegen, und Arrow, im Bewußtsein, daß die andere bleich und recht durchschnittlich aussah und höchstwahrscheinlich achtundvierzig Jahre alt war, wollte sie sehr gern haben.

Ein Ober steuerte auf sie zu.

»Was möchtest du gern, Lena?« fragte Frank.

»Ich weiß nicht recht, das gleiche wie ihr, einen Martini Dry oder eine White Lady.«

Arrow und Beatrice warfen ihr einen schnellen Blick zu. Man weiß doch, wie Cocktails dick machen!

»Du bist sicher abgespannt von der Reise«, sagte Frank freundlich und bestellte einen Martini Dry für Lena, für sich und ihre beiden Freundinnen aber Orangensaft mit Zitrone. »Bei dieser Hitze halten wir Alkohol nicht für sehr zuträglich«, erklärte sie.

»Mir bekommt er«, entgegnete Lena munter. »Ich mag Cocktails.«

Arrow erbleichte leicht unter ihrem Rouge – weder sie noch Beatrice benetzten beim Baden je ihr Gesicht, und die beiden fanden es albern, daß Frank bei ihrem Umfang sich mit Vorliebe vom Sprungbrett stürzte –, doch sie schwieg. Leicht und lebhaft plätscherte das Gespräch dahin, sie sagten, was man so zu sagen pflegt, mit Gusto und bummelten dann gemütlich in ihre Villa zum Mittagessen.

In jeder Serviette steckten zwei kleine Stück Diätzwieback. Mit strahlendem Lächeln legte Lena sie beiseite.

»Kann ich eine Scheibe Brot haben?« fragte sie.

Eine handfeste Unanständigkeit hätte die Ohren der drei Damen nicht so schockiert wie dieses Ansinnen. Seit zehn Jahren hatten sie keinen Bissen Brot zwischen den Zähnen gehabt, sogar die anfällige Beatrice machte hier einen Punkt. Frank, als gute Gastgeberin, faßte sich zuerst.

»Natürlich«, antwortete sie, wandte sich zum Butler und bestellte Brot.

»Und bitte etwas Butter«, rief Lena mit der ihr eigenen charmanten Unbefangenheit.

Einen Augenblick herrschte verlegenes Schweigen.

»Ich weiß nicht, ob überhaupt Butter im Haus ist«, sagte Frank, »vielleicht in der Küche, ich werde mal fragen.«

»Ein Butterbrot ist etwas Herrliches, finden Sie nicht auch?« wandte Lena sich an Beatrice.

Mit mattem Lächeln murmelte diese ein paar ausweichende Worte. Der Butler brachte ein großes Stück einer knusprigen Baguette, das Lena zerteilte und fingerdick mit der wie durch ein Wunder aufgetauchten Butter bestrich. Gegrillte Seezunge wurde serviert.

»Wir essen sehr einfach«, erklärte Frank, »hoffentlich stört es dich nicht.«

»Nicht im geringsten, ich bin sehr für eine solide bürgerliche Küche«, sagte Lena, während sie ein Stück Butter auf ihrem Fisch zergehen ließ. »Mit Brot und Butter, Kartoffeln und Sahne bin ich völlig zufrieden.«

Die drei Freundinnen tauschten einen Blick. Franks Mondgesicht erschlaffte, als sie voll Widerwillen die trockene, fade Seezunge auf ihrem Teller betrachtete. Beatrice sprang in die Bresche.

»Leider gibt es hier keine Sahne, darauf muß man an der Riviera eben verzichten.«

»Wie schade«, meinte Lena bedauernd.

Der nächste Gang bestand aus Lammkoteletts, deren Fett man sorgfältig entfernt hatte, um Beatrice nicht auf die Probe zu stellen, und in Wasser gedämpftem Spinat. Zum Nachtisch gab es Birnenkompott. Lena kostete einen Löffel und blickte fragend zum Butler hinüber. Der hilfreiche Mann verstand sofort und reichte ihr ohne Zögern eine volle Zuckerschale, obwohl sie an diesem Tisch noch nie verlangt worden war. Lena bestreute ihr Kompott großzügig – die drei anderen schienen es nicht zu bemerken. Als der Kaffee serviert wurde, versenkte sie drei Stück Zucker in ihre Tasse.

»Sie sind aber eine Süße.« Arrow bemühte sich angestrengt um einen freundlichen Tonfall.

»Unserer Meinung nach ist Sacharin viel wirkungsvoller«, belehrte Frank Lena, während sie eine winzige Tablette in ihren Kaffee warf.

»Scheußliches Zeug.«

Beatrice ließ die Mundwinkel hängen, sehnsüchtig schielte sie nach der Zuckerdose.

»Beatrice!« warnte Frank.

Da unterdrückte Beatrice einen Seufzer und langte nach dem Sacharin.

Frank atmete auf, als sie sich an den Bridgetisch setzten. Der erste Robber brachte Arrow und den neuen Gast zusammen.

»Nach welchem System spielen Sie, Vanderbilt oder Culbertson?« fragte Arrow.

»Nach keinem«, antwortete Lena unbeschwert, »ich folge der Stimme der Natur.«

»Ich halte mich genau an Culbertson«, bemerkte Arrow säuerlich.

Die drei dicken Damen wappneten sich zum Kampf. Kein System! Wahrlich, sie würden ihr's schon zeigen. Beim Bridge erkannte sogar Frank keine Familienbande mehr an, und sie rüstete sich mit der gleichen Entschlossenheit wie die beiden anderen, um den Fremdling in ihrer Mitte zu ducken. Doch die Stimme der Natur ließ Lena nicht im Stich. Sie besaß ein angeborenes Talent für Bridge und große Erfahrung, sie spielte schnell und kühn, sicher und phantasievoll, und die drei Freundinnen waren viel zu routiniert, um das nicht sehr bald zu erfassen. Großmütig und edel, wurden sie nach und nach milder gestimmt. Das nannte man Bridge! Alle genossen es in vollen Zügen. Arrow und Beatrice begannen sich für Lena zu erwärmen, was Frank einen dicken Seufzer der Erleichterung entlockte. Der Besuch würde doch ein Erfolg!

Nach ein paar Stunden trennte man sich: Frank und Beatrice planten eine Runde Golf, Arrow einen anregenden Spaziergang mit einem Fürsten Roccamare, den sie erst kürzlich kennengelernt hatte. Er war sehr jung, ganz reizend und sah blendend aus. Lena wollte sich etwas hinlegen.

Vor dem Abendessen trafen sie wieder zusammen.

»Hoffentlich hast du dich nicht gelangweilt«, wandte sich Frank an Lena, »ich hatte ein rabenschwarzes Gewissen, daß ich dich so lange allein ließ.«

»Du brauchst dich nicht zu entschuldigen. Ich habe wundervoll geschlafen und dann im Juan unten einen Cocktail getrunken. Und weißt du, was ich entdeckt habe? Das freut dich bestimmt! Einen süßen kleinen Laden, wo es ganz frisch die schönste dicke Sahne gibt. Ich habe für jeden Tag einen Viertelliter bestellt. Das soll mein bescheidener Beitrag zum Haushalt sein.«

Lena strahlte. Offensichtlich erwartete sie begeisterten Widerhall.

»Wie lieb von dir«, dankte Frank mit einem Blick, der die Entrüstung auf dem Gesicht der Freundinnen zu beschwichtigen suchte, »aber wir verzichten auf Sahne. In diesem Klima hier schlägt sie einem auf die Galle.«

»Dann muß ich die Sahne ja ganz allein essen«, meinte Lena vergnügt.

»Denken Sie nie an Ihre Figur?« fragte Arrow voll eiskalter Berechnung.

»Der Arzt riet mir, ich müsse essen.«

»Brot und Butter, Kartoffeln und Sahne?«

»Ja. Ich dachte, das sei euer einfaches Essen.«

»Da werden Sie ja zur Kugel«, sagte Beatrice.

Lena lachte fröhlich.

»Keineswegs. Sehen Sie, ich werde einfach nicht dick. Ich habe immer gegessen, was mir Spaß machte, und nahm kein einziges Gramm zu.«

Die Grabesstille, die diesen Worten folgte, wurde erst durch das Eintreten des Butlers unterbrochen.

»Mademoiselle est servie«, verkündete er.

Sie besprachen den Fall in Franks Zimmer, nachdem Lena zu Bett gegangen war. Den ganzen Abend hatten sie sich verbissen von der heitersten Seite gezeigt und sich so herzlich geneckt, daß auch der schärfste Beobachter darauf hereingefallen wäre. Aber jetzt ließen sie die Maske fallen: Beatrice schmollte, Arrow war gehässig und Frank mutlos.

»Es ist nicht angenehm, bei Tisch zusehen zu müssen, wie sie all das in sich hineinstopft, was ich besonders gerne mag«, sagte Beatrice.

»Es ist für uns alle nicht angenehm«, fuhr Frank auf.

»Du hättest sie eben nicht einladen sollen«, warf Arrow ein.

»Das konnte ich ja nicht wissen.«

»Ich bin der Meinung, wenn sie ihren Mann wirklich geliebt hätte, würde sie jetzt kaum so viel essen«, sagte Beatrice, »er ist doch erst vor zwei Monaten gestorben. Man sollte vor den Toten noch ein bißchen Respekt haben.«

»Warum kann sie nicht das gleiche essen wie wir?« fragte Arrow giftig. »Sie ist unser Gast.«

»Du hast doch gehört, was sie erzählte. Der Arzt hat ihr verordnet, sie müsse essen.«

»Dann soll sie in ein Sanatorium.«

»Frank, das hält kein Mensch aus«, jammerte Beatrice.

»Wenn ich es aushalte, kannst du es auch.«

»Sie ist deine Kusine, nicht unsere«, bemerkte Arrow. »Und

ich will nicht vierzehn Tage dieser Frau gegenübersitzen, die sich mästet wie ein Schwein.«

»Ich finde es schrecklich ordinär, das Essen so wichtig zu nehmen«, donnerte Frank mit ihrem allertiefsten Baß, »der Mensch ist doch vor allem ein geistiges Wesen.«

»Frank, findest du mich ordinär?« fragte Arrow mit blitzenden Augen.

»Natürlich nicht«, begütigte Beatrice.

»Ich halte es durchaus für möglich, daß du in die Küche schleichst und dich heimlich vollfutterst, wenn wir im Bett sind.«

Frank sprang auf.

»Arrow, wie kannst du nur! Ich verlange nichts, was ich nicht selber auch leiste. Nach all den Jahren, die wir uns jetzt kennen, traust du mir eine solche Gemeinheit zu?«

»Und warum nimmst du nie ab?«

Frank schnaufte schwer und brach in Tränen aus.

»Wie grausam von dir. Ich bin doch zahllose Pfund losgeworden!«

Sie heulte wie ein Kind, ihr gewaltiger Körper bebte, und große Tränen kullerten auf ihr Busengebirge.

»Liebes, ich hab's nicht so gemeint«, rief Arrow.

Sie warf sich auf die Knie und umfing mit ihren mächtigen Armen, was sie von Frank halten konnte. Auch ihr liefen Tränen, mit Mascara vermischt, die Wangen hinab.

»Glaubst du, ich sei nicht schlanker geworden?« schluchzte Frank. »Nachdem ich so viel durchgestanden habe?«

»Doch, Frank, ganz bestimmt«, gab Arrow schnüpfelnd zu. »Das fällt doch jedem auf.«

Sogar die sonst recht phlegmatische Beatrice begann leise vor sich hinzuwimmern. Es war alles so schrecklich traurig, und nur ein Herz aus Stein hätte ungerührt bleiben können, wenn Frank, diese Löwin, sich die Augen ausweinte. Aber bald trockneten die drei ihre Tränen und stärkten sich mit einem Cognac-Soda, dem für ihre Linie unschädlichsten Mix-Getränk, wie ihnen jeder Arzt versichert hatte, und fühlten sich danach viel munterer. Sie beschlossen, Lena das gute Essen zu gönnen, und gelobten einander feierlich, mit ungetrübtem Seelenfrieden dabeizusitzen. Schließlich war sie unbestreitbar eine erstklassige Bridgespielerin, und vierzehn Tage gingen auch vorbei, und sie wollten alles tun, um Lena die Ferien so angenehm wie möglich zu gestalten. Nach einem herzlichen Gutenachtkuß trennten sich die drei seltsam beschwingt: nichts sollte ihre schöne Freundschaft stören, die ihr Leben mit soviel Glück erhellt hatte.

Aber der Mensch ist schwach, man darf nicht zuviel von ihm verlangen. Sie aßen gegrillten Fisch, während sich vor Lena brutzelnde Makkaroni mit Butter und Käse auftürmten; sie aßen gegrillte Kalbsschnitzel, während Lena sich ihrer Gänseleber widmete; zweimal wöchentlich aßen sie harte Eier mit rohen Tomaten, während Lena sich an Erbsen in Sahnesauce und vielen delikaten Kartoffelspezialitäten verlustierte. Die Köchin war eine gute Köchin und nützte die Gelegenheit, ein Gericht schmackhafter, würziger und üppiger zuzubereiten als das andere.

»Armer Jim«, seufzte Lena, wenn sie an ihren Mann dachte, »er hat die französische Küche so geliebt.«

Der Butler verriet, er beherrsche ein halbes Dutzend Cocktails, und Lena verhehlte nicht, daß ihr Arzt zum Mittagessen Burgunder und zum Dîner Champagner empfohlen habe. Die drei dicken Damen blieben standhaft. Sie plapperten lebhaft, ja vergnügt (so hat die Natur den Frauen die Gabe der Täuschung verliehen), doch Beatrice wurde schlaff und elend, Arrows sanfte Augen glitzerten jetzt wie Stahl, und Franks Baß grollte immer heiserer. Beim Bridge schlug die Spannung Funken. Stets hatten sie ihre Partien mit Genuß diskutiert, aber in aller Freundschaft; nun schwang ein bitterer Unterton mit, und manchmal wies die eine mit unnötiger Offenheit auf einen Fehler hin. Ihre Manöverkritik wandelte sich in Rechthaberei, die Rechthaberei in Zank. Nicht selten beendeten sie ihre Runde in zornigem Schweigen. Frank warf Arrow vor, sie habe sie absichtlich im Stich gelassen, die weichherzige Beatrice brach zwei- oder dreimal in Tränen aus, während Arrow eines Tages ihre Karten auf den Tisch schmiß und erbost aus dem Zimmer rauschte. Die drei waren mit ihren Nerven am Ende, Lena stiftete jeweils Frieden.

»Wie dumm, beim Bridge zu streiten«, begütigte sie, »es ist doch bloß ein Spiel.«

Sie hatte gut reden nach einem reichlichen Essen mit einer halben Flasche Champagner. Dazu hatte sie noch sagenhaftes

Glück und knöpfte den anderen alles Geld ab. Die Ergebnisse wurden allabendlich in einem Heft festgehalten, und Lenas Konto stieg mit unfehlbarer Regelmäßigkeit von Tag zu Tag. Gab es denn keine Gerechtigkeit mehr auf dieser Welt? Sie fingen an, einander zu hassen. Und obwohl sie auch Lena haßten, konnten sie dem Drang, ihr das Herz auszuschütten, nicht widerstehen. Eine nach der andern suchte sie auf und erzählte ihr, wie sie die übrigen beiden verabscheue. Arrow meinte, es täte ihr gewiß nicht gut, dauernd mit so viel älteren Frauen zusammenzusitzen, sie hätte gute Lust, ihren Anteil an der Miete in den Kamin zu schreiben und für den Rest des Sommers nach Venedig zu fahren. Frank gestand, ihr männlicher Intellekt sei mit der Gesellschaft einer so frivolen Person wie Arrow und einem so offenkundigen Dummerchen wie Beatrice nicht ausgefüllt.

»Ich muß mich mit jemand gescheit unterhalten können«, posaunte sie, »bei meinem Verstand brauche ich den Umgang mit geistig Ebenbürtigen.«

Beatrice sehnte sich nur nach Ruhe und Frieden.

»Ich kann Frauen nicht ausstehen«, sagte sie zu Lena, »sie sind so unzuverlässig, so heimtückisch.«

Als sich Lenas zweiwöchiger Aufenthalt dem Ende zuneigte, sprachen die drei dicken Damen kaum noch miteinander. Vor Lena wahrten sie den Schein, unter sich verzichteten sie jedoch darauf. Übers Streiten waren sie weit hinaus: sie ignorierten einander, und wenn dies nicht anging, befleißigten sie sich eines eisig-höflichen Tons.

Lena besuchte noch Freunde an der italienischen Riviera, und Frank brachte sie zu dem Zug, mit dem sie gekommen war. Sie nahm eine Menge Geld von den drei Freundinnen mit.

»Ich weiß nicht, wie ich dir danken soll«, sagte Lena, als sie in ihr Abteil stieg, »für mich waren es zauberhafte Ferien.«

Zwar erfüllte Frank Hickson mit tiefem Stolz, daß sie es mit jedem Mann aufnahm, aber mit noch größerem Stolz zählte sie sich zu den weiblichen Kavalieren, und ihre Antwort verband vollendet Anmut mit Würde.

»Wir fanden es alle reizend, dich bei uns zu haben, Lena«, erwiderte sie, »es war uns eine große Freude.«

Doch als sie dem abfahrenden Zug den Rücken drehte, seufzte sie vor Erleichterung so tief auf, daß der Bahnsteig unter ihr bebte. Dann straffte sie ihre gewaltigen Schultern und marschierte heim zur Villa.

»Uff!« stieß sie von Zeit zu Zeit hervor, »uff!«

Sie zog ihren einteiligen Badeanzug an und Sandalen, warf einen Männerbademantel – warum schließlich nicht? – um und wanderte zum Eden Roc. Es reichte noch zu einem Bad vor dem Mittagessen. Im Affenkäfig schaute sie sich um, ob sie Bekannte träfe, denn ihr war plötzlich so menschenfreundlich zumute – als sie zur Salzsäule erstarrte. Sie traute ihren Augen nicht: ganz allein saß Beatrice an einem Tischchen in dem eleganten, ein oder zwei Tage zuvor bei Molyneux erstandenen Strandanzug; dazu trug sie ihre Perlen, und Franks scharfem Blick entging auch nicht, daß ihr der Friseur soeben kunstvoll die Haare gerichtet und daß sie sich ein neues Make-up zugelegt hatte. Trotz ihres gewaltigen, ja überwältigenden Umfangs war Beatrice zweifellos eine auffallend hübsche Frau. Doch was tat sie bloß? In ihrem typischen Neandertalerschritt latschte Frank zu ihr hin; sie glich in ihrem schwarzen Badeanzug einem der riesigen Walfische, welche die Japaner in der Torres-Straße zu jagen pflegen und die im Volksmund Walroß heißen.

»Beatrice, was machst du da?« rief sie. Es klang wie Donnergrollen in den fernen Bergen. Beatrice blickte kühl auf.

»Essen«, antwortete sie.

»Verdammt noch mal, das sieht doch ein Blinder.«

Vor Beatrice stand ein Körbchen voll Croissants, Butter, Erdbeermarmelade und ein Kännchen mit Sahne. Hingegeben schmierte sie Butter auf das leckere warme Brot, klatschte Marmelade darauf und übergoß das Ganze mit dicker Sahne.

»Du bringst dich um«, bemerkte Frank spitz.

»Das ist mir egal«, muffelte Beatrice mit vollem Mund.

»Du wirst kiloweise zunehmen!«

»Scher dich zum Teufel!«

Sie lachte Frank glatt ins Gesicht. Meine Güte, wie verführerisch diese Croissants rochen.

»Beatrice, du enttäuschst mich, ich hätte mehr Charakterstärke von dir erwartet.«

»Du bist schuld, du hast dieses abscheuliche Frauenzimmer eingeladen. Vierzehn Tage lang habe ich mit angesehen, wie sie sich den Bauch vollschlagen konnte. Das hält kein Mensch aus. Ich will einmal anständig essen, und wenn ich platze!«

Frank traten Tränen in die Augen. Plötzlich war sie nur noch ein ganz schwaches Weib und sehnte sich nach einem starken Mann, der sie auf den Schoß nahm und streichelte und wie ein Kind mit zärtlichen Kosenamen tröstete. Stumm sank sie neben Beatrice auf einen Stuhl. Ein Ober eilte herzu. Mit tragischer Gebärde deutete sie auf den Kaffee und die Croissants.

»Bringen Sie mir das gleiche«, seufzte sie. Als sie matt nach einem Hörnchen langte, riß ihr Beatrice das Körbchen weg. »Laß das«, sagte sie, »und warte, bis deine Sachen kommen.« Frank titulierte sie mit einem Ausdruck, den Damen selten aus Zuneigung unter sich verwenden. Einen Augenblick später stellte der Ober Croissants, Butter, Marmelade und Kaffee vor sie hin.

»Idiot, wo bleibt die Sahne?« brüllte Frank wie eine gereizte Löwin.

Sie stürzte sich gierig auf das Essen.

Allmählich füllte sich der Affenkäfig mit Feriengästen, die sich einen oder zwei Cocktails gönnten, nachdem sie die Sonne und das Meer pflichtschuldigst absolviert hatten. Auch Arrow schlenderte herein mit Fürst Roccamare. Sie trug eine wundervolle Seidenstola, die sie mit einer Hand eng zusammenraffte, um möglichst schlank zu erscheinen, und reckte den Kopf hoch, damit ihrem Begleiter das Doppelkinn nicht auffalle. Sie lachte fröhlich und kam sich wie ein junges Mädchen vor, er hatte ihr eben – auf italienisch – zugeflüstert, im Vergleich zu ihren blauen Augen sei das Mittelmeer bloß eine Erbsensuppe. Dann entschwand er in den Herrenwaschraum, um sein öliges schwarzes Haar zu kämmen, sie hatten sich in fünf Minuten zu einem Drink verabredet. Arrow steuerte auf die Damengarderobe zu, um etwas Rouge aufzulegen und ihre Lippen nachzuziehen, als sie Frank und Beatrice erblickte. Wie vom Blitz getroffen blieb sie stehen. Sie traute ihren Augen nicht.

»Großer Gott!« rief sie. »Ihr widerlichen Fresser!« Sie griff nach einem Stuhl. »Ober!«

Ihr Rendezvous hatte sie schlankweg vergessen. Schon stand der Ober bereit.

»Bringen Sie mir das gleiche wie diesen beiden Damen.«

Frank hob ihr schweres Haupt und schaute vom Teller auf: »Und mir eine Portion Gänseleber.«

»Frank!« schrie Beatrice.

»Halt den Mund.«

»Bitte. Mir auch eine Portion.«

Der Ober schleppte Kaffee, warme Hörnchen, Sahne und Gänseleber an, und die drei fielen darüber her. Sie tunkten die Gänseleber in Sahne, schaufelten die Marmelade mit dem Löffel, zermalmten krachend das knusprige Brot. Was bedeutete Arrow noch die Liebe? Der Fürst mit seinem Palast in Rom und dem Schloß im Apennin konnte ihr gestohlen werden. Keine sagte ein Wort, dafür war ihre Beschäftigung viel zu ernst: in feierlicher, inbrünstiger Verzückung widmeten sie sich dem Essen.

»Ich habe seit fünfundzwanzig Jahren keine Kartoffeln gegessen«, bemerkte Frank träumerisch.

»Ober!« rief Beatrice, »drei Portionen Pommes frites.«

»Très bien, Madame.«

Die Pommes frites standen auf dem Tisch und dufteten verlockender als alle Wohlgerüche Arabiens. Sie langten mit den Fingern zu.

»Einen Martini Dry!« schmetterte Arrow.

»Aber Arrow, mitten im Essen einen Martini? Das geht doch nicht«, sagte Frank.

»Warum nicht? Wart nur ab.«

»Wie du willst. Mir einen doppelten.«

»Bringen Sie drei doppelte Martini Dry«, entschied Beatrice.

Sie leerten ihr Glas in einem Zug und blickten sich aufseufzend an. Die Mißverständnisse der letzten vierzehn Tage schmolzen dahin, und die aufrichtige Zuneigung, die sie miteinander verband, füllte wieder ihr Herz. Sie konnten es kaum glauben, daß sie je eine Freundschaft hatten aufkündigen wollen, die ihnen so viel handfeste Zufriedenheit schenkte. Sie verzehrten die letzten Pommes frites.

»Ob es hier Schokolade-Eclairs gibt?« fragte Beatrice.

»Natürlich!«

Es gab sie. Frank stopfte ein ganzes Eclair in ihren riesigen Schlund, schluckte es hinunter und griff nach dem nächsten. Bevor sie es verschlang, stieß sie mit einem Blick auf ihre beiden Gefährtinnen den rächenden Dolch in die Brust dieser gräßlichen Lena.

»Ihr könnt sagen, was ihr wollt, aber ihr Bridge war wirklich miserabel.«

»Ganz schäbig«, stimmte Arrow zu.

Doch Beatrice fiel plötzlich ein, sie könnte eine Meringue essen.

Aufgeklärt

Wenn Henry Garnet nachmittags sein Büro in der City geschlossen hatte, begab er sich in seinen Klub, um Bridge zu spielen, ehe er zum Abendessen nach Hause fuhr. Er war ein angenehmer und verläßlicher Partner, denn er beherrschte das Spiel; er holte aus seinen Karten das Beste heraus, verlor ohne Groll und schrieb seinen Erfolg lieber dem Glück als seiner Geschicklichkeit zu. Auch konnten alle Mitspieler damit rechnen, daß ihre Fehler von ihm nachsichtig entschuldigt wurden. So staunten seine Freunde nicht schlecht, als er diesmal seinen Partner mit unnötiger Schärfe anfuhr, er habe noch nie ein so hundsmiserables Spiel erlebt, und nicht genug damit, kurz darauf schoß er selber einen Bock, den sie ihm nie zugetraut hätten. Sowie sein Partner es ihm mit einem Quentchen Schadenfreude unter die Nase rieb, brauste er hitzig auf und behauptete wider alle Vernunft, er sei völlig im Recht. Aber da er mit lauter alten Freunden spielte, nahm keiner seine schlechte Laune besonders krumm: Henry Garnet war Makler, Teilhaber einer angesehenen Firma, wahrscheinlich bröckelten einige Werte ab, bei denen er sich entschlossen engagiert hatte.

»Wie stehen die Aktien?« fragte einer aus der Runde.

»Steigen wie toll. Jeder Dummkopf scheffelt, was das Zeug hält.«

Offensichtlich bedrückten Henry Garnet weder Aktien noch Obligationen, doch ebenso offensichtlich mußte es etwas anderes sein. Dabei war er gesund und so munter wie ein Fisch im Wasser, besaß eine Unmenge Geld und liebte seine Familie innig. Im allgemeinen strahlte er vor Vergnügen und lachte bereitwillig über die Witze während des Spiels, nur heute brütete er mit ärgerlich zusammengezogenen Brauen schweigend vor sich hin und ließ verdrossen die Mundwinkel hängen. Um die gespannte Atmosphäre aufzuheitern, schlug einer der Freunde Henry Garnets Lieblingsthema an, über das er sich immer gern verbreitete.

»Was macht dein Junge, Henry? Ich hörte, er hat sich beim Turnier recht gut geschlagen.«

Henry Garnet verdüsterte sich noch mehr.

»Nicht besser, als zu erwarten war.«
»Wann kommt er aus Monte Carlo zurück?«
»Seit gestern abend wieder da.«
»Gefiel's ihm dort?«
»Wahrscheinlich. Ich kann nur sagen, er hat sich völlig idiotisch benommen.«
»Wie denn?«
»Darüber möchte ich lieber nicht sprechen, seid mir bitte nicht böse.«
Die drei Männer schauten ihn neugierig an, doch Henry Garnet starrte finster auf den grünen Filz.
»Entschuldige. Du teilst aus.«
Sie spielten in gezwungenem Schweigen weiter, und als Garnet ein 3 Pik verlor, sagte keiner ein Wort. Sie begannen einen neuen Robber und Garnet paßte.
»Nichts da?« fragte ihn sein Partner.
Garnet war derart gereizt, daß er überhaupt keine Antwort gab; als er zum Schluß noch den Robber verpatzte, konnte man aber von seinem Partner nicht verlangen, daß er so viel Zerstreutheit wortlos überging.
»Was ist denn los mit dir, Henry?« fragte er. »Du spielst wie ein Anfänger.«
Das saß. Mochte es Garnet nicht weiter stören, einen Robber zu verlieren, so tat es ihm doch leid, daß der Partner für seinen Fehler zahlen mußte. Er riß sich zusammen.
»Ich laß lieber die Finger von den Karten. Ich dachte, so ein paar Robber würden mich beruhigen, aber ich kann mich einfach nicht konzentrieren. Ehrlich, ich habe eine miserable Laune.«
Alle brachen in fröhliches Gelächter aus.
»Das brauchst du uns nicht erst zu sagen, das wissen wir bereits.«
Garnet lächelte ihnen reuevoll zu.
»Euch wäre an meiner Stelle genauso zumute. Ich sitze scheußlich in der Klemme. Wenn mir einer von euch mit einem guten Rat heraushelfen kann, wäre ich ihm ewig dankbar.«
»Wir bestellen noch etwas zu trinken, und dann bist du dran. Ein Richter, ein Beamter des Innenministeriums und ein berühmter Chirurg sollten doch einen Ausweg finden – sonst ist überhaupt nichts zu wollen.«
Der Richter klingelte dem Ober.

»Es handelt sich um meinen gräßlichen Sohn«, seufzte Henry Garnet.

Die Getränke wurden gebracht, und er begann seine Geschichte.

Der besagte Sohn, der einzige übrigens, hieß Nicholas und wurde Nicky genannt. Er war achtzehn. Die Garnets besaßen zwar noch zwei Töchter von sechzehn und zwölf, doch im Widerspruch zur Volksweisheit, Väter hingen vor allem an den Mädchen, zog Henry ohne Zweifel seinen Sohn vor, obwohl er sich die größte Mühe gab, seine Schwäche zu verbergen. Seinen Töchtern gegenüber erwies er sich als netter, lustiger und etwas distanzierter Papa, der ihnen zum Geburtstag und an Weihnachten ein prächtiges Geschenk in die Hand drückte, doch Nicky vergötterte er, nichts war gut genug für seinen Liebling, und er konnte kaum den Blick von ihm lassen. Und man durfte es ihm nicht einmal verübeln, denn Nicky hätte jeden Vater mit heißem Stolz erfüllt. Ein Meter fünfundachtzig groß, fein gebaut, doch kräftig, mit breiten Schultern und schmalen Hüften, hielt er sich vornehm gerade; auf seinem Hals saß ein wohlgeformter Kopf mit hellbraunem, leicht gewelltem Haar, klar durchgezogenen Brauen und blauen Augen unter langen dunklen Wimpern. Er hatte einen vollen roten Mund, eine tadellose sonnengebräunte Haut und zeigte beim Lächeln eine Reihe regelmäßiger schneeweißer Zähne. Nicky war nicht schüchtern, doch er benahm sich in Gesellschaft mit gewinnender Bescheidenheit ungezwungen, höflich und vergnügt, ohne über die Stränge zu schlagen. Reizende, gesunde und anständige Eltern hatten ihren Sprößling in einem behaglichen Heim gut erzogen, ihn auf eine gute Schule geschickt, und als Resultat stand ein selten geglücktes Exemplar eines jungen Mannes da. Und er war auch so rechtschaffen, offen und brav, wie er aussah. Keinen Augenblick hatte er seinen Eltern Kummer bereitet, als Kind war er selten krank, nie unartig, und tat stets, was man von ihm verlangte. Er brachte blendende Zeugnisse nach Hause, alle Kameraden mochten ihn gut leiden, und er verließ die Schule als Vorsitzender des Schülerrats und Kapitän der Fußballelf mit zahllosen Auszeichnungen. Und das war noch nicht alles. Mit vierzehn zeigte sich bei Nicky plötzlich eine Begabung für Tennis, das sein Vater nicht nur liebte, sondern auch sehr gut beherrschte, weshalb er seinen Sohn förderte, sobald er sein vielversprechendes Talent erkannte. Während der Ferien ließ er ihn von den allerbesten Trainern unterrichten, und mit sechzehn hatte Nicky bereits mehrere Jugendturniere gewonnen. Er konnte jetzt seinen Vater so fürchterlich zusammendreschen, daß diesen nur die elterliche Liebe mit dem armseligen Schauspiel versöhnte, das er abgab. Mit achtzehn begann Nicky sein Studium in Cambridge, und Henry Garnet hegte den Ehrgeiz, der Junge müsse in die Universitätsmannschaft, denn er besaß wirklich alle Gaben, um sich zu einem Tennis-As zu entwickeln. Er war groß und schnell, er erreichte auch entlegene Bälle, und sein vollendetes rhythmisches Gefühl versagte nie. Er wußte instinktiv, wo der Ball aufschlug, und stand bereit, scheinbar ohne die geringste Eile. Seinen kräftigen, heimtückisch geschnittenen Aufschlag nahm man nicht leicht an, und seiner flachen, langgezogenen, genauen Vorhand war niemand gewachsen. Dagegen fiel die Rückhand ab, und seine Flugbälle waren unkontrolliert geschlagen, doch bevor er nach Cambridge ging, hatte er mit dem ersten Trainer von England an seinen schwachen Seiten gearbeitet, ganz nach dem Wunsch von Henry Garnet, der im geheimen, ohne sogar Nicky ein Wort davon zu verraten, davon träumte, seinen Sohn einmal auf den Plätzen von Wimbledon zu sehen und, wer weiß, vielleicht auch als Vertreter Englands beim Davis Cup. Ein dicker Kloß stieg Henry Garnet in die Kehle, wenn er sich vorstellte, wie sein Sohn übers Netz sprang, um dem soeben besiegten amerikanischen Champion unter dem donnernden Applaus des Publikums die Hand zu schütteln.

Als passionierter Wimbledon-Besucher ging Henry Garnet in Tenniskreisen aus und ein, und als er eines Abends bei einem Bankett neben einem solchen Tennisfreund, dem Oberst Brabazon, saß, lenkte er im richtigen Augenblick das Gespräch auf Nicky und dessen Chancen, in der kommenden Saison seine Universität zu vertreten.

»Warum lassen Sie ihn nicht beim Frühlingsturnier von Monte Carlo mitmachen?« fragte der Oberst plötzlich.

»Ich glaube nicht, daß er mit seinen achtzehn Jahren schon soweit ist, er studiert doch erst seit letztem Herbst. Gegen die Stars könnte er nichts ausrichten.«

»Rosewall und Drobny würden ihn natürlich vom Platz fegen, aber zu einem oder zwei Spielen könnte es vielleicht doch reichen; und wenn er gegen kleinere Kaliber antritt, müßte er ohne weiteres zwei- bis dreimal gewinnen. Es wäre eine herrliche Gelegenheit, sich endlich einmal mit erstklassigen Leuten zu messen. Er lernt da viel mehr als an diesen Provinzturnieren, zu denen Sie ihn bisher geschickt haben.«

»Das kommt gar nicht in Frage, er müßte ja mitten im Semester von Cambridge weg! Und ich habe ihm immer gepredigt, Tennis sei nur ein Sport und dürfe sein Studium nicht beeinträchtigen.«

Oberst Brabazon fragte Garnet, wann das Semester aufhöre.

»Ausgezeichnet! Da würde er bloß drei Tage versäumen, und das sollte sich doch machen lassen. Wir sind scheußlich in Verlegenheit, nachdem zwei Zusagen zurückgezogen wurden, und bekommen nur mit Mühe eine gute Mannschaft zusammen. Die Australier und die Amerikaner schicken ihre besten Leute.«

»Ausgeschlossen: erstens spielt Nicky nicht gut genug, und zweitens ist er zu jung, um sich allein in Monte Carlo herumzutreiben. Wenn ich mit könnte, wäre es etwas anderes, aber das steht nicht zur Debatte.«

»Ich bin auch dort als Betreuer der englischen Mannschaft und werde auf ihn aufpassen.«

»Bei Ihren vielen Pflichten möchte ich Ihnen nicht auch noch diese Verantwortung aufladen. Der Junge war noch nie im Ausland, und ich hätte keine ruhige Sekunde während seiner Abwesenheit.«

Man beließ es dabei, und Henry Garnet verabschiedete sich. Doch Oberst Brabazons Vorschlag hatte ihm derart geschmeichelt, daß er nicht umhin konnte, seiner Frau davon zu erzählen.

»Stell dir vor, so große Stücke hält er auf Nicky! Er sagte mir, er habe ihn spielen sehen und finde seinen Stil ausgezeichnet. Der Junge brauche nur etwas mehr Erfahrung, um in die allererste Klasse aufzusteigen. Du, wir werden ihn noch im Halbfinale von Wimbledon sehen!«

Zu seiner Überraschung wandte Mrs. Garnet weniger gegen den Monte-Carlo-Plan ein, als er erwartet hatte.

»Schließlich ist Nicky achtzehn und hat noch nie etwas angestellt. Ich sehe nicht ein, warum wir ihm in diesem Fall etwas Schlechtes zutrauen sollten.«

»Aber denk doch an sein Studium. Wir schaffen einen schlimmen Präzedenzfall, wenn wir ihn drei Tage vor Semesterende herausholen.«

»Was machen drei Tage schon aus? Es wäre jammerschade, ihm diese Chance zu verderben. Er wird im siebenten Himmel sein, wenn du ihn fragst.«

»Das lasse ich schön bleiben. Ich habe ihn nicht nach Cambridge geschickt, damit er bloß Tennis spielt. Natürlich ist er vernünftig, aber man sollte ihm nicht die Versuchung zu Füßen legen. Er ist viel zu jung für Monte Carlo.«

»Du meinst, daß er gegen diese Kanonen nichts ausrichtet? Man weiß nie!«

Henry Garnet seufzte. Auf dem Heimweg war ihm im Auto plötzlich eingefallen, daß Drobnys Gesundheit nicht die allerbeste war und Rosewall in einer Formkrise steckte. Angenommen – man mußte schließlich die Sache von allen Seiten betrachten –, Nicky lächelte das Glück, dann könnte er zweifellos künftig in der Universitätsmannschaft spielen. Aber das waren alles Hirngespinste.

»Nein, nein. Ich bin dagegen, und dabei bleibt's.«

Mrs. Garnet schwieg, aber am nächsten Tag schrieb sie Nicky und berichtete von dem Vorschlag des Obersten und gab ihm einen Wink, was sie an seiner Stelle tun würde, um vom Vater die Erlaubnis zu erlangen. Ein oder zwei Tage später erhielt Henry Garnet Post von seinem Sohn. Nicky konnte sich vor Begeisterung kaum fassen. Nach einem Gespräch mit seinem Tutor, der selber Tennis spiele, und mit dem Vorsteher seines Colleges, der zufällig Oberst Brabazon kenne, sehe er keine Schwierigkeiten, das Semester abzukürzen, denn beide fänden es eine einzigartige Gelegenheit, die er nicht auslassen dürfe. Und was könne ihm schon passieren? Wenn sein Vater nur dieses eine Mal ein Auge zudrücken würde, dann verspreche er feierlich, im nächsten Semester wie verrückt zu büffeln. Es war ein ganz reizender Brief. Mrs. Garnet beobachtete ihren Mann über den Frühstückstisch hinweg, während er ihn las; sein Stirnrunzeln störte sie keineswegs. Er warf ihr das Blatt hin.

»Wie kommst du dazu, Nicky zu verraten, was ich dir im Vertrauen erzählt habe? Wirklich dumm von dir. Du hast ihn ganz durcheinandergebracht.«

»Das tut mir leid. Ich wollte ihm mit Oberst Brabazons Urteil nur eine Freude bereiten. Warum soll man bloß das

Unangenehme weitersagen, das einem zugetragen wird? Natürlich habe ich ihm klargemacht, daß eine Fahrt nach Monte Carlo nicht in Frage komme.«

»Du hast mich in eine entsetzlich schiefe Situation gebracht. Ich hasse es, wenn mich der Junge für einen Spielverderber und Familientyrannen hält.«

»Das wird er nicht. Er findet dich vielleicht altmodisch und ungerecht, aber er sieht gewiß ein, daß du zu seinem eigenen Besten so streng gegen ihn bist.«

»Himmel«, stöhnte Henry Garnet.

Seine Frau mußte das Lachen verbeißen, sie wußte, die Schlacht war gewonnen. Du liebe Güte, wie kinderleicht ließen sich doch die Männer am Gängelband führen! Um den Schein zu wahren, blieb Henry Garnet noch achtundvierzig Stunden lang hart, dann gab er nach, und vierzehn Tage später fuhr Nicky nach London. Er sollte am nächsten Morgen nach Monte Carlo abreisen, weshalb Henry nach dem Abendessen, als Mrs. Garnet und ihre ältere Tochter die beiden allein ließen, die Gelegenheit beim Schopf packte und mit seinem Sohn ein ernstes Wort redete.

»Mir ist nicht ganz wohl bei dem Gedanken, daß du dich in deinem Alter ohne Aufsicht an einem Ort wie Monte Carlo aufhältst«, schloß er, »aber das läßt sich nun einmal nicht ändern, und ich kann nur deiner Vernunft vertrauen. Ich möchte mich nicht als moralisierender Vater aufspielen, doch vor drei Gefahren muß ich dich warnen. Erstens: Glücksspiel – spiel nie; zweitens: Geldaffären – leih nie; drittens: Frauen – Hände weg. Wenn du dich an diese drei Punkte hältst, so kann dir nicht viel passieren, darum merk sie dir gut.«

»Gewiß, Papa«, versicherte Nicky mit einem Lächeln.

»Genug davon. Ich habe viel von der Welt gesehen; glaube mir, mein Rat ist wohlüberlegt.«

»Ich will ihn nicht vergessen, das verspreche ich dir!«

»Recht so. Doch nun wollen wir den Damen Gesellschaft leisten.«

Im Turnier von Monte Carlo schlug Nicky weder Drobny noch Rosewall, aber er hielt sich wacker. Er gewann überraschend gegen einen Spanier und bedrängte einen Schweden härter, als allgemein erwartet wurde. Im gemischten Doppel drang er sogar bis zum Halbfinale vor. Er bezauberte alle mit seinem

Charme und genoß die Tage in vollen Zügen. Jedermann pries sein vielversprechendes Talent, und Oberst Brabazon sagte ihm, sobald er etwas älter sei und häufiger gegen die erste Garnitur gespielt habe, werde er seinem Vater alle Ehre machen. Das Turnier ging zu Ende, und am Tag darauf sollte er nach London zurückfliegen. Um in Form zu bleiben, hatte Nicky bisher sehr maßvoll gelebt, wenig geraucht, keinen Alkohol getrunken, sich beizeiten ins Bett gelegt, aber an seinem letzten Abend wollte er sich gerne das berühmte Nachtleben von Monte Carlo etwas ansehen. Nach dem offiziellen Bankett für die Turnierteilnehmer folgte er den anderen ins Casino. Er war zum erstenmal dort, und in den Sälen drängten sich die Leute, denn in ganz Monte Carlo war Saison. Nicky, der Roulette nur vom Film her kannte, blieb staunend beim ersten Tisch stehen: in scheinbar hoffnungslosem Wirrwarr lagen große und kleine Chips auf dem grünen Filz verstreut, der Croupier stieß die Scheibe energisch an und warf mit elegantem Schwung die winzige weiße Kugel darauf. Nach einer kleinen Ewigkeit hörte die Kugel zu rollen auf, und weit ausholend rechte der zweite Croupier gleichgültig die Chips der Verlierer zusammen.

Dann schlenderte Nicky zu einem anderen Tisch, wo man Trente-et-quarante spielte, aber er begriff überhaupt nicht, worum es ging, und fand das Ganze langweilig. Im nächsten Saal stieß er auf eine dichte Menschenmenge und mischte sich darunter. Eine Partie Bakkarat war in vollem Gange, und er spürte sogleich die Spannung, die in der Luft lag. Die Spieler, von einem Messinggeländer gegen die andrängenden Zuschauer geschützt, saßen um einen Tisch, neun auf jeder Seite, in der Mitte der Pointeur, ihm gegenüber der Bankhalter. Große Summen gingen von Hand zu Hand. Nicky beobachtete das teilnahmslose Gesicht des Pointeurs mit den lauernden Augen und den starren Zügen, die weder Gewinn noch Verlust widerspiegelten – ein schreckliches, seltsam eindrucksvolles Bild. Nicky, zur Sparsamkeit erzogen, verschlug es glatt den Atem, als er sah, wie jemand hundert Pfund auf eine Karte setzte und sie mit einem Scherz lächelnd verlor. Es war alles furchtbar aufregend.

Ein Bekannter trat zu ihm.

»Glück gehabt?« fragte er.

»Ich habe nicht gespielt.«

»Sehr vernünftig. Alles fauler Zauber. Trinken wir etwas?«

»Gerne.«

Als sie zusammensaßen, erzählte Nicky, er sei zum erstenmal in einem Spielsaal.

»Sie müssen unbedingt ein Spielchen riskieren, bevor Sie abreisen. So ein Blödsinn, in Monte Carlo sein Glück nicht zu wagen. Was macht es Ihnen schon aus, zwanzig oder dreißig Francs zu verlieren?«

»Eigentlich nichts; aber mein Vater ließ mich nur ungern fahren und hat mir in seinem Drei-Punkte-Programm besonders eingeschärft, ja nicht zu spielen.«

Nachdem Nicky sich von seinem Bekannten verabschiedet hatte, zog es ihn doch wieder zu einem Roulettetisch. Eine Zeitlang schaute er zu, wie der Croupier die verlorenen Chips einstrich und ein paar Glücklichen ihren Gewinn zuschob. Es war wirklich toll, und sein Bekannter hatte recht, nur ein Trottel reiste ohne einen einzigen Einsatz versucht zu haben aus Monte Carlo ab. Er würde eine neue Erfahrung machen, und in seinem Alter mußte man Erfahrungen sammeln. Er bedachte, daß er seinem Vater nicht versprochen hatte, nie zu spielen, sondern bloß, seinen Rat sich zu merken. Das war schließlich nicht dasselbe, oder? Etwas befangen setzte er zwanzig Francs auf die Nummer achtzehn – er war doch achtzehn Jahre alt. Das Herz klopfte ihm bis zum Halse, als er die Scheibe sausen sah, die weiße Kugel fuhr wie ein boshaftes Teufelchen herum, die Scheibe drehte sich langsamer, die weiße Kugel zögerte, drohte stillzustehen, dann rollte sie weiter. Nicky traute seinen Augen nicht, als sie in die Nummer achtzehn fiel. Man schob ihm einen großen Haufen Chips zu, die er mit zitternden Händen einsteckte; es schien ihm eine wahnsinnige Menge Geld. Vor lauter Verblüffung dachte er gar nicht daran, von neuem zu setzen, er wollte auch gar nicht mehr spielen, einmal genügte. Er war nicht schlecht überrascht, als nochmals achtzehn kam. Nur ein einziger Chip lag auf diesem Feld.

»Donnerwetter, Sie haben schon wieder gewonnen!« sagte der Mann hinter ihm.

»Ich? Ich habe doch gar nicht gesetzt?«

»Doch, doch. Ihren allerersten Chip. Den lassen sie immer liegen, wenn man ihn nicht ausdrücklich zurückverlangt. Wußten Sie das nicht?«

Zum zweitenmal schob man Nicky einen Berg Chips zu. Ihm schwindelte. Sein Gewinn belief sich auf tausendvierhundert Francs. Ein merkwürdiger Machtrausch packte ihn, er kam sich rasend gescheit vor. Leichter ließ sich das Geld einfach nicht mehr verdienen. Sein offenes, freundliches Gesicht glänzte vor Seligkeit. Sein strahlender Blick begegnete den Augen einer Frau, die neben ihm stand. Sie lächelte.

»Sie sind in einer Glückssträhne.«

Sie sprach englisch, doch mit einem fremdländischen Akzent.

»Ich kann's noch gar nicht glauben. Ich spiele nämlich zum erstenmal.«

»Das erklärt alles. Würden Sie mir wohl zweihundert Francs leihen? Ich habe alles verspielt. In einer halben Stunde bekommen Sie Ihr Geld zurück.«

»Bitte.«

Sie nahm einen großen roten Chip von seinem Turm und verschwand mit einem »Danke«.

Der Mann, der ihn vorhin angesprochen hatte, brummte: »Die sehen Sie nie wieder.«

Nicky stand da wie ein begossener Pudel. Sein Vater hatte ihn doch eigens gewarnt: Leih nie! Und er, blind in diese Affäre hineingerutscht, gibt sein Geld einem Geschöpf, das er noch nie im Leben gesehen hatte. Aber sein Herz floß eben über vor Nächstenliebe, so daß ihm ein Nein überhaupt nicht in den Sinn gekommen war, und es fiel ihm auch schwer, in diesem großen roten Chip einen greifbaren Wert zu sehen. Na ja, was war das schon, er besaß immer noch zwölfhundert Francs! Er würde jetzt noch ein- oder zweimal sein Glück versuchen und, wenn es schiefging, sich ins Hotel verziehen. Er setzte einen Chip auf sechzehn, weil die eine Schwester sechzehn war, aber er hatte Pech, und ebenso mit zwölf, dem Alter der kleinen Schwester. Aufs Geratewohl probierte er ein paar andere Zahlen aus – erfolglos. Staunend sah er sich vom Glück verlassen. Noch ein einziges Mal wollte er es versuchen und dann aufhören: er gewann. Die Summe machte alle seine Verluste wett und übertraf sie sogar. Nach einer wechselreichen Stunde voll dramatischer Spannung, wie er sie bisher nie erlebt hatte, türmten sich die Chips so hoch vor ihm auf, daß er sie kaum in seinen Taschen unterbringen konnte. Er beschloß zu gehen. Als der Mann am Wechselschalter vierzig Hundert-Francs-Noten vor ihn hinblätterte, mußte Nicky nach Luft schnappen. So viel Geld hatte er in seinem ganzen Leben noch nicht besessen. Er stopfte es in seine Tasche und wandte sich zum Ausgang, als die Frau, der er die zweihundert Francs geliehen hatte, auf ihn zukam.

»Ich habe Sie überall verzweifelt gesucht«, sagte sie. »Ich meinte schon, Sie seien weg. Was hätten Sie nur von mir gedacht. Hier sind Ihre zweihundert Francs, vielen Dank.«

Nicky stieg das Blut bis zu den Haarwurzeln, er starrte sie verblüfft an. Wie hatte er sich in ihr getäuscht! Sein Vater hatte ihn gewarnt: Spiel nie – nun, er spielte trotzdem und sackte viertausend Francs ein; und sein Vater hatte wiederum gesagt: Leih nie – nun, er lieh trotzdem einer Unbekannten eine beträchtliche Summe und erhielt sie zurück. Er war kein solcher Kindskopf, wie sein Vater vermutete: instinktiv hatte er gewußt, daß er dieser zierlichen Unbekannten das Geld ohne Risiko anvertrauen konnte. Aber er war derart fassungslos, daß die Frau lachen mußte.

»Was haben Sie denn?« fragte sie.

»Offen gestanden, ich rechnete eigentlich nicht damit, mein Geld wiederzusehen.«

»Für was halten Sie mich? Doch nicht für ein schlechtes Mädchen?«

Nicky stand mit rotem Kopf da.

»Nein, natürlich nicht.«

»Sehe ich etwa so aus?«

»Nicht die Spur.«

Sie trug ein unauffälliges schwarzes Kleid, das ihre anmutige schlanke Figur unterstrich, und eine goldene Kette. Sie besaß ein hübsches Gesicht, war gut frisiert und nicht übertrieben aufgemacht. Nicky schätzte sie nur drei oder vier Jahre älter als sich. Freundlich lächelte sie ihn an.

»Mein Mann ist in Marokko bei der Administration. Er meinte, als Abwechslung würden mir ein paar Wochen Monte Carlo guttun.«

»Ich wollte gerade gehen«, sagte Nicky, dem nichts anderes einfiel.

»Schon?«

»Ja, ich muß morgen früh aufstehen, um nach London zurückzufliegen.«

»Natürlich, das Turnier ging ja heute zu Ende. Ich schaute Ihnen zwei- oder dreimal zu.«

»Wirklich? Und ich sollte Ihnen aufgefallen sein?«

»Sie haben einen wunderbaren Stil, und ich fand Sie so süß in Ihren Shorts.«

Nicky war nicht allzu eingebildet, aber er fragte sich doch, ob sie ihn nur angepumpt hatte, um mit ihm anzubändeln.

»Waren Sie schon im *Knickerbocker*?« fragte sie ihn.

»Nein, noch nie.«

»Das müssen Sie aber kennenlernen, bevor Sie abreisen. Wir könnten dort ein bißchen tanzen. Außerdem hätte ich Lust auf Schinken mit Ei.«

Nicky dachte an den Rat seines Vaters: Hände weg von den Frauen, doch konnte das hier nicht gelten, der erste Blick sagte einem, daß dieses zierliche kleine Geschöpf durch und durch anständig war. Ihr Mann arbeitete in einer Behörde, die wohl dem öffentlichen Dienst in England entsprach, und seine Eltern zählten auch Regierungsbeamte zu ihren Freunden, die sie mit ihren Frauen manchmal zum Essen einluden. Diese Frauen waren allerdings weder so jung noch so hübsch wie diese hier, aber als Dame nahm sie es mit allen auf. Und mit einem Gewinn von viertausend Francs in der Tasche schien ein bißchen Amüsement keine schlechte Idee.

»Ich komme schrecklich gern mit«, sagte er, »doch ich kann nicht lange bleiben. Ich hinterließ im Hotel, man soll mich morgen früh um sieben wecken.«

»Wir gehen, sobald Sie wollen.«

Nicky gefiel es prächtig im *Knickerbocker*. Er verspeiste hungrig Schinken und Ei und trank eine Flasche Champagner mit der zierlichen Unbekannten. Sie tanzten zusammen, und sie machte ihm das Kompliment, er tanze ausgezeichnet. Das war ihm nicht neu, und mit diesem federleichten Persönchen fiel es ihm schon gar nicht schwer. Sie lehnte ihre Wange an die seine, und als sich ihre Blicke trafen, glomm in ihren Augen ein Lächeln, das sein Herz höher schlagen ließ. Eine Negerin sang mit dunkler sinnlicher Stimme. Die Tanzfläche war überfüllt.

»Hat man Ihnen schon einmal gesagt, daß Sie sehr, sehr gut aussehen?« fragte sie ihn.

»Ich glaube nicht«, meinte er lachend. ›Mensch‹, dachte er, ›die hat's gepackt.‹

Nicky war nicht so einfältig, um sich nicht seiner Wirkung auf das weibliche Geschlecht bewußt zu sein, und als sie von seinem Äußeren sprach, zog er sie enger an sich. Sie schloß die Augen, und ihren Lippen entschlüpfte ein leichter Seufzer.

»Es wäre wohl nicht ganz das Richtige, Ihnen vor allen Leuten einen Kuß zu geben«, sagte er.

»Was würden die von mir denken?«

Es wurde spät, und Nicky meinte, er müsse jetzt wirklich aufbrechen.

»Ich gehe auch«, sagte sie, »würden Sie mich bitte vor meinem Hotel absetzen?«

Nicky bezahlte die Rechnung, deren Höhe ihn einigermaßen erstaunte, aber mit all dem Geld in der Tasche konnte er es sich leisten, darüber hinwegzusehen. Sie stiegen in ein Taxi. Dort schmiegte sie sich dicht an ihn, und er küßte sie, was ihr anscheinend gefiel.

›Donnerwetter‹, dachte er, ›ob sich da etwas anspinnt?‹

Gewiß, sie war verheiratet mit einem Mann in Marokko, aber es machte ganz den Eindruck, als sei sie in ihn verschossen. Bis über beide Ohren. Und ebenso gewiß hatte ihn sein Vater gewarnt: Hände weg von den Frauen, aber Nicky überlegte wiederum, daß er seinem Vater nicht versprochen hatte, sich daran zu halten, sondern bloß, seinen Rat nicht zu vergessen. Das tat er ja auch nicht, gerade in diesem Augenblick erinnerte er sich getreulich. Doch andere Umstände, andere Gesetze. Sie war ein reizendes kleines Ding; warum sollte er so blöd sein, ein Abenteuer auszulassen, das man ihm auf dem Präsentierteller anbot? Als sie vor dem Hotel hielten, schickte er das Taxi fort.

»Ich gehe zu Fuß«, erklärte er, »die frische Luft wird mir guttun nach dem verqualmten Lokal.«

»Kommen Sie doch auf einen Augenblick nach oben«, sagte sie, »ich möchte Ihnen noch ein Bild von meinem kleinen Jungen zeigen.«

»Ach, Sie haben einen Sohn?« rief er verwirrt aus.

»Ja, einen süßen kleinen Jungen.«

Er stieg hinter ihr die Treppe hinauf, ohne die mindeste Lust, das Bild ihres Söhnchens zu betrachten. Aber es schien ihm dann doch höflich, ein gewisses Interesse zu heucheln. Er fürchtete, er habe sich danebenbenommen, und sie schleppe ihn nur deshalb zu dem Photo nach oben, um ihm diskret seinen Fauxpas vorzuhalten. Er hatte ihr nämlich seine achtzehn Jahre gestanden. Wahrscheinlich hält sie mich für ein Kind. Er wünschte nachgerade, er hätte in dem Nachtlokal nicht so viel für Champagner ausgegeben.

Aber sie zeigte ihm das Bild ihres kleinen Sohnes dann doch nicht. Kaum waren sie in ihrem Zimmer, drehte sie sich um, schlang die Arme um seinen Hals und küßte ihn auf den Mund. So leidenschaftlich war er in seinem ganzen Leben noch nie geküßt worden.

»Liebster«, flüsterte sie. Noch einmal schoß Nicky die väterliche Warnung durch den Kopf, dann vergaß er sie.

Nicky hatte einen leichten Schlaf und schreckte beim geringsten Geräusch hoch. Nach zwei oder drei Stunden wachte er auf und mußte sich erst besinnen, wo er sich befand. Es war nicht ganz dunkel, da die Tür vom Bad offenstand und dort noch Licht brannte. Plötzlich spürte er, daß sich jemand durchs Zimmer bewegte, und da fiel ihm alles wieder ein. Er sah, daß seine kleine Freundin aufgestanden war, und wollte sie eben ansprechen, als ihm ihr sonderbares Benehmen den Mund verschloß. Sie schlich behutsam durch das Zimmer, wie um ihn nicht zu wecken, ein- oder zweimal blieb sie gar stehen und warf einen Blick auf sein Bett. Er fragte sich, was sie im Schilde führe. Er sollte es bald merken, als sie zu dem Stuhl ging, auf dem seine Kleider lagen, und noch einmal zu ihm herüberschaute. Sie wartete, wie ihm schien, eine Ewigkeit, und die Stille war so dicht, daß er seinen eigenen Herzschlag zu hören vermeinte. Dann hob sie langsam und lautlos sein Jackett hoch, schob ihre Hand in die Brusttasche und zog all die schönen Hundert-Francs-Scheine hervor, den ganzen Gewinn, auf den Nicky so stolz war. Sie legte das Jackett wieder hin und faltete ein paar andere Kleidungsstücke darüber, um jede Spur zu verwischen, dann stand sie mit dem Geldbündel in der Hand wiederum längere Zeit stockstill. Nicky hatte einer instinktiven Regung aufzuspringen und sie zu packen nicht nachgegeben: teils lähmte ihn Überraschung, teils der Gedanke, daß man in einem unbekannten Hotel und in einem fremden

Land tunlichst keinen Krach schlage. Sie blickte zu ihm herüber. Er hielt die Augen halb geschlossen, überzeugt, daß sie seinem Schlaf glaube. In der Stille mußte sie doch sein regelmäßiges Atmen hören. Als sie sich vergewissert hatte, daß er nicht aufgestört worden war, huschte sie auf leisen Sohlen quer durch das Zimmer. Nicky beobachtete sie nun mit weitaufgerissenen Augen. Beim Fenster stand auf einem Tischchen eine Zinerarie. Die Pflanze war offenbar nur lose in den Topf gesetzt, denn seine Geliebte hob sie am Stiel heraus und versenkte die Geldscheine auf den Grund des Blumentopfs, dann stopfte sie die Zinerarie wieder hinein. Ein wunderbarer Safe! Kein Mensch wäre auf die Idee gekommen, unter diesen üppigen Blüten ein Versteck zu vermuten. Sie drückte mit den Fingern die Erde noch etwas fest, machte sich dann langsam auf den Rückweg und schlüpfte wieder ins Bett.

»*Chéri*«, gurrte sie.

Nickys Brust hob und senkte sich ruhig, als ob er in tiefem Schlaf läge. Da drehte sich die kleine Frau auf die Seite, um einzuschlummern. Nicky verhielt sich zwar still, doch seine Gedanken arbeiteten fieberhaft. Er war rechtschaffen erbost über das, was er soeben mit eigenen Augen gesehen hatte, und nahm sich selber gegenüber kein Blatt vor den Mund.

›Dieses Flittchen! Die mit ihrem süßen kleinen Jungen und ihrem Mann in Marokko. Stiehlt, was das Zeug hält. Mich für so dumm zu verkaufen! Soll sich nur nicht einbilden, daß die Sache glatt läuft. Die wird ihr blaues Wunder erleben!‹

Er hatte sich gut überlegt, was er mit dem so klug gewonnenen Geld anfangen wollte. Schon seit langem wünschte er sich einen eigenen Wagen und fand es ziemlich schäbig von seinem Vater, darauf nicht einzugehen – wer mochte auch dauernd in der Familienkutsche herumchauffieren! Jetzt wollte er dem alten Herrn eine Lehre erteilen und sich selber eine Kiste kaufen. Für viertausend Francs, also ungefähr dreihundertachtzig Pfund, bekam man einen sehr anständigen Gebrauchtwagen. Er war entschlossen, sein Geld zurückzuholen, er wußte nur noch nicht wie. Krach mochte er, ein Fremder in einem unbekannten Hotel, wirklich nicht schlagen, denn dieses gemeine Weib konnte sehr wohl Komplicen herbeirufen, und wenn er sich auch vor einem ehrlichen Kampf nicht fürchtete, so würde er doch recht töricht vor einer Revolvermündung dastehen.

Und wie wollte er beweisen, daß das Geld ihm gehörte? Ließ sie es auf eine Kraftprobe ankommen und schwor hoch und heilig, die Scheine gehörten ihr, dann landete er mir nichts, dir nichts bei der Polizei. Er wußte wirklich nicht, was tun. An ihrem regelmäßigen Atmen hörte er, daß seine kleine Freundin schlief. Mit gutem Gewissen, da sie ihre Aufgabe fehlerlos erledigt hatte. Nicky ärgerte es nicht schlecht, daß sie so sanft neben ihm schlummerte, während er sich verzweifelt den Kopf zerbrach. Plötzlich kam ihm eine so einzigartige Idee, daß er nur unter Aufbietung aller Willenskräfte nicht aus dem Bett sprang, um sie sogleich in die Tat umzusetzen. Ihr Spielchen konnten doch zwei spielen: sie hatte ihm sein Geld gestohlen, er würde es zurückstehlen, und sie beide wären quitt. Er wollte mäuschenstill warten, bis dieses hinterlistige Frauenzimmer tief schlief.

»Schatz«, murmelte er endlich.

Keine Antwort. Nichts. Kein Zucken. Sie war der Welt entrückt. Geräuschlos schlüpfte er langsam aus dem Bett, wobei er nach jeder Bewegung innehielt. Dann blieb er stehen und beobachtete sie. Sie atmete so ruhig wie zuvor. Während der Wartezeit hatte er sich sorgfältig die Anordnung der Möbel eingeprägt, damit er beim Durchqueren des Zimmers nicht krachend gegen einen Tisch oder einen Stuhl stieß. Nach ein paar behutsamen Schritten hielt er inne, dann wagte er wieder ein paar Schritte. In fünf langen Minuten arbeitete er sich bis zum Fenster vor, und dort wartete er von neuem. Da knackte das Bett – er fuhr zusammen, doch die Schläferin hatte sich nur umgedreht. Er zwang sich, bis hundert zu zählen. Sie schlief wie ein Murmeltier. Mit größter Sorgfalt hob er die Zinerarie an den Stengeln aus dem Topf und langte mit der anderen Hand hinein, sein Herz hämmerte wie toll, als er die Geldscheine berührte, er packte sie und zog sie langsam heraus. Dann setzte er die Pflanze wieder in den Topf, und nun war es an ihm, die Erde festzudrücken. Die ganze Zeit über behielt er das Bett wachsam im Auge, aber dort blieb alles ruhig. Nach einer Vorsichtspause schlich er auf Zehenspitzen zu dem Stuhl mit seinen Kleidern. Als erstes schob er das Geldbündel in die Tasche seines Jacketts, darauf kleidete er sich leise, leise an. Er brauchte eine gute Viertelstunde. Glücklicherweise hatte er zum Smoking ein weiches Hemd gewählt, das war einfacher anzuziehen als ein gestärktes. Er kämpfte mit seiner Krawatte, die er ohne Spiegel binden mußte, aber es war ihm schließlich egal, wie sie saß. Seine Stimmung stieg, das Ganze war doch eigentlich ein Mordsspaß. Endlich hatte er alles an bis auf die Schuhe, die er in die Hand nahm, da er erst im Flur hineinschlüpfen wollte. Jetzt mußte er noch die Tür auf der anderen Seite des Zimmers erreichen, und das gelang ihm so geräuschlos, daß es auch den leichtesten Schlaf nicht stören konnte. Aber er mußte die Tür aufschließen. Langsam drehte er den Schlüssel, er quietschte.

»Wer ist da?«

Die zierliche Unbekannte fuhr plötzlich auf. Nicky schlug das Herz bis zum Halse. Mit größter Anstrengung bewahrte er ruhig Blut.

»Ich bin's. Es ist sechs, und ich muß jetzt gehen. Ich wollte dich nicht wecken.«

»Ach so.«

Sie sank in die Kissen zurück.

»Wenn du schon wach bist, kann ich meine Schuhe auch hier anziehen.«

Er setzte sich dazu auf den Bettrand.

»Mach keinen Lärm beim Hinausgehen, das können sie im Hotel nicht leiden. Himmel, bin ich müde!«

»Schlaf nur schnell wieder ein.«

»Gib mir noch einen Kuß.« Er beugte sich zu ihr herab und küßte sie. »Du bist ein süßer Bub und ein wunderbarer Liebhaber. *Bon voyage.*«

Nicky fühlte sich erst sicher, als er das Hotel im Rücken hatte. Es dämmerte. Im Hafen lagen die Segeljachten und Fischerboote unter einem wolkenlosen Himmel ruhig auf spiegelglattem Wasser. Am Ufer rüsteten sich die Fischer für ihr Tagewerk. Die Straßen lagen verlassen. Nicky atmete tief die frische Morgenluft ein. Ihm war pudelwohl. Mit weitausholenden Schritten ging er aufrecht den Berg hinan, an den Anlagen vor dem Casino vorbei – im klaren Morgenlicht schimmerten die taubenetzten Blumen herzerquickend – bis zu seinem Hotel. Hier hatte der Tag bereits begonnen. Ein Béret auf dem Kopf, ein Halstuch ins offene Hemd gesteckt, putzten die Hausdiener die Eingangshalle. In seinem Zimmer angelangt, ließ Nicky ein heißes Bad einlaufen. Während er sich wohlig in der Wanne ausstreckte, dachte er befriedigt, er sei doch kein solcher Einfaltspinsel, wie manche Leute vermuteten. Dann absolvierte er seine Morgengymnastik, zog sich an, packte und begab sich ins Frühstückszimmer hinunter. Er hatte einen Wolfshunger – ein englisches Frühstück mußte her. Er vertilgte eine Grapefruit, eine Portion Porridge, gebratenen Speck mit Spiegelei, ofenwarme, knusprige Brötchen, die ihm zart auf der Zunge zergingen, dazu drei Tassen Kaffee. War ihm schon vorher urbehaglich, wie erst nachher! Er zündete seine Pfeife an – seine neueste Errungenschaft –, bezahlte die Rechnung und stieg in den Autobus, der ihn zum Flugplatz von Cannes bringen sollte. Bis Nizza führte die Straße über die Hügel, unten lag das tiefblaue Meer, eingefaßt von der zarten Linie der Küste. Er fand es unsinnig schön. Dann fuhren sie durch das am frühen Morgen schon freundlich belebte Nizza und anschließend eine schnurgerade Straße dem Meer entlang. Nicky hatte die Hotelrechnung mit dem Geld seines Vaters beglichen, nicht mit dem Gewinn vom Abend vorher. Zweihundert Francs war er im *Knickerbocker* losgeworden, doch dieses falsche Weib hatte ihm die geliehenen Francs zurückgegeben, so daß er immer noch vierzig Scheine in der Tasche hatte. Er mußte sie noch einmal ansehen, denn nachdem er sie um ein Haar verloren hatte, waren sie ihm doppelt teuer. Er fischte sie aus der hinteren Hosentasche seines Reiseanzugs, wo er sie, sicherheitshalber, versorgt hatte, und zählte sie durch. Etwas Sonderbares war passiert. Statt der erwarteten vierzig waren es fünfzig Scheine. Er begriff überhaupt nichts und zählte zweimal nach. Kein Zweifel, er besaß fünftausend statt viertausend. Das konnte doch nicht sein. Er überlegte, ob er vielleicht im Casino mehr gewonnen hatte, als er in Erinnerung behielt? Nein, das war nicht möglich, er sah den Mann am Schalter deutlich vor sich, wie er ihm die Scheine in vier Reihen zu zehn Stück hinfächerte und er sie selber nachzählte. Plötzlich dämmerte ihm die Erklärung: als er in den Blumentopf griff, hatte er alles Geld, das er dort liegen fühlte, genommen, die Zinerarie war die Sparbüchse dieses Luderchens, und er hatte nicht nur sein eigenes Geld, sondern auch ihre Ersparnisse herausgeholt. Nicky lehnte sich im Autobus zurück und brach in ein herzhaftes Gelächter aus. Das war der Witz seines Lebens. Und als er sich ausmalte, wie sie am Vormittag aufwachte, das so raffiniert verdiente Geld dem Blumentopf entnehmen wollte und feststellen mußte, daß nicht nur dieses, sondern auch ihre eigenen Moneten Beine bekommen hatten, lachte er noch mal so laut. Er konnte gar nichts für sie tun, da er weder ihren Namen noch den des Hotels wußte, er konnte ihr das Geld beim besten Willen nicht zurückgeben.

»Geschieht ihr ganz recht«, brummte er.

Diese Geschichte erzählte Henry Garnet seinen Freunden am Bridgetisch; am Abend vorher hatte sie Nicky ihm in epischer Breite geschildert, als die Damen der Familie die Herren mit dem Portwein allein ließen.

»Und wißt ihr, ich hätte mich grün ärgern können, wie er vor Selbstzufriedenheit aus allen Nähten platzte. Was hat er am Schluß zu mir gesagt? Da guckte er mich mit seinem unschuldigen Kinderblick an und sagte: ›Papa, an deinen Ratschlägen muß doch irgend etwas nicht gestimmt haben. Du hast mich gewarnt: Spiel nie, leih nie, Hände weg von den Frauen. Und ich hab beim Spiel eine Stange Geld gewonnen, meine geliehenen Scheine zurückbekommen, und die Affäre mit der kleinen Frau brachte tausend Francs ein.‹«

Es war kein Trost für Henry Garnet, daß seine drei Freunde wieherten.

»Ihr habt gut lachen, aber ich sitze scheußlich in der Klemme. Der Junge hat voller Respekt zu mir aufgeblickt, und meine Worte galten ihm wie das Evangelium, und jetzt hält er mich für einen senilen Schwätzer, das sah ich seinen Augen an. Ich kann lang sagen, eine Schwalbe macht noch keinen Sommer, er begreift einfach nicht, daß alles nur Zufall war und daß er sich auf sein geschicktes Händchen nichts einzubilden braucht. Die ganze Sache wird ihn noch zugrunde richten.«

»Du stehst aber auch ein bißchen wie ein Trottel da«, meinte der eine, »das läßt sich nicht leugnen, oder?«

»Ich weiß, ich weiß, und das bedrückt mich ja auch so. Es ist alles abscheulich ungerecht. Das Schicksal darf einen nicht derart hereinlegen. Mein Rat war nämlich gut, das müßt ihr zugeben.«

»Sehr gut.«

»Dieser Bengel hätte sich die Finger verbrennen müssen. Und er tat's nicht. Nun helft mir aus der Klemme, ihr mit eurer Lebenserfahrung.«

Doch keiner konnte ihm helfen.

»Hör mal, Henry, an deiner Stelle würde ich mich nicht weiter aufregen«, sagte der Richter, »ich glaube, der Junge ist unter einem glücklichen Stern geboren, und das ist auf die Dauer mehr wert als Geld und Geist.«

Gigolo und Gigolette

Die Bar war voll. Nach mehreren Cocktails wurde Sandy Westcott allmählich hungrig und schaute auf seine Armbanduhr. Für halb zehn hatte ihn Eva Barrett zum Essen eingeladen, und nun war es beinahe zehn. Aber sie kam immer zu spät, und er konnte sich glücklich preisen, wenn er um halb elf bei Tisch saß. Als er eben beim Mixer noch einen Cocktail bestellen wollte, entdeckte er neben sich einen neuen Gast.

»Hallo, Cotman«, rief er, »wie wär's mit einem Drink?«

»Gerne, Sir.«

Cotman war ungefähr dreißig Jahre alt, klein, doch so wohlproportioniert, daß es nicht auffiel, und sah sehr sympathisch aus. Sein hocheleganter zweireihiger Smoking markierte ein bißchen zu deutlich die Taille, seine Fliege war erheblich zu groß. Er hatte einen dichten Schopf schwarzer glänzender Locken, die er von der Stirn glatt zurückbürstete, und schöne feurige Augen.

»Wie geht's Stella?« erkundigte sich Sandy.

»Gut. Sie hat sich noch was hingelegt vor ihrer Nummer, wie immer. Sie sagt, das beruhigt die lieben Nerven.«

»Ich würde ihren Mut nicht für tausend Pfund aufbringen.«

»Das glaube ich. Das macht ihr keiner nach, aus dieser Höhe, meine ich, bei einer Wassertiefe von bloß ein Meter fünfzig.«

»So viel Herzklopfen habe ich noch bei keiner Vorführung gehabt.«

Cotman lachte kurz, er faßte Sandys Bemerkung als Kompliment auf. Natürlich riskierte Stella, seine Frau, bei ihrer sensationellen Nummer Kopf und Kragen, aber ihm war der publikumswirksame Einfall mit den Flammen gekommen, dem sie ihren Erfolg verdankte.

Von zwanzig Meter Höhe sprang Stella also in ein anderthalb Meter tiefes Bassin. Kurz vorher wurde die Wasseroberfläche mit Benzin übergossen, er zündete es an, die Flammen schossen empor, und sie stürzte sich mitten hinein.

»Paco Espinel meint, es sei der tollste Schlager, seit das Casino existiert«, fuhr Sandy fort.

»Ja. Er erzählte mir, sie hätten im Juli so viele Gedecke

serviert wie sonst im August. ›Und das ist Ihr Verdienst‹, hat er zu mir gesagt.«

»Hoffentlich bringt es Ihnen auch etwas ein.«

»Nicht gerade viel. Wir stehen unter Vertrag und ahnten natürlich nicht, daß unsere Nummer derart einschlägt. Doch Mr. Espinel möchte uns noch einen Monat prolongieren, und ich kann Ihnen flüstern: zu solchen oder ähnlichen Bedingungen kriegt er uns nicht mehr. Erst heute morgen hat mir ein Agent geschrieben, er habe ein Angebot für uns in Deauville.«

»Da kommen meine Leute«, sagte Sandy und nickte Cotman zum Abschied zu. Eva Barrett rauschte mit ihren Gästen herein, die sie bereits unten um sich versammelt hatte, alles in allem acht Personen.

»Ich dachte mir, daß wir dich hier finden würden«, begrüßte sie Sandy. »Ich habe mich doch nicht verspätet?«

»Nur eine halbe Stunde.«

»Kümmere dich doch um die Cocktails, dann wollen wir essen.«

Während sie noch an der fast leeren Bar standen – die meisten Gäste hatten sich zum Abendessen auf die Terrasse begeben –, ging Paco Espinel vorbei, blieb stehen und reichte Eva Barrett die Hand. Paco Espinel, ein junger Argentinier, der sein Geld verjubelt hatte, verdiente jetzt seinen Lebensunterhalt im Casino, indem er die artistischen Einlagen betreute. Auch gehörte zu seinen Berufspflichten, reiche und berühmte Gäste zu hofieren. Zum Beispiel jene Mrs. Chaloner Barrett, eine steinreiche amerikanische Witwe, die nicht nur teure Einladungen schmiß, sondern auch besessen Roulette spielte. Im Grunde waren die Menüs mit den zwei Vorstellungen nämlich nur dazu da, um die Leute an die Spieltische zu locken, wo sie ihr Geld loswurden.

»Paco, Sie haben mir doch einen guten Tisch reserviert?« fragte Eva Barrett.

»Den besten.« Seine schönen Augen bewunderten Mrs. Barretts füllige alternde Reize. Das gehörte mit zum Beruf. »Haben Sie Stella schon gesehen?«

»Natürlich. Dreimal. Schauderhaft aufregend das Ganze.«

»Sandy schaut sich's jeden Abend an.«

»Ich will bei ihrem Todessprung dabei sein. Sie muß sich

doch bald das Genick brechen, und das möchte ich auf keinen Fall verpassen.«

Paco lachte.

»Sie hat einen Riesenerfolg, darum wollen wir sie noch einen Monat verlängern. Bis Ende August sollte sie nach Möglichkeit am Leben bleiben, nachher kann sie von mir aus machen, was sie will.«

»Himmel, muß ich denn bis Ende August jeden Abend Forelle und Brathähnchen essen?« stöhnte Sandy.

»Du bist ein Ekel«, schalt Eva Barrett. »Gehn wir zu Tisch, ich komme um vor Hunger.«

Paco Espinel erkundigte sich beim Mixer, ob er Cotman gesehen habe. »Ja, eben noch bei einem Drink mit Mr. Westcott.«

»Wenn er wieder aufkreuzt, richten Sie ihm bitte aus, ich möchte ihn sprechen.«

Oben an der Treppe zur Terrasse blieb Mrs. Barrett stehen, um der kleinen, verhärmten, schlecht frisierten Reporterin Zeit zu geben, mit ihrem Notizbuch die Stufen heraufzuhasten. Sandy flüsterte ihr die Namen der Gäste zu, die an dieser typischen Riviera-Party teilnahmen: da war ein englischer Lord mit seiner Gemahlin, ein riesengroßes, spindeldürres Paar, das überall herumnassauerte und ganz bestimmt noch vor Mitternacht starke Schlagseite zeigte; des weiteren eine hagere Schottin mit einem maskenhaften Aztekengesicht, über das die Stürme eines Jahrtausends hinweggebraust waren, und ihr Mann, ein Engländer, von Beruf Makler, ein jovialer Schwindler mit einem militärischen Air. Er wirkte derart redlich, daß man ihn mehr bedauerte als sich selber, wenn das als besonderer Gunstbeweis verkaufte Grundstück ein Reinfall war. Dann eine italienische Gräfin, die weder Gräfin noch italienisch war, doch wundervoll Bridge spielte, und ein russischer Fürst, der, den heiratsfrohen Sinn auf Mrs. Barrett gerichtet, vorläufig mit Champagner, Autos und alten Meistern handelte. Es wurde getanzt, und Mrs. Barrett, die warten mußte, überblickte das wogende Gewimmel mit einem bei ihrer kurzen Oberlippe betont verächtlichen Ausdruck. Wie bei allen Gala-Abenden hatte man die Tische eng zusammengerückt. Vor der Terrasse lag schweigend das Meer. Als der Tango zu Ende war, näherte sich freundlich lächelnd der Oberkellner, um Mrs. Barrett an ihren Tisch zu führen. Majestätisch schwebte sie die Treppe herab.

»Wir werden Stella von hier aus gut sehen«, bemerkte sie, als sie Platz nahm.

»Darf ich neben dem Bassin sitzen«, bat Sandy, »ich möchte ihr Gesicht beobachten.«

»Ist sie hübsch?« fragte die Gräfin.

»Mich interessiert bloß der Ausdruck ihrer Augen. Sie stirbt vor Angst bei jedem Sprung.«

»Was denn!« posaunte der Makler, ein Oberst Goodhart, der seinen Titel auf höchst geheimnisvolle Weise erworben hatte. »Alles ein blödsinniger Trick. Völlig ungefährlich. Ist doch klar.«

»Haben Sie eine Ahnung! Bei einem Kopfsprung von der Höhe in dieses winzige Becken muß sich Stella blitzschnell drehen, sobald sie das Wasser berührt. Wenn sie den richtigen Moment verpaßt, schlägt sie mit dem Kopf auf dem Grund auf und bricht sich das Genick.«

»Natürlich, Sandy, ein Trick«, sagte der Oberst, »wir sind uns ganz einig.«

»Aber wenn es nicht gefährlich ist, ist ja gar nichts dran«, warf Eva Barrett ein. »Die Nummer rauscht in einer Minute vorüber. Wenn Stella nicht mit dem Tod spielt, ist sie die größte Betrügerin unserer Zeit. Wir können doch unmöglich Abend für Abend hier sitzen und uns einen Schwindel vorsetzen lassen.«

»Das ist der Welt Lauf, glauben Sie mir!«

»Sie müssen es ja wissen«, bemerkte Sandy.

Sollte dem Oberst die verborgene Spitze überhaupt aufgefallen sein, glitt er sehr geschickt darüber hinweg.

»Ich habe so meine Erfahrungen«, gab er lachend zu, »und halte meine Augen offen. Mir kann man so schnell nichts vormachen.«

Das Bassin befand sich auf der linken Seite der Terrasse, dahinter ragte eine unendlich hohe, von Stangen gestützte Leiter empor, die zu einer winzigen Plattform führte. Nach zwei oder drei Tänzen – Eva Barretts Gäste genossen gerade die Spargel – verstummte die Kapelle, die Lichter erloschen, ein Scheinwerfer richtete sich auf das Bassin, und in der strahlenden Helle lief Cotman die sechs Stufen bis zum Bassinrand hinauf.

»Meine Damen und Herren«, begrüßte er mit schallender Stimme das Publikum, »in wenigen Sekunden sehen Sie den Star des Jahrhunderts, Madame Stella. Madame Stella, die berühmteste Kunstspringerin der Welt, wird sich aus einer Höhe von zwanzig Meter in ein Flammenmeer von nur anderthalb Meter Tiefe stürzen. So etwas ist noch nie dagewesen, und Madame Stella bietet jedem von Ihnen hundert Pfund, der diesen Sprung wagt. Meine Damen und Herren, ich habe die Ehre, Ihnen Madame Stella vorzustellen.«

Oben an der Treppe erschien eine schmächtige Gestalt, eilte über die Terrasse zum Bassin und verneigte sich vor dem Applaus der Menge. Sie trug einen seidenen Männerbademantel und eine Bademütze, das schmale Gesicht hatte sie wie für die Bühne geschminkt. Die italienische Gräfin betrachtete sie durch ihr Lorgnon.

»Gar nicht hübsch«, stellte sie fest.

»Aber eine gute Figur«, sagte Eva Barrett, »warten Sie nur.«

Stella ließ den Mantel von den Schultern gleiten und warf ihn Cotman zu, der die Stufen herabstieg. Einen Augenblick schaute sie regungslos ins Publikum, auf die im Dunkeln undeutlich schimmernden Gesichter und die weißen Hemdbrüste. Klein, zierlich, mit langen Beinen und schmalen Hüften stand sie in ihrem engen Badeanzug da.

»Das mit der Figur stimmt, Eva«, bemerkte der Oberst. »Ein bißchen unterentwickelt, aber ihr Frauen findet das ja chic.«

Stella kletterte die Leiter hinauf, und das Licht des Scheinwerfers wanderte mit – höher und immer höher. Ein Assistent goß Benzin auf das Wasser und reichte Cotman die brennende Fackel. Sobald Stella auf der Plattform stand, rief er: »Fertig?«

»Ja.«

»Los!«

Zugleich senkte Cotman die brennende Fackel ins Wasser, und die Flammen loderten gefährlich empor. In diesem Augenblick sprang Stella. Wie ein Blitz schoß sie in das Wasser, sogleich erlosch das Feuer. Eine Sekunde später tauchte sie auf und schwang sich unter dem tosenden Applaus des Publikums aus dem Bassin. Cotman hüllte sie in ihren Bademantel. Sie verneigte sich nach allen Seiten, doch der Beifallssturm wollte nicht abebben. Die Kapelle setzte ein. Noch einmal winkte Stella, dann huschte sie die Stufen hinab und zwischen den Tischen hindurch zur Tür. Die Lichter flammten auf, und eilig widmeten sich die Kellner von neuem ihren Pflichten.

Sandy Westcott seufzte, ob vor Enttäuschung oder Erleichterung, wußte er selber nicht.

»Eine Klasse für sich«, sagte der englische Lord.

»Ein billiger Trick, mehr nicht«, beharrte starrköpfig der Oberst, »da gehe ich jede Wette ein.«

»Es geht viel zu schnell vorbei«, bemängelte des Lords Gemahlin, »man bekommt kaum etwas für sein Geld.«

Immerhin war es nicht ihr Geld, das war es nie. Die italienische Gräfin, die fließend Englisch sprach, wenn auch mit starkem Akzent, beugte sich vor.

»Liebste Eva, kennen Sie dieses merkwürdige Paar an dem Tisch zwischen Tür und Balkon?«

»Urkomisch, nicht?« sagte Sandy. »Ich muß die beiden auch dauernd anschauen.«

Eva Barrett sah zu dem von der Gräfin bezeichneten Tisch hinüber, und der Fürst, der ihm den Rücken zuwandte, drehte sich ungeniert um.

»Ist das die Möglichkeit!« rief Eva. »Ich muß sofort Angelo fragen.«

Mrs. Barrett gehörte zu den Frauen, die in allen vornehmen Restaurants Europas den Oberkellner mit Vornamen kannten. Dem Kellner, der soeben ihr Glas nachfüllte, trug sie auf, Angelo zu ihr zu schicken.

Das Paar, das für sich allein an einem Tischchen saß, fiel wirklich auf. Der Mann war groß und dick und hatte eine prächtige weiße Mähne, buschige weiße Augenbrauen und einen stattlichen weißen Schnurrbart – ganz der verstorbene König Umberto von Italien, nur sehr viel königlicher. Kerzengerade saß er da in seinem Frack mit weißem Binder und einem seit gut dreißig Jahren aus der Mode gekommenen Kragen. Ihn begleitete eine kleine alte Dame in einem schwarzen Abendkleid aus Taft mit riesigem Dekolleté und enger Taille. Um den Hals hing eine mehrreihige falsche Perlenkette, auf dem Kopf thronte, deutlich erkennbar, eine schlecht sitzende Perücke mit kunstvoll aufgetürmten rabenschwarzen Locken. Und wie knallig war sie geschminkt: die Schatten unter den Augen und auf den Lidern tief blau, dick schwarz die Brauen, auf den Wangen zwei große rosarote Flecken, die Lippen scharlachrot. Aus ihrem verschrumpelten Gesichtchen musterten große kecke Augen munter Tisch um Tisch und sahen überall Bemerkenswertes, so daß sie die ganze Zeit über ihren Mann eifrig auf irgend etwas hinweisen mußte. Inmitten des eleganten Publikums – die Herren trugen Smoking, die Damen pastellfarbene Sommerkleider – zogen die zwei seltsamen Vögel viele Blicke auf sich. Das schien die alte Dame aber nicht weiter zu stören, sie begegnete der allgemeinen Neugier mit neckisch emporgezogenen Brauen, rollenden Augen und geschmeicheltem Lächeln – fast als wolle sie sich beim Publikum für seinen Applaus bedanken.

Eilig näherte sich Angelo Mrs. Barrett, dieser wichtigen Kundin des Casinos. »Sie wollten mich sprechen, Mylady?«

»O Angelo, wir möchten fürs Leben gern wissen, was für herrlich verrückte Leute dort am Tisch neben der Tür sitzen.«

Angelo schoß einen Blick hinüber, und Mißbilligung breitete sich über seine Züge. Sein Gesicht, sein Schulterzucken, sein gekrümmter Rücken, die Hände, wahrscheinlich sogar die eingerollten Zehen baten halb scherzhaft um Entschuldigung.

»Bitte übersehen Sie die beiden, Mylady.«

Natürlich wußte er, daß Mrs. Barrett dieser Titel nicht zukam, daß die italienische Gräfin weder italienisch noch Gräfin war, daß der englische Lord nie freiwillig einen Drink zahlte, aber er wußte auch, daß ihr diese Anrede gefiel. »Als ehemalige Artisten wollten sie unbedingt Madame Stellas Nummer sehen und baten mich um einen Tisch. Gewiß, sie passen nicht recht hierher, aber ich brachte es nicht übers Herz, ihnen ihre Bitte abzuschlagen.«

»Die beiden sind rasend originell, ich finde sie wundervoll.«

»Ich kenne sie seit vielen Jahren, er ist ein Landsmann von mir.« Der Oberkellner lachte herablassend. »Sie erhielten ihren Tisch unter der Bedingung, keinesfalls zu tanzen. Ich wollte nichts riskieren, Mylady.«

»Wie schade, ich hätte ihnen zu gern zugeschaut.«

»Alles hat seine Grenzen, Mylady«, bemerkte Angelo ernst. Er verbeugte sich mit einem Lächeln und ging.

»Seht her«, rief Sandy, »die beiden brechen auf.«

Die komischen Alten bezahlten soeben die Rechnung, dann stand der Mann auf und legte seiner Frau eine üppige, allerdings nicht mehr ganz saubere Federboa um. Sie erhob sich, er reichte ihr den Arm, und sie trippelte neben ihm dem Ausgang zu. Ihr schwarzes Abendkleid endete in einer langen Schleppe, die Eva Barrett trotz ihrer gut fünfzig Jahre zu einem begeisterten Kichern hinriß.

»Du glaubst es nicht! Meine Mutter trug so ein Kleid, als ich noch zur Schule ging.«

Arm in Arm schritt das wunderliche Paar durch die hohen Säle des Casinos zur Eingangshalle, dort wandte sich der Alte an einen Portier.

»Würden Sie uns bitte zur Künstlergarderobe führen, wir möchten Madame Stella unsere Aufwartung machen.«

Der Portier musterte sie abschätzend: bei den zwei zahlte sich Höflichkeit nicht aus.

»Dort treffen Sie sie nicht an.«

»Ist sie schon weg? Um zwei sollte doch noch eine Vorstellung stattfinden.«

»Gewiß. Vielleicht sind sie in der Bar.«

»Uns fällt keine Perle aus der Krone, wenn wir da mal nachsehen, Carlo«, meinte die alte Dame.

»Recht so!« stimmte er mit rollendem R zu.

Langsam stiegen sie die breite Treppe zur Bar hinauf. Niemand war dort außer dem zweiten Mixer und einem Paar, das sich auf die Sessel in der Ecke zurückgezogen hatte. Die alte Dame ließ den Arm ihres Mannes los, mit ausgestreckten Händen eilte sie auf Stella zu.

»Wie geht's dir denn, Mädchen? Ich mußte einfach herkommen und dir gratulieren, ich bin doch Engländerin wie du, und dazu im gleichen Beruf. Deine Nummer ist großartig und verdient ihren Erfolg.« Sie wandte sich Cotman zu. »Ist das dein Gatte?«

Stella erhob sich mit einem schüchternen Lächeln, leicht verwirrt von dem Redestrom der alten Dame.

»Ja, das ist Syd.«

»Angenehm«, murmelte er.

»Und hier ist meiner«, trompetete die alte Dame und versetzte dem großen weißhaarigen Mann an ihrer Seite einen Puff mit dem Ellbogen. »Mr. Penezzi, eigentlich ein Graf, und ich bin eine richtige Gräfin Penezzi, aber als wir die Künstlerlaufbahn aufgaben, verzichteten wir auf den Titel.«

»Trinken Sie etwas mit uns?« fragte Cotman.

»Nein, wir laden euch ein«, bestimmte Mrs. Penezzi und sank in einen Sessel. »Carlo, bestell mal.«

Der Mixer kam, und nach einigem Hin und Her entschloß man sich zu drei Flaschen Bier. Stella wollte nichts.

»Vor der zweiten Vorstellung nimmt sie nie etwas zu sich«, erklärte Cotman.

Stella war nicht eigentlich hübsch, doch sie hatte klare, feine Züge, graue Augen, kurzgeschnittene hellbraune Locken und einen blassen Teint. Ihre Lippen waren geschminkt, doch auf den Wangen lag nur wenig Rouge. Sie trug ein Kleid aus weißer Seide. Als das Bier gebracht war, tat Mr. Penezzi, offensichtlich kein Freund von vielen Worten, einen gewaltigen Zug.

»Was war denn eure Spezialität?« erkundigte sich Syd Cotman höflich.

Mrs. Penezzi blitzte ihn mit rollenden schwarzumränderten Augen an und wandte sich an ihren Mann.

»Carlo, sag ihnen, wer ich bin.«

»Die menschliche Kanonenkugel«, verkündete er.

Mit strahlendem Lächeln und einem schnellen Vogelblick schaute Mrs. Penezzi von einem zum andern. Die beiden starrten sie unglücklich an.

»Flora«, sagte sie, »die menschliche Kanonenkugel.«

Vor ihrer felsenfesten Überzeugung, tiefen Eindruck zu machen, saßen die beiden hilflos da. Stella warf Syd einen verlegenen Blick zu, und er griff ein.

»Das muß vor unserer Zeit gewesen sein.«

»Natürlich. Wir sind seit dem Todesjahr der Königin Victoria nicht mehr aufgetreten, unser Entschluß hat damals schrecklich viel Staub aufgewirbelt. Aber ihr habt doch von mir gehört.«

Als sie sich nur zwei verständnislosen Gesichtern gegenübersah, fuhr sie eindringlich fort: »Ich war die größte Zugnummer von London im alten ›Aquarium‹. Die ganze Hautevolee traf sich da, der Prinz von Wales und so. Ich war damals das Stadtgespräch. Stimmt's, Carlo?«

»Ein Jahr lang war das ›Aquarium‹ gerammelt voll, nur wegen ihr.«

»Ich galt dort als einmalige Sensation. Erst vor ein paar Jahren bin ich zu Lady de Bathe gegangen. Lily Langtry, ihr wißt ja. Sie wohnte hier, und die erinnerte sich sofort an mich: zehnmal hatte sie mich gesehen!«

»Was hast du denn gemacht?« fragte Stella.

»Ich wurde aus einer Kanone geschossen. Ein Riesenerfolg,

sag ich dir. Nach dem Gastspiel in London ging ich auf Welt-Tournee. Jetzt bin ich eine alte Frau, ich geb's zu. Mr. Penezzi hat achtundsiebzig Jahre auf dem Buckel, und ich bin auch schon über die Siebzig hinaus, aber in London sah ich mein Bild auf jeder Plakatwand. ›Meine Liebe, Sie waren so berühmt wie ich‹, hat Lady de Bathe zu mir gesagt. Aber ihr kennt ja das Publikum: da hat man eine erstklassige Nummer, und sie tun wie verrückt, und dann wollen sie etwas Neues; man kann noch so erstklassig sein, es ist ihnen verleidet, und sie bleiben weg. Das wird dir auch so gehen, Mädchen. Wir müssen alle da durch. Doch Mr. Penezzi war eben immer auf Draht. Ist ja auch schon als Knirps aufgetreten. Im Zirkus. Er brachte es bis zum Direktor. Da hab ich ihn kennengelernt, als Akrobatin in einer Truppe. Trapezakt. Er ist ja heute noch ein schöner Mann, aber kein Vergleich zu damals. Als er in Russenstiefeln, Reithose und engem Husarenjackett mit seiner langen Peitsche knallte und die Pferde durch die Manege jagte, war er der schönste Mann meines Lebens.«

Mr. Penezzi schwieg und zwirbelte gedankenvoll seinen riesigen weißen Schnurrbart.

»Und wie gesagt, immer hielt er den Daumen auf dem Beutel. Als die Agenten uns nicht mehr unterbringen konnten, hat er beschlossen: wir geben's auf. Und recht hat er gehabt, denn als Varietékönigin von London konnte ich nicht zum Zirkus zurück, und Mr. Penezzi ist doch ein Graf und muß an seine Würde denken. So haben wir hier ein Haus gekauft und eine Pension aufgemacht, ein alter Traum von Mr. Penezzi. Jetzt sind wir fünfunddreißig Jahre hier, und es geht uns nicht schlecht, obwohl die Gäste lange nicht mehr so sind wie früher und Zimmer mit elektrischem Licht und fließendem Wasser und anderem Firlefanz verlangen. Carlo, gib ihnen unsere Karte. Mr. Penezzi kocht selber, und wenn ihr's richtig gemütlich haben möchtet, dann kommt nur zu uns. Kollegen sind immer gern gesehene Gäste, und wir beide hätten uns viel zu erzählen, nicht wahr, Mädchen? Einmal Künstler, immer Künstler, ist meine Devise.«

In diesem Augenblick kehrte der erste Barmixer vom Essen zurück und entdeckte Syd.

»Mr. Cotman, Mr. Espinel sucht Sie, er möchte Sie sprechen.«

»Wo ist er jetzt wohl?«

»Irgendwo hier herum.«

»Wir müssen aufbrechen«, meinte Mrs. Penezzi und erhob sich. »Besucht uns doch mal zum Mittagessen, ja? Ich zeige euch dann die alten Bilder von mir und die Zeitungsausschnitte. Nein, daß ihr die menschliche Kanonenkugel nicht kennt! Ich war so berühmt wie der Londoner Tower.«

Mrs. Penezzi war nicht entrüstet über die jungen Leute, die noch nie etwas von ihr gehört hatten, sondern bloß erheitert. Sie verabschiedeten sich, und Stella sank in ihren Stuhl zurück.

»Ich trinke nur noch mein Bier aus«, sagte Syd, »dann suche ich Paco. Willst du lieber hier warten, Schatz, oder in deiner Garderobe?«

Stella hielt die Hände ineinander gekrampft. Sie antwortete nicht. Syd warf ihr einen Blick zu und schaute rasch wieder weg.

»Ein lustiger Vogel, diese Gräfin«, fuhr er munter fort, »schwatzt ohne Punkt und Komma. Und das ist sicher wahr, was sie erzählt hat, auch wenn wir's kaum glauben können. Stell dir vor, daß sie vor – nicht wahr, vierzig? – Jahren ganz London auf die Beine brachte. Und jetzt denkt sie, man erinnere sich noch daran. Komisch, nicht? Sie begriff einfach nicht, daß wir gar nichts von ihr gehört hatten.«

Aus dem Augenwinkel schaute er wieder unauffällig zu Stella hinüber und sah, daß sie weinte. Er stockte. Über ihre bleichen Wangen rollten dicke Tränen, aber sie gab keinen Laut von sich.

»Schatz, was hast du?«

»Ich kann heute abend nicht noch einmal, Syd«, schluchzte sie.

»Aber ich bitte dich, warum denn nicht?«

»Ich habe Angst.«

Er nahm ihre Hand.

»Da kenne ich dich besser«, sagte er. »Kleines, du bist die tapferste Frau auf der ganzen Welt. Trink einen Cognac, dann wird dir wieder besser.«

»Nein, davon wird's nur schlimmer.«

»Du kannst aber das Publikum nicht einfach sitzenlassen.«

»Dieses gräßliche Publikum, das sich mit Essen und Trinken den Bauch vollschlägt, diese Schweine. Lauter schnatternde Idioten, die nicht wissen, was sie mit ihrem Geld anfangen sollen. Ich kann sie nicht ausstehen. Was bedeutet es für sie, daß ich mein Leben aufs Spiel setze?«

»Natürlich wollen sie den Nervenkitzel, das läßt sich nicht

leugnen«, entgegnete er unruhig, »aber du und ich, wir wissen beide, daß du nichts riskierst, solange du nicht die Nerven verlierst.«

»Aber ich hab sie verloren, Syd. Ich werde in den Tod springen.«

Sie hatte lauter gesprochen, und er blickte sich kurz nach dem Mixer um, doch der war in den *Eclaireur de Nice* vertieft und sah und hörte nichts.

»Du weißt nicht, was es heißt, oben auf der Leiter zu stehen und auf das Bassin herunterzuschauen. Ich sage dir, vorhin wäre ich beinahe ohnmächtig geworden. Heute abend kann ich wirklich nicht noch einmal, du mußt mich irgendwie davor retten, Syd!«

»Wenn du heute schlappmachst, ist es morgen nur noch schlimmer.«

»Bestimmt nicht. Aber die zwei Vorstellungen, die halte ich nicht durch. Die Warterei und das übrige Drum und Dran. Du mußt Mr. Espinel beibringen, daß ich an einem Abend nicht zweimal auftreten kann. Ich schaffe es nicht.«

»Darauf wird er nicht eingehen. Der ganze Umsatz mit den Abendessen hängt doch von dir ab. Die Leute kommen bloß, weil sie dich sehen wollen.«

»Das ist mir egal, ich kann nicht mehr.«

Er schwieg. Immer noch liefen ihr die Tränen übers Gesicht, und er merkte, daß es mit ihrer Selbstbeherrschung zu Ende war. Schon seit ein paar Tagen lag etwas in der Luft und bedrückte ihn. Er hatte versucht, Stella keine Gelegenheit zu einer Aussprache zu geben, denn er spürte dunkel, daß sie ihre Ängste besser nicht in Worte faßte. Aber er hatte darunter gelitten, denn er liebte sie.

»Espinel will mich ja sprechen«, bemerkte er.

»Weswegen?«

»Ich weiß nicht. Ich werde ihm sagen, daß du an jedem Abend nur einmal auftreten kannst. Mal sehen, was er meint. Willst du hier auf mich warten?«

»Lieber in meiner Garderobe.«

Zehn Minuten später eilte er heiter und beschwingt zu ihr. Er stieß die Tür zur Garderobe auf.

»Schatz, eine große Neuigkeit! Sie engagieren uns im nächsten Monat für die doppelte Gage.«

Er wollte sie an sich ziehen und küssen, doch sie schob ihn beiseite.

»Muß ich heute abend nochmals auftreten?«

»Leider ja. Ich versuchte, nur eine Abendvorstellung herauszuschinden, aber er lehnte ab. Er sagte, die Vorführung während des Essens sei zu wichtig. Und schließlich: bei der doppelten Gage, da lohnt sich's.«

Von Schluchzen geschüttelt, warf sie sich auf den Boden.

»Ich kann nicht, ich kann nicht, es ist mein Tod, Syd.«

Er setzte sich neben sie, hob ihr Gesicht zu sich empor, nahm sie in seine Arme und streichelte sie.

»Kopf hoch, Liebes. Wie willst du auf so viel Geld verzichten! Wir können den ganzen Winter davon leben und brauchen keinen Finger zu rühren. Sieh her, bis Ende Juli sind's nur vier Tage, und dann bleibt bloß noch der August.«

»Nein, nein, nein. Ich habe Angst. Ich will nicht sterben, Syd, ich liebe dich.«

»Sicher, Stella, und ich liebe dich; seit unserer Heirat habe ich keine andere Frau angesehen. Wir verdienen jetzt so viel Geld wie noch nie – und nie wieder werden wir so viel verdienen. Du verstehst doch, im Augenblick sind wir ein Erfolg, aber es fragt sich, ob das anhält. Man muß das Eisen schmieden, solange es heiß ist.«

»Willst du, daß ich sterbe, Syd?«

»Dummerchen. Wie könnte ich ohne dich leben? Nimm dich zusammen. Du mußt deine Selbstachtung bewahren, du, eine internationale Berühmtheit.«

»Wie die menschliche Kanonenkugel«, rief sie mit einem zornigen Lachen.

›Zur Hölle mit dem alten Weib‹, wünschte er im stillen, deren Gebabbel hatte den Becher zum Überlaufen gebracht. Pech, daß Stella so darauf reagierte.

»Es ist mir wie Schuppen von den Augen gefallen«, fuhr sie fort, »warum kommen die Leute immer wieder, um mich zu sehen? Weil sie hoffen, bei meinem Tod dabei zu sein. Und eine Woche später werden sie sogar meinen Namen vergessen haben. So ist das Publikum. Das hab ich der geschminkten Alten alles vom Gesicht gelesen. O Syd, ich bin so unglücklich!« Sie schlang die Arme um seinen Hals und preßte ihre Wange an die seine.

»Syd, es hilft nichts, ich kann es nicht mehr.«

»Du meinst, heute abend? Wenn dir wirklich so zumute ist, werde ich Espinel sagen, daß du eine Ohnmacht hattest. Ich glaube, für einmal läßt es sich machen.«

»Nicht nur heute abend, sondern nie wieder.«

Sie spürte, wie er erstarrte.

»Syd, Lieber, halt mich bitte nicht für übergeschnappt. Es rumort nicht erst seit heute in mir, sondern schon lange. Nachts kann ich nicht schlafen, weil ich daran denken muß, und wenn ich eindusele, stehe ich im Traum oben auf der Leiter und schaue auf das Bassin herab. Heute abend konnte ich kaum die Sprossen hinaufklettern, ich habe so gezittert. Und als du das Benzin angezündet hast und ›Los!‹ riefst, da hielt mich irgend etwas zurück. Ich merkte nicht einmal, daß ich sprang. Mir war ganz leer im Kopf, bis ich auf dem Podium stand und den Applaus hörte. Syd, wenn du mich lieb hättest, würdest du mir diese Folterqualen ersparen.«

Er seufzte. Die Augen waren ihm feucht geworden, denn er liebte sie innig.

»Du weißt, was das bedeutet: zurück zum alten Leben mit endlosen Tanzmarathons undsoweiter undsoweiter.«

»Alles besser als das.«

Das alte Leben. Sie erinnerten sich beide gut daran. Syd hatte bereits mit achtzehn Jahren seinen Unterhalt als Gigolo verdient. Bei seinem blendenden spanisch-dunklen Aussehen und dem sprühenden Temperament fand er immer Arbeit, denn alte und ältere Damen zahlten gerne für die Gelegenheit, mit ihm zu tanzen. Er war von England auf den Kontinent herübergekommen und schlug sich von Hotel zu Hotel durch, im Winter an der Riviera, im Sommer in französischen Badeorten. Es war kein schlechtes Leben, meist teilten sich zwei oder drei Freunde in eine billige Unterkunft, sie standen spät auf und erreichten gerade um zwölf Uhr das Hotel, um mit den dicken Damen zu tanzen, die etwas Gewicht verlieren wollten. Dann hatten sie frei und fanden sich zum Five o' clock tea wieder an einem Tischchen ein, von wo sie mit scharfem Auge nach Klientinnen ausschauten. Natürlich hatten sie auch ihre regelmäßigen Kundinnen. Abends aßen sie im Restaurant auf Kosten des Hotels sehr anständig, tanzten zwischen den einzelnen Gängen und verdienten tüchtig. Im allgemeinen wurde ein

Tanz mit zehn oder zwanzig Francs beglichen, doch manchmal ließ eine reiche Kundin für zwei oder drei angenehm bediente Abende sogar zweihundert Francs springen. Angejahrtere Damen baten gelegentlich um eine Nacht, und das brachte fünfzig Francs ein. Und man konnte auch Glück haben: eine verliebte Alte verlor den Kopf und rückte mit Platin- und Saphirringen, Zigarettenetuis, Anzügen und einer Armbanduhr heraus. Einer von Syds Freunden hatte eine solche Frau geheiratet; sie hätte zwar seine Mutter sein können, aber sie versah ihn mit einem Auto und Geld fürs Roulette, und sie bewohnten in Biarritz eine herrliche Villa. Das waren noch Zeiten, als man die Zigarren mit einem Geldschein anzündete! In den Krisenjahren hatten die Gigolos nichts zu lachen. Die Hotels standen leer, und die Kundinnen schienen nicht bereit, für das Vergnügen, mit einem gutaussehenden jungen Mann zu tanzen, auch zu zahlen. Häufig verdiente Syd nicht einmal das Geld für einen Drink, und oft drückte ihm jetzt eine alte Fettkugel von einer Tonne Lebendgewicht ohne zu erröten zwei Francs in die Hand. Und er konnte seine Ausgaben nicht einschränken, denn er mußte elegant angezogen sein, sonst rüffelte ihn der Geschäftsführer des Hotels; dabei kostete die Wäscherei ein Sündengeld, und er brauchte enorm viele Hemden. Und dann die Schuhe! Die Tanzfläche nutzte sie abscheulich ab, und sie sollten immer wie neu wirken. Überdies mußte er für sein Zimmer und das Mittagessen aufkommen.

Die Saison in Evian ließ sich miserabel an, als er Stella, eine Australierin, kennenlernte. Sie gab Schwimmunterricht und als hervorragende Kunstspringerin morgens und nachmittags eine Vorstellung. Abends war sie vertraglich verpflichtet, im Hotel zu tanzen. Sie aßen zusammen an einem Tischchen im Restaurant, etwas abseits von den Gästen, und wenn die Kapelle einsetzte, tanzten sie, damit die Leute sich aufs Parkett trauten. Aber häufig blieb alles sitzen, und sie tanzten allein, auch fanden sich für sie beide nur wenig zahlende Kunden. Da verliebten sie sich ineinander und heirateten nach Saisonschluß.

Sie hatten es nie bereut, obwohl sie sich mühsam durchbrachten. Aus Berufsgründen – ältere Damen mochten nicht mit einem verheirateten Mann vor den Augen seiner Frau tanzen – verheimlichten sie ihre Ehe, doch es war nicht einfach, in einem Hotel eine Stelle für sie beide zu finden, und Syd verdiente keineswegs genug, um Stella untätig in einer noch so bescheidenen Pension zu lassen. Als Gigolo war nichts mehr zu machen. Sie gingen nach Paris und studierten eine Tanznummer ein, doch bei der starken Konkurrenz ergatterten sie kaum je in einem Kabarett ein Engagement. Stella beherrschte die klassischen Gesellschaftstänze, aber Akrobatik war die große Mode, und da brachte sie trotz eifrigen Trainings nichts Besonderes zustande. Das Publikum konnte den Apachentanz nicht mehr sehen, manchmal waren sie wochenlang arbeitslos. Syds Armbanduhr, sein goldenes Zigarettenetui, der Platinring – alles wanderte ins Pfandhaus. Zuletzt ging es ihnen in Nizza so dreckig, daß Syd sogar seinen Smoking versetzte. Das war das Ende. Sie mußten an einem Tanzmarathon teilnehmen, das ein unternehmender Manager aufgezogen hatte, und tanzten jeden Tag vierundzwanzig Stunden mit fünfzehn Minuten Pause nach jeder vollen Stunde. Es war fürchterlich. Ihre Beine schmerzten, ihre Füße schwollen unförmig an, oft bewegten sie sich lange Zeit hindurch in einem Dämmerzustand und versuchten im Takt zu bleiben, ohne sich zu verausgaben. Sie verdienten immerhin ein bißchen etwas, denn ein paar Zuschauer schenkten ihnen zur Aufmunterung zehn oder zwanzig Francs. Manchmal rafften sich Syd und Stella auch zu einer kunstvollen Einlage auf, um die Aufmerksamkeit auf sich zu ziehen. Das zahlte sich aus, wenn das Publikum guter Laune war. Doch sie wurden irrsinnig müde. Am elften Tag sank Stella ohnmächtig zu Boden und mußte aufgeben. Syd tanzte allein weiter, immer im Kreis, immer im Kreis, ohne Partnerin, ein grotesker Anblick. Damals hatten sie die tiefste Not und Erniedrigung durchlebt, jenes entsetzliche Elend, das sie nie vergessen konnten.

Und damals, während er allein über das Parkett schlurfte, war Syd seine glänzende Idee gekommen. Hatte Stella nicht stets behauptet, sie könne einen Kopfsprung in eine Pfütze machen, es sei nur ein Trick?

»Merkwürdig, wie einem etwas einfällt«, sagte er später, »es schlägt ein wie der Blitz.«

Plötzlich erinnerte er sich auch an einen Jungen, der auf der Straße ausgelaufenes Benzin angezündet hatte, und wie die Flammen emporgelodert waren. Brennendes Wasser und ein tollkühner Sprung, das mußte doch die Leute begeistern. Sofort brach Syd den Tanzmarathon ab, viel zu erregt, um noch weiterzumachen. Er besprach den Plan mit Stella, die freudig zustimmte. Dann schrieb er an einen befreundeten Agenten, und da jedermann den netten kleinen Syd leiden mochte, schoß der Agent das Geld für die Ausstattung vor und verschaffte ihnen ein Engagement bei einem Pariser Zirkus. Ihre Nummer schlug ein, und sie waren gemachte Leute. Ein Engagement folgte dem anderen, Syd kaufte sich eine neue Garderobe, und die Krönung ihrer Laufbahn war dieses Auftreten im Casino während der Riviera-Saison. Syd hatte keineswegs übertrieben, als er Stella einen Star nannte.

»Wir sind unsere Sorgen los, Kleines«, hatte er ihr versichert, »wir können sogar etwas auf die hohe Kante legen für Notzeiten. Wenn unsere Nummer nicht mehr zieht, lasse ich mir eben etwas Neues einfallen.«

Und jetzt wollte Stella auf der Höhe ihres Ruhms den ganzen Kram urplötzlich hinwerfen – was sollte er ihr sagen? Ihre Verzweiflung brach ihm das Herz, denn er liebte sie jetzt noch inniger als am Tage der Hochzeit: er liebte sie als seine Gefährtin in der Not – sie hatten einmal fünf Tage lang nur von einem Glas Milch und einem Stück Brot gelebt; und er liebte sie als seine Retterin – er konnte sich wieder anständig kleiden und dreimal am Tag satt essen. Die Qual, die sich in ihren grauen Augen spiegelte, war ihm unerträglich. Als sie zaghaft seine Hand berührte, seufzte er tief.

»Schatz, du weißt, was es für Konsequenzen hat. Unsere Beziehungen zu den Hotels sind hin, und als Gigolo läßt sich sowieso nichts mehr holen. Was da noch herausspringt, geht an Jüngere. Du kennst ja diese alten Frauen, sie wollen etwas Junges im Arm haben, und im Grunde bin ich auch zu klein, was früher nicht viel ausgemacht hat. Und sag nur nicht, niemand würde mir mein Alter ansehen.«

»Vielleicht könnten wir beim Film unterkommen.«

Er zuckte die Schultern. Das hatten sie schon früher versucht, als sie einmal pleite waren.

»Ich bin zu allem bereit, ich gehe auch als Verkäuferin.«

»Glaubst du, daß die Arbeit nur so auf der Straße liegt?«

Sie weinte wieder.

»Hör auf, Liebes, du brichst mir das Herz.«

»Wir haben doch gespart!«

»Natürlich, das reicht für ein halbes Jahr, nachher können wir verhungern. Erst versetzt man den Schmuck und andere Kleinigkeiten, dann die Kleider, alles wie gehabt. Für ein Essen und zehn Francs müssen wir uns in drittrangigen Lokalen als Tanzpaar produzieren, dazwischen wochenlang keine Arbeit. Und bei jedem Marathon dabei. Doch wie lange rennt das Publikum noch dorthin?«

»Du findest mich recht unvernünftig, Syd.«

Nun wandte er sich um und schaute sie an. Tränen standen in ihren Augen. Er lächelte ihr gewinnend zärtlich zu.

»Nein, gewiß nicht. Ich möchte dich glücklich machen, denn du bist mein ein und alles. Ich liebe dich.«

Er nahm sie fest in seine Arme und spürte, wie laut ihr Herz klopfte. Wenn Stella wirklich so verzweifelt war, mußte er eben mit der Situation fertig werden. Schon der Gedanke, daß sie verunglücken könnte ... Nein, nein, lieber aufgeben, als sich dem verdammten Geld verkaufen. Sie regte sich leise.

»Was hast du, Schatz?«

Sie löste sich aus seinen Armen, stand vom Boden auf und setzte sich vor ihren Toilettentisch.

»Ich werde mich wohl umziehen müssen«, sagte sie. Er fuhr empor.

»Du wirst doch nicht heute abend auftreten?«

»Heute und morgen und jeden Abend, bis ich mir das Genick breche. Was bleibt mir anderes übrig? Du hast recht, Syd, ich kann nicht mehr zurück. Oh, diese stinkenden Unterkünfte in fünftrangigen Hotels, dieser ewige Hunger. Und dann dieser Tanzmarathon. Warum hast du mich daran erinnert? Tagelang schmutzig und sterbensmüde, und dann zusammenbrechen, weil der Körper nicht mehr mitmacht. Vielleicht halte ich noch einen Monat durch, und wir können es uns leisten, daß du dich ein bißchen umsiehst.«

»Nein, Stella, nein, ich lasse es nicht zu. Wir werden uns schon durchschlagen. Wir haben früher Hunger gehabt, wir werden uns wieder daran gewöhnen.«

Sie schlüpfte aus ihren Kleidern und stand, nur in Strümpfen, einen Augenblick vor dem Spiegel. Sie lächelte sich höhnisch zu und kicherte: »Ich darf mein Publikum nicht enttäuschen.«

Das glückliche Paar

Ich kann nicht behaupten, daß ich Landon besonders sympathisch fand. Er war Mitglied eines Klubs, dem auch ich angehörte, und ich hatte oft beim Lunch neben ihm gesessen. Er war Richter am Old Bailey, und durch ihn konnte ich einen bevorzugten Platz im Gerichtssaal erhalten, wenn ich dort einem interessanten Prozeß beizuwohnen wünschte. Er war eine imponierende Erscheinung im Gerichtshof, mit seiner großen Allongeperücke, seiner roten Robe und dem Hermelinkragen, und zugleich etwas erschreckend durch sein langes weißes Gesicht mit schmalen Lippen und blaßblauen Augen. Er war gerecht, aber hart, und zuweilen wurde mir unbehaglich zumute, wenn ich ihn einen überführten Gefangenen bitter schelten hörte, bevor er ihn zu einer langen Gefängnisstrafe verurteilte. Aber sein bissiger Humor beim Lunch und seine Bereitwilligkeit, die Fälle, die er geführt hatte, zu besprechen, machten ihn zu einem guten Gesellschafter für mich, so daß ich das leise Unbehagen, das mich in seiner Gegenwart befiel, beiseite schob. Ich fragte ihn einmal, nachdem er einen Mann an den Galgen gebracht hatte, ob er nie gewisse Bedenken hätte. Er lächelte, während er an seinem Portwein nippte.

»Durchaus nicht. Dem Mann ist ein gerechtes Verfahren zuteil geworden; ich habe alles möglichst unparteiisch zusammengefaßt, und die Geschworenen haben ihn für schuldig erklärt. Wenn ich ihn zum Tode verurteile, so verhänge ich eine Strafe über ihn, die er reichlich verdient, und wenn die Sitzung aufgehoben wird, schlage ich mir den Fall aus dem Kopf. Niemand außer einem sentimentalen Narren würde etwas anderes tun.«

Ich wußte, daß er sich gerne mit mir unterhielt, aber ich hatte niemals angenommen, daß er mich für etwas anderes als eine bloße Klubbekanntschaft hielt. Darum war ich nicht wenig erstaunt, als ich eines Tages ein Telegramm von ihm erhielt, daß er seine Ferien an der Riviera verbringe und gerne zwei oder drei Tage auf dem Weg nach Italien bei mir wohnen möchte. Ich telegraphierte zurück, daß ich mich freuen würde, wenn er käme. Aber ich fühlte doch ein gewisses Bangen, als ich ihn an der Bahn abholte.

Am Tag seiner Ankunft lud ich zu meiner Unterstützung Miss Gray, eine Nachbarin und alte Freundin von mir, zum Abendessen ein. Sie war in reifem Alter, aber anziehend, und hatte die Gabe lebhafter Unterhaltung, die, wie ich wußte, durch nichts entmutigt werden konnte. Ich gab ihnen ein sehr gutes Abendessen, und obwohl ich dem Richter keinen Portwein anbieten konnte, war es mir doch möglich, ihn mit einer Flasche Montrachet zu versehen und mit einer noch besseren Mouton Rothschild. Er trank beide mit Genuß, und das freute mich, denn als ich ihm einen Cocktail anbot, lehnte er ihn ganz entrüstet ab.

»Ich habe nie verstanden«, sagte er, »wie anscheinend zivilisierte Leute einer Gewohnheit frönen können, die nicht nur barbarisch, sondern abstoßend ist.«

Hierzu darf ich bemerken, daß dies Miss Gray und mich nicht daran hinderte, ein paar Martinis zu uns zu nehmen, obwohl er uns ungeduldig und mißbilligend dabei zusah.

Aber die Mahlzeit war ein Erfolg. Der gute Wein und Miss Grays lebhaftes Geplauder erregten bei Landon eine Fröhlichkeit, die ich nie zuvor an ihm erlebt hatte. Es wurde mir klar, daß er trotz seines strengen Wesens an weiblicher Gesellschaft Gefallen fand, und Miss Gray, kleidsam angezogen, ihr nur ganz leicht ergrautes Haar gut frisiert, mit den feinen Zügen und ihren strahlenden Augen, war noch immer sehr anziehend. Nach dem Essen hielt uns der Richter, durch etwas alten Cognac noch milder gestimmt, einige Stunden wie gebannt, während er uns von berühmten Fällen aus seiner Laufbahn erzählte. Ich war daher nicht überrascht, daß Landon, als Miss Gray uns zum Lunch am folgenden Tag einlud, bereitwillig zusagte, noch bevor ich antworten konnte.

»Eine sehr nette Frau«, sagte er, nachdem sie uns verlassen hatte. »Und einen guten Kopf hat sie. Sie muß als junges Mädchen sehr hübsch gewesen sein. Sie ist noch jetzt gar nicht übel. Warum ist sie nicht verheiratet?«

»Sie sagt immer, daß nie jemand um sie angehalten hätte.«

»So ein Unsinn! Frauen sollten heiraten. Es gibt viel zu viele, die ihre Unabhängigkeit bewahren wollen. Das kann ich nicht ausstehen.«

Miss Gray bewohnte ein kleines Haus, mit Blick auf das Meer, in St. Jean, ein paar Meilen von meinem eigenen Haus am Cap Ferrat entfernt. Wir fuhren am nächsten Tag um ein Uhr dort hinunter und wurden in ihr Wohnzimmer geführt.

»Ich habe eine Überraschung für Sie«, erklärte sie mir bei der Begrüßung. »Die Craigs kommen.«

»Sie haben sie also endlich kennengelernt.«

»Ja, ich dachte, es sei zu lächerlich, so nebeneinander zu wohnen und täglich am gleichen Strand zu baden und nie ein Wort zu wechseln. So habe ich mich ihnen aufgedrängt, und sie haben versprochen, heute zum Lunch zu kommen. Ich wollte so gerne, daß Sie sie kennenlernen und mir sagen, was Sie von ihnen halten.« Dann wandte sie sich zu Landon: »Ich hoffe, es ist Ihnen nicht unangenehm.«

Aber er trug sein bestes Benehmen zur Schau.

»Ich werde mich natürlich freuen, irgendwelche Freunde von Ihnen kennenzulernen, Miss Gray«, sagte er.

»Aber es sind keine Freunde von mir. Ich habe sie viel gesehen, aber bis gestern habe ich nie mit ihnen gesprochen. Es wird für sie ein Genuß sein, einen Autor und einen berühmten Richter zu treffen.«

Ich hatte von Miss Gray im Laufe der letzten drei Wochen viel über die Craigs gehört. Sie hatten das Landhaus neben dem ihren gemietet, und zunächst hatte sie befürchtet, dadurch gestört zu werden. Ihre eigene Gesellschaft genügte ihr im allgemeinen, und sie hatte keine Lust auf trivialen gesellschaftlichen Verkehr. Aber sehr bald entdeckte sie, daß die Craigs ebensowenig geneigt waren, ihre Bekanntschaft zu machen, wie sie die ihre. Obwohl sie sich an diesem kleinen Ort unfehlbar zwei- oder dreimal täglich begegneten, ließen die Craigs nie auch nur durch einen Blick erkennen, daß sie Miss Gray je zuvor gesehen hätten. Sie erklärte mir, daß sie es sehr taktvoll von ihnen fände, ihre Zurückgezogenheit so zu achten, aber es kam mir vor, als ob sie doch etwas erstaunt sei, daß sie so wenig Wert darauf legten, sie kennenzulernen. Ich hatte schon vor einiger Zeit vermutet, daß sie nicht würde widerstehen können, die ersten Annäherungsversuche zu machen. Einmal, als wir zusammen spazierengingen, kamen wir an ihnen vorbei, und ich hatte Gelegenheit, sie mir richtig anzusehen.

Craig war ein hübscher Mensch mit einem roten, offenen Gesicht, einem grauen Schnurrbart und dichtem grauem Haar. Seine Haltung war gut, und seine unbekümmerte, herzhafte

Art erinnerte etwa an die eines Maklers, der sich mit einem schönen Vermögen zur Ruhe gesetzt hat. Seine Frau hatte ein hartes Gesicht, sie war groß und von etwas männlichem Aussehen, mit stumpfem blondem Haar, das zu sorgfältig frisiert war, einer großen Nase, einem großen Mund und wetterharter Haut. Sie war nicht nur unschön, sondern sah finster aus. Ihr hübsches, anmutiges Kleid wirkte seltsam an ihr, denn es hätte besser zu einem achtzehnjährigen Mädchen gepaßt, und Mrs. Craig mußte mindestens vierzig sein. Ich fand ihn gewöhnlich aussehend und sie unangenehm, und ich beglückwünschte Miss Gray, daß sie sich anscheinend ganz zurückhalten wollten.

»Es ist eigentlich etwas Rührendes an ihnen«, erwiderte sie.

»Was denn?«

»Sie lieben einander. Und sie beten das Baby an.«

Denn sie hatten ein noch kaum einjähriges Kind, und daraus hatte Miss Gray geschlossen, daß sie noch nicht lange verheiratet wären. Sie beobachtete sie gerne mit ihrem Baby. Ein Kindermädchen führte es jeden Morgen im Kinderwagen aus, aber vorher brachten Vater und Mutter eine selige Viertelstunde damit zu, ihm das Gehen beizubringen. Sie stellten sich in einer kurzen Entfernung voneinander auf und spornten das Kind an, von einem zum andern zu tappen, und jedesmal, wenn es in die elterlichen Arme stolperte, wurde es in die Höhe gehoben und voller Entzücken geküßt. Und wenn es endlich in seinen eleganten Wagen gebettet war, blieben sie noch mit reizendem Kindergeplapper darübergebeugt stehen und sahen ihm dann nach, bis es außer Sicht war, als könnten sie sich kaum von ihm trennen.

Miss Gray pflegte sie oft Arm in Arm im Garten auf dem Rasen auf und ab gehen zu sehen; sie sprachen nicht, als wären sie so glücklich, zusammen zu sein, daß jede Konversation überflüssig schien, und Miss Gray bemerkte mit Wohlgefallen, welche Zuneigung diese harte, unsympathische Frau ihrem großen, hübschen Mann offenbar entgegenbrachte. Es war nett zu sehen, wie Mrs. Craig ein unsichtbares Stäubchen von seinem Rock wischte, und Miss Gray war überzeugt, daß sie absichtlich Löcher in seine Socken machte, um die Freude zu haben, sie zu stopfen. Und es sah aus, als liebe er sie genausosehr wie sie ihn. Von Zeit zu Zeit warf er ihr einen Blick zu, und dann schaute sie zu ihm auf und lächelte, und er klopfte ihr ein wenig auf die Wange. Da sie nicht mehr jung waren, hatte ihre gegenseitige Hingabe etwas eigentümlich Rührendes.

Ich wußte nicht, warum Miss Gray nicht geheiratet hatte; ich war genauso überzeugt wie der Richter, daß sie reichlich Gelegenheit dazu gehabt hatte, und ich fragte mich, wenn sie mit mir über die Craigs sprach, ob der Anblick dieses Eheglückes ihr nicht einen kleinen Stich versetzte. Ich glaube, daß vollkommenes Glück in dieser Welt sehr selten ist, aber diese beiden Menschen schienen es zu besitzen, und vielleicht interessierte sich Miss Gray so auffallend für sie, weil sie im Innersten das Gefühl nicht ganz unterdrücken konnte, durch ihr Ledigbleiben etwas versäumt zu haben.

Da sie ihre Vornamen nicht kannte, nannte sie sie Edwin und Angelina. Sie erfand eine Geschichte um sie herum. Eines Tages erzählte sie sie mir, und als ich mich darüber lustig machte, war sie ganz ärgerlich. Wenn ich mich recht erinnere, lautete sie ungefähr so: Sie hatten sich vor langen Jahren ineinander verliebt – vielleicht vor zwanzig Jahren –, als Angelina, damals ein junges Mädchen, die frische Anmut ihrer Jahre besaß und Edwin ein tapferer junger Mann war, der sich frohgemut auf den Weg ins Leben begab. Und da die Götter, von denen es heißt, daß sie mit Wohlwollen auf junge Liebe blicken, sich trotzdem den Kopf nicht mit praktischen Dingen zerbrechen, so hatten weder Edwin noch Angelina die nötigen Mittel. Sie konnten sich unmöglich heiraten, aber sie hatten Mut, Hoffnung und Vertrauen. Edwin beschloß, nach Südamerika oder Malaya oder wohin immer zu gehen, dort sein Glück zu machen und dann zurückzukehren, um das Mädchen zu heiraten, das geduldig auf ihn gewartet hatte. Das konnte nicht mehr als zwei oder drei Jahre dauern, höchstens fünf, und was bedeutet das, wenn man zwanzig ist und das ganze Leben vor einem liegt? Inzwischen sollte Angelina natürlich bei ihrer verwitweten Mutter bleiben.

Aber die Dinge entwickelten sich nicht ganz plangemäß. Edwin fand es schwieriger als erwartet, zu einem Vermögen zu kommen; es war schwer genug, so viel Geld zu verdienen, um Leib und Seele zusammenzuhalten, und nur Angelinas Liebe und ihre zärtlichen Briefe gaben ihm die Kraft, seinen Kampf fortzusetzen. Am Ende von fünf Jahren besaß er kaum mehr als zu Beginn seines Unternehmens. Angelina wäre bereitwillig zu ihm gekommen und hätte seine Armut geteilt, aber sie konnte unmöglich ihre arme bettlägerige Mutter verlassen, und so blieb ihnen nichts übrig, als sich weiterhin in Geduld zu üben. Die Jahre vergingen, Edwins Haar wurde grau und Angelina finster und hager. Ihr Los war das härtere, denn sie konnte nichts tun als warten. Der grausame Spiegel zeigte, wie ihre Reize allmählich verschwanden, und zuletzt entdeckte sie, daß die Jugend sie mit einem spöttischen Lachen und einer Pirouette für immer verlassen hatte. Ihr Wesen wurde durch die lange Pflege einer nörgelnden Patientin säuerlich, ihr geistiger Horizont verengte sich in der kleinstädtischen Umgebung, in der sie lebte. Ihre Freundinnen heirateten und hatten Kinder, aber sie blieb die Gefangene ihrer Pflicht.

Sie fragte sich, ob Edwin sie noch liebe. Sie fragte sich, ob er jemals zurückkehren werde. Oft war sie verzweifelt. So vergingen zehn Jahre, fünfzehn, zwanzig. Dann schrieb Edwin, daß er seine Geschäfte abgewickelt und genug Geld verdient habe, mit dem sie bequem leben könnten, und falls sie noch bereit sei, ihn zu heiraten, so würde er sofort zurückkehren. Durch einen freundlichen Eingriff des Schicksals wählte Angelinas Mutter gerade diesen Augenblick, um eine Welt zu verlassen, in der sie nichts als eine Plage gewesen war. Aber als sie sich nach so langer Trennung wieder begegneten, sah Angelina zu ihrer Bestürzung, daß Edwin so jung wie je geblieben war. Sein Haar war allerdings ergraut, aber das stand ihm vorzüglich. Er war immer hübsch gewesen, aber jetzt war er ein schöner Mann im allerbesten Alter. Sie kam sich so alt wie Methusalem vor. Sie war sich ihrer Begrenztheit, ihres schrecklich kleinstädtischen Wesens bewußt, im Vergleich zu der Weite, die er sich durch seinen langen Aufenthalt in fremden Ländern erworben hatte. Er war heiter und frisch wie früher, aber ihre Spannkraft war zerstört. Die Bitterkeit des Lebens hatte ihre Seele verkümmern lassen. Es erschien ihr ungeheuerlich, diesen lebhaften, tatkräftigen Mann durch sein vor zwanzig Jahren gegebenes Versprechen an sich zu binden, und so bot sie ihm an, ihn freizulassen. Er wurde totenblaß.

»Hast du mich nicht mehr gern?« rief er ganz gebrochen.

Und es wurde ihr plötzlich klar – ach, das Entzücken, ach, die Erleichterung! –, daß auch sie für ihn noch dieselbe war, die sie immer gewesen. Er hatte immer an sie gedacht, wie sie damals gewesen war; ihr Bild war ihm sozusagen im Herzen eingeprägt, so daß die wirkliche Frau, die jetzt vor ihm stand, für ihn noch immer achtzehn war.

Und so heirateten sie.

»Ich glaube kein Wort davon«, erklärte ich Miss Gray, als sie ihre Geschichte zu diesem glücklichen Abschluß gebracht hatte.

»Ich will aber, daß Sie es glauben«, sagte sie. »Ich bin überzeugt, daß es so war, und ich habe nicht den geringsten Zweifel, daß sie glücklich bis ins hohe Alter miteinander leben werden.« Dann machte sie eine Bemerkung, die ich recht klug fand: »Ihre Liebe ist vielleicht auf einer Illusion begründet; da sie ihnen aber durchaus der Wirklichkeit zu entsprechen scheint, ist das doch ganz bedeutungslos.«

Während ich diese von Miss Gray erfundene idyllische Geschichte erzählt habe, warteten wir drei, unsere Gastgeberin, Landon und ich, auf das Eintreffen der Craigs.

»Haben Sie schon beobachtet, daß Leute, die gleich nebenan wohnen, unfehlbar zu spät kommen?« fragte Miss Gray den Richter.

»Nein«, sagte er bissig. »Ich selber bin immer pünktlich und erwarte von anderen Leuten auch Pünktlichkeit.«

»Es hat wohl keinen Sinn, Ihnen einen Cocktail anzubieten?«

»Absolut keinen.«

»Aber ich habe einen Sherry, der nicht übel sein soll.«

Der Richter nahm ihr die Flasche aus der Hand und betrachtete die Etikette. Ein schwaches Lächeln trat auf seine schmalen Lippen.

»Das ist ein zivilisiertes Getränk, Miss Gray. Mit Ihrer Erlaubnis werde ich mich selbst bedienen. Ich habe noch keine Frau gekannt, die es verstanden hätte, Wein einzugießen. Eine Frau soll man um die Taille halten, aber eine Flasche am Hals.«

Während er den alten Sherry mit allen Anzeichen der Befriedigung nippte, blickte Miss Gray aus dem Fenster.

»Ach, darum sind die Craigs verspätet. Sie haben auf die Rückkehr des Babys gewartet.«

Ich folgte ihren Blicken und sah, daß das Kindermädchen auf dem Heimweg gerade den Wagen an Miss Grays Haus vorbeigeschoben hatte. Craig hob das Baby aus seinem Wagen und hielt es hoch in die Luft. Das Kind versuchte ihn am Schnurrbart zu ziehen und krähte vor Vergnügen. Mrs. Craig stand daneben und schaute zu, und das Lächeln auf ihrem Gesicht ließ die harten Züge beinahe angenehm erscheinen. Das Fenster war offen, und wir hörten sie sprechen.

»Komm jetzt, Liebling«, sagte sie, »wir sind verspätet.«

Er legte das Kind in den Wagen zurück, und sie kamen zu Miss Grays Haustüre herüber und klingelten. Das Mädchen führte sie herein. Sie drückten Miss Gray die Hand, und da ich in der Nähe stand, stellte sie mich ihnen vor. Dann wandte sie sich zu dem Richter.

»Und dies ist Sir Edward Landon – Mr. und Mrs. Craig.«

Man hätte erwartet, daß der Richter ihnen mit ausgestreckter Hand entgegengekommen wäre, aber er blieb stocksteif stehen. Er klemmte sein Monokel ins Auge, dieses Monokel, das ich ihn bei mehr als einer Gelegenheit im Gerichtssaal mit verheerender Wirkung hatte benützen sehen, und starrte die Neuankömmlinge an.

›Mein Gott, was für ein garstiger Kunde‹, sagte ich zu mir selber.

Er ließ das Einglas fallen.

»Guten Tag«, sagte er. »Täusche ich mich, wenn ich glaube, daß wir uns schon einmal begegnet sind?«

Die Frage ließ mich den Blick auf die Craigs richten. Sie standen dicht nebeneinander, als hätten sie sich zu gemeinsamem Schutz zusammengeschlossen. Sie sagten nichts. Mrs. Craig sah entsetzt aus. Craigs rotes Gesicht wurde durch ein noch stärkeres Erröten verdunkelt, und die Augen schienen ihm aus dem Kopf zu treten. Aber das dauerte nur eine Sekunde.

»Ich glaube nicht«, sagte er mit voller, tiefer Stimme. »Natürlich habe ich von Ihnen gehört, Sir Edward.«

»Ein bunter Hund ist bekannter, als er denkt«, antwortete er.

Miss Gray hatte inzwischen den Cocktailbecher geschüttelt und bot ihren beiden Gästen jetzt Cocktails an. Sie hatte nichts bemerkt. Ich verstand nicht, was es bedeuten sollte; ich wußte nicht einmal, ob es überhaupt etwas bedeutete. Der Zwischenfall, wenn es einer war, ging so rasch vorüber, daß ich fast geneigt war zu denken, ich hätte in die kurze Verwirrung der Craigs, als sie einem berühmten Mann vorgestellt wurden, einen nicht vorhandenen Grund hineingelesen. Ich raffte mich auf, liebenswürdig zu sein. Ich fragte sie, wie ihnen die Riviera gefalle und ob sie sich in ihrem Hause behaglich fühlten. Miss Gray beteiligte sich an dem Gespräch, und wir plauderten, wie man es mit Fremden tut, über alltägliche Dinge. Sie sprachen ungezwungen und auf angenehme Weise. Mrs. Craig sagte, wieviel Freude ihnen das Baden mache, und beklagte sich über die Schwierigkeit, am Meer Fische zu bekommen. Ich bemerkte, daß der Richter an dem Gespräch nicht teilnahm, sondern auf seine Füße schaute, als sei er sich der Gesellschaft gar nicht bewußt.

Der Lunch wurde angemeldet. Wir gingen ins Eßzimmer. Wir waren nur fünf Personen, und es war ein kleiner runder Tisch, so daß das Gespräch nur allgemein sein konnte. Ich muß gestehen, daß es größtenteils von Miss Gray und mir bestritten wurde. Der Richter war schweigsam, aber das war er oft, denn er hatte Launen, und ich beachtete es nicht. Ich stellte fest, daß er die Omelette mit gutem Appetit verzehrte und, als sie ein zweites Mal herumgereicht wurde, nochmals davon nahm. Die Craigs kamen mir ein wenig schüchtern vor, aber das wunderte mich nicht, und beim Erscheinen des zweiten Ganges begannen sie unbefangener zu reden. Ich hatte nicht den Eindruck, als wären sie sehr anregende Leute; sie schienen sich nur für wenige Dinge zu interessieren, außer für ihr Baby, die Unzulänglichkeiten ihrer beiden italienischen Dienstmädchen und einen gelegentlichen Abstecher nach Monte Carlo, und ich mußte unwillkürlich denken, daß es ein Fehler von Miss Gray gewesen war, ihre Bekanntschaft zu suchen. Dann ereignete sich plötzlich etwas: Craig stand mit einem Ruck von seinem Stuhl auf und fiel der Länge nach auf den Boden. Wir sprangen auf. Mrs. Craig warf sich über ihren Mann und nahm seinen Kopf in ihre Hände.

»Es ist alles in Ordnung, George«, rief sie mit gequälter Stimme. »Es ist alles gut!«

»Legen Sie seinen Kopf hin«, sagte ich. »Er ist ohnmächtig.«

Ich fühlte ihm den Puls und konnte nichts fühlen. Ich sagte, er sei ohnmächtig geworden, aber ich war nicht sicher, ob es nicht ein Schlaganfall war. Dieser schwere, vollblütige Typ neigte dazu. Miss Gray tauchte ihre Serviette in Wasser und betupfte ihm damit die Stirne. Mrs. Craig schien verstört. Dann bemerkte ich, daß Landon ganz ruhig auf seinem Stuhl sitzen geblieben war.

»Wenn er ohnmächtig ist, helfen Sie ihm nicht gerade dadurch, daß Sie sich um ihn herum drängen«, sagte er eisig.

Mrs. Craig wandte den Kopf und warf ihm einen Blick bitteren Hasses zu.

»Ich werde dem Arzt telephonieren«, sagte Miss Gray.

»Nein, ich glaube nicht, daß das nötig ist«, sagte ich. »Er kommt wieder zu sich.«

Ich konnte fühlen, daß sein Puls stärker wurde, und nach einigen Minuten öffnete er die Augen. Er atmete keuchend, als es ihm klar wurde, was geschehen war, und versuchte auf die Füße zu kommen.

»Rühren Sie sich nicht«, sagte ich. »Bleiben Sie noch ein wenig liegen.«

Ich veranlaßte ihn, ein Glas Branntwein zu trinken, und die Farbe kehrte in sein Gesicht zurück.

»Ich fühle mich jetzt wieder ganz wohl«, sagte er.

»Wir bringen Sie in das Zimmer nebenan, dort können Sie eine Weile auf dem Sofa liegen.«

»Nein, ich möchte lieber nach Hause. Es ist ja nur ein Schritt.«

Er erhob sich vom Boden.

»Ja, wir wollen nach Hause gehen«, sagte Mrs. Craig. Sie wandte sich zu Miss Gray. »Es tut mir so leid; so etwas ist ihm noch nie passiert.«

Sie waren entschlossen zu gehen, und ich hielt es selber für das beste.

»Stecken Sie ihn ins Bett, und halten Sie ihn dort, morgen wird er wieder munter sein wie ein Fisch im Wasser.«

Mrs. Craig nahm ihn an einem Arm und ich am anderen. Miss Gray öffnete die Türe, und obwohl er noch ein wenig zittrig war, konnte er doch gehen. Als wir an dem Craigschen Haus ankamen, schlug ich vor, mit hineinzukommen und ihm beim Ausziehen zu helfen, aber davon wollten beide nichts hören. Ich kehrte in Miss Grays Haus zurück und fand sie beim Nachtisch.

»Ich möchte wissen, warum er ohnmächtig wurde«, sagte Miss Gray. »Alle Fenster sind offen, und es ist heute nicht besonders heiß.«

»Das möchte ich auch wissen«, sagte der Richter.

Ich bemerkte auf seinem mageren, blassen Gesicht einen

selbstgefälligen Ausdruck. Wir tranken unseren Kaffee, und dann, da der Richter und ich Golf spielen wollten, stiegen wir in den Wagen und fuhren den Hügel hinauf zu meinem Haus.

»Wie hat Miss Gray diese Leute kennengelernt?« fragte mich Landon. »Sie schienen mir ziemlich zweitrangig zu sein. Ich hätte nicht gedacht, daß sie zu ihrer Sorte gehörten.«

»Sie kennen doch die Frauen. Sie liebt ihre Zurückgezogenheit, und als sie nebenan einzogen, war sie fest entschlossen, nichts mit ihnen zu tun zu haben. Als sie aber entdeckte, daß sie auch nichts mit ihr zu tun haben wollten, ruhte sie nicht, bis sie ihre Bekanntschaft gemacht hatte.«

Ich erzählte ihm die Geschichte, die sie sich über ihre Nachbarn ausgedacht hatte. Er hörte mit ausdruckslosem Gesicht zu.

»Ich fürchte, Ihre Freundin Miss Gray ist eine sentimentale Gans, mein Lieber«, sagte er, als ich zu Ende war. »Ich sagte Ihnen schon, Frauen sollten heiraten. Der ganze Unsinn wäre ihr bald ausgetrieben worden, wenn sie ein halbes Dutzend Rangen gehabt hätte.«

»Was wissen Sie über die Craigs?« fragte ich.

Er warf mir einen eisigen Blick zu.

»Ich? Warum sollte ich etwas über sie wissen? Ich hielt sie für ganz alltägliche Leute.«

Ich wollte, ich könnte beschreiben, wie tief mich sein eisig strenger Ausdruck und die scharfe Endgültigkeit seines Tones überzeugte, daß er nicht bereit war, noch irgend etwas zu äußern. Wir beendeten die Fahrt schweigend.

Landon war gegen Ende Sechzig, und er gehörte zu der Sorte von Golfspielern, die nie einen Ball weit treiben, aber nie von der Richtung abweichen, und seine Bälle saßen so tödlich genau, daß er, obwohl er mir Schläge vorausgab, mich doch glatt besiegte. Nach dem Abendessen nahm ich ihn nach Monte Carlo hinein, wo er den Abend damit beendete, daß er beim Roulette ein paar tausend Francs gewann. Diese aufeinanderfolgenden Ereignisse versetzten ihn in erstaunlich gute Stimmung.

»Das war ein sehr angenehmer Tag«, sagte er, als wir uns für die Nacht trennten. »Ich habe ihn richtig genossen.«

Ich verbrachte den nächsten Morgen bei der Arbeit, und wir

trafen uns erst wieder beim Lunch. Wir waren fast damit fertig, als ich ans Telephon gerufen wurde.

Als ich zurückkam, war mein Gast bei einer zweiten Tasse Kaffee.

»Das war Miss Gray«, sagte ich.

»Ach? Was hatte sie zu melden?«

»Die Craigs sind auf und davon. Sie sind gestern abend verschwunden. Die Mädchen schlafen im Dorf, und als sie heute früh kamen, fanden sie das Haus leer. Sie waren fort – die Craigs, das Kindermädchen und das Baby – und hatten ihr Gepäck mitgenommen. Auf dem Tisch hatten sie Geld für den Lohn der Mädchen, die Miete bis zum Ablauf ihres Vertrages und für die Lieferantenrechnungen zurückgelassen.«

Der Richter sagte nichts. Er nahm eine Zigarre aus der Kiste, untersuchte sie sorgfältig und zündete sie gelassen an.

»Was hätten Sie dazu zu sagen?« fragte ich. »Sie werden mich doch nicht für einen solchen Narren halten, der nicht merken würde, daß Sie und die Craigs sich schon früher begegnet sind, und wenn sie sich jetzt wie Phantasiegebilde verflüchtigt haben, kann man wohl vernünftigerweise daraus schließen, daß die Umstände Ihrer Begegnung nicht ganz angenehm waren.«

Der Richter kicherte ein wenig, und in seinen kalten blauen Augen glitzerte es.

»Das war ein sehr guter Cognac, den Sie mir gestern abend gegeben haben«, sagte er. »Es ist gegen meine Grundsätze, nach dem Lunch Schnaps zu trinken, aber nur ein bornierter Mensch läßt sich von seinen Grundsätzen zum Sklaven machen, und ausnahmsweise würde mir jetzt einer schmecken.«

Ich ließ den Cognac kommen und sah zu, wie sich der Richter ein freigebiges Maß eingoß. Er nippte mit sichtlicher Befriedigung daran.

»Erinnern Sie sich an den Wingford-Mord?« fragte er dann.

»Nein.«

»Vielleicht waren Sie damals nicht in England. Schade – Sie hätten sonst zu der Verhandlung kommen können. Das hätte Ihnen Freude gemacht. Es hat viel Aufregung hervorgerufen, die Zeitungen waren voll davon.

Miss Wingford war eine reiche alte Jungfer, die mit einer Gesellschafterin auf dem Lande lebte. Für ihr Alter war sie eine gesunde Frau, und ihr plötzlicher Tod überraschte ihre Freunde. Ihr Arzt, ein Mann mit Namen Brandon, unterschrieb den Totenschein, und sie wurde daraufhin beerdigt. Ihr Testament wurde vorgelesen, und es stellte sich heraus, daß sie alles, was sie besaß, zwischen sechzig- und siebzigtausend Pfund, ihrer Gesellschafterin hinterlassen hatte. Die Verwandten waren sehr verstimmt darüber, aber sie konnten nichts dagegen tun. Der Letzte Wille war durch ihren Anwalt aufgesetzt und durch einen Gehilfen und Dr. Brandon als Zeugen unterzeichnet worden.

Aber Miss Wingford hatte ein Dienstmädchen, das dreißig Jahre bei ihr gewesen war und immer annehmen durfte, daß sie im Testament bedacht werden würde. Sie erklärte, Miss Wingford habe ihr versprochen, gut für sie zu sorgen, und als sie entdeckte, daß sie nicht einmal erwähnt wurde, bekam sie einen Wutanfall. Sie sagte dem Neffen und den beiden Nichten, die zu der Beerdigung gekommen waren, sie sei davon überzeugt, daß man Miss Wingford vergiftet habe, und sie fügte hinzu, wenn die Verwandten nicht zur Polizei gehen wollten, so werde sie es tun. Nun, sie taten das nicht, aber sie suchten Dr. Brandon auf. Er lachte. Er sagte, Miss Wingford habe ein schwaches Herz gehabt, und er habe sie seit Jahren behandelt. Sie sei genauso gestorben, wie er es bei ihr immer erwartet habe: ganz friedlich im Schlaf, und er riet ihnen, den Bemerkungen des Mädchens keine Beachtung zu schenken. Das Mädchen habe die Gesellschafterin, eine Miss Starling, immer gehaßt und sei eifersüchtig auf sie gewesen. Dr. Brandon genoß einen ausgezeichneten Ruf; er war lange Zeit Miss Wingfords Arzt gewesen, und die Nichten, die sie oft besucht hatten, kannten ihn gut. Er hatte keinen Vorteil durch das Testament, und es gab offenbar keinen Grund, seiner Aussage zu mißtrauen. Deshalb dachte die Familie, es sei weiter nichts zu tun, als gute Miene zum bösen Spiel zu machen, und kehrte nach London zurück.

Aber das Mädchen hörte nicht auf zu reden; sie redete so lange, bis die Polizei schließlich, wenn auch wider Willen, wie ich zugebe, davon Notiz nehmen mußte, und der Befehl zur Exhumierung der Leiche wurde ausgegeben. Eine gerichtliche Untersuchung fand statt, und es ergab sich, daß Miss Wingford an einer Überdosis von Veronal gestorben war. Die

Totenschaukommission konnte feststellen, daß Miss Starling ihr das Mittel gereicht hatte, und sie wurde verhaftet. Ein Detektiv von Scotland Yard erschien und trug einige unerwartete Beweise zusammen. Es war anscheinend viel über Miss Starling und Dr. Brandon geklatscht worden. Sie waren oft zusammen gesehen worden, an Orten, wo sie keinen anderen Grund hatten sich aufzuhalten, als den, sich zu treffen, und im Dorf nahm man allgemein an, daß sie nur auf Miss Wingfords Tod warteten, um zu heiraten. Das ließ den Fall in völlig anderem Licht erscheinen. Um es kurz zu sagen: die Polizei hatte jetzt ihrer Meinung nach genug Beweise, um Dr. Brandon zu verhaften und ihn und Miss Starling des Mordes an der alten Dame anzuklagen.«

Der Richter trank einen weiteren Schluck Cognac.

»Der Fall wurde mir zur Verhandlung übertragen. Die Anklage lautete, daß die Angeklagten rasend ineinander verliebt waren und die arme alte Dame umgebracht hatten, damit sie heiraten könnten – auf Grund des Vermögens, das Miss Starling von ihrer Arbeitgeberin als Hinterlassenschaft erschmeichelt hatte. Miss Wingford nahm vor dem Schlafengehen immer eine Tasse Kaffee zu sich, die Miss Starling ihr zubereitete, und der klägerische Anwalt behauptete, daß Miss Starling darin die Tabletten aufgelöst habe, die Miss Wingfords Tod verursachten. Die Angeklagten beschlossen, selbst Zeugnis abzulegen, und sie machten im Zeugenstand einen jämmerlichen Eindruck. Sie logen, was sie nur konnten. Obwohl von Zeugen beschworen wurde, daß man sie nachts gesehen hatte, wie sie engumschlungen miteinander spazierengingen, obwohl Brandons Dienstmädchen aussagte, daß sie gesehen habe, wie sie sich im Hause des Doktors küßten, schworen sie trotzdem, daß sie nur Freunde seien. Und merkwürdigerweise bestätigte ein medizinisches Gutachten, daß Miss Starling *virgo intacta* sei.

Brandon gab zu, daß er Miss Wingford eine Packung Veronaltabletten gegeben habe, weil sie sich über Schlaflosigkeit beklagte, aber er erklärte, daß er sie davor gewarnt habe, mehr als eine zu nehmen, und auch das nur, wenn es unumgänglich war. Die Verteidigung versuchte den Beweis dafür zu erbringen, daß sie die Tabletten entweder versehentlich genommen habe oder mit der Absicht, Selbstmord zu begehen. Aber das konnte unmöglich als stichhaltig gelten. Miss Wingford war eine vergnügte, normale alte Dame, die noch sehr gern lebte, und ihr Tod war zwei Tage vor dem Besuch einer alten Freundin, die sie für eine Woche erwartete, eingetreten. Sie hatte dem Mädchen gegenüber nie über Schlaflosigkeit geklagt – vielmehr hatte das Mädchen immer den Eindruck gehabt, daß sie sehr gut schlief. Es war unmöglich zu glauben, daß sie aus Versehen eine genügende Anzahl der Tabletten genommen hatte, um daran zu sterben. Persönlich hatte ich nicht den geringsten Zweifel, daß es sich um eine abgekartete Sache zwischen dem Arzt und der Gesellschafterin handelte. Das Motiv lag auf der Hand und genügte. Ich faßte in meinem Schlußwort alles zusammen und glaube es auf gerechte Weise getan zu haben; aber es war meine Pflicht, den Geschworenen die Tatsachen darzulegen, und meiner Meinung nach waren diese vernichtend. Die Geschworenen verließen den Saal. Vermutlich wissen Sie nicht, daß man, wenn man zu Gericht sitzt, unwillkürlich die im Gerichtshof herrschende Stimmung fühlt. Man muß sich dagegen wappnen, um sich auf keinen Fall dadurch beeinflussen zu lassen. Nach meinem ungewöhnlich starken Eindruck gab es an diesem Tag im ganzen Saal keinen Menschen, der nicht davon überzeugt war, daß die beiden das Verbrechen begangen hatten, dessen sie angeklagt waren. Ich hatte nicht den leisesten Zweifel, daß das Urteil der Geschworenen auf ›Schuldig‹ lauten würde. Geschworene sind unberechenbar. Sie berieten drei Stunden, und bei ihrem Wiedererscheinen wußte ich sofort, daß ich mich getäuscht hatte. Wenn bei einem Mordfall die Geschworenen das Urteil auf ›Schuldig‹ einbringen wollen, blicken sie den Gefangenen nicht an; sie schauen auf die Seite. Ich bemerkte, daß drei oder vier der Geschworenen den beiden Gefangenen auf der Anklagebank einen Blick zuwarfen. Ihr Urteil lautete auf ›Nicht schuldig‹. Die wirklichen Namen von Mr. und Mrs. Craig sind Dr. und Mrs. Brandon. Ich bin so sicher, wie ich hier sitze, daß sie miteinander einen grausamen und herzlosen Mord begangen haben und es reichlich verdient hätten, dafür gehängt zu werden.«

»Was halten Sie für den Grund des Freispruchs durch die Geschworenen?«

»Das habe ich mich auch gefragt; und wissen Sie, was mir die einzige Erklärung dafür erscheint? Die Tatsache des unumstößlichen Beweises, daß sie kein Liebesverhältnis miteinander gehabt hatten. Und bei näherer Überlegung ist dies einer der merkwürdigsten Züge des ganzen Falles. Diese Frau war bereit, einen Mord zu begehen, um den Mann, den sie liebte, zu gewinnen, aber sie war nicht bereit, eine illegale Liebesaffäre mit ihm zu haben.«

»Die menschliche Natur ist höchst sonderbar, nicht wahr?«

»Ja«, sagte Landon und goß sich noch ein Glas Cognac ein.

Das Gurren der Turteltaube

Ich schwankte lange Zeit, ob ich Peter Melrose mochte oder nicht. Er hatte einen Roman geschrieben und einiges Aufsehen damit erregt bei den kreuzlangweiligen, aber gleichwohl verdienstlichen Leuten, die ständig auf Talentsuche sind. Ältere Herren, deren einzige Beschäftigung darin besteht, an Parties teilzunehmen, priesen das Buch mit backfischhaftem Enthusiasmus, und drahtige kleine Damen, die mit ihren Ehemännern nicht zu Streich kamen, fanden es zukunftsvoll. Ich las ein paar Rezensionen – sie widersprachen sich ungeniert. Einige Kritiker verstiegen sich zu der Behauptung, mit diesem ersten Roman habe sich der Autor seinen Platz in der vordersten Linie der englischen Erzähler erobert, andere verrissen das Werk. Ich las es nicht, denn Erfahrung lehrte mich, bei einem ›sensationellen‹ Buch ein Jahr zu warten. Es ist erstaunlich, wie viele Bücher man dann überhaupt nicht zu lesen braucht.

Zufällig traf ich eines Tages Peter Melrose persönlich. Ich hatte mit einem unguten Gefühl eine Einladung zu einer Sherry-Party angenommen. Sie fand in der Dachwohnung eines umgebauten Hauses in Bloomsbury statt, und ich geriet etwas außer Atem, als ich die vier Stockwerke hinaufkletterte. Als Gastgeberinnen fungierten zwei überlebensgroße Damen knapp mittleren Alters von jenem Schlag, der Motoren auseinandernimmt und freudig durch den Regen stapft, dennoch durchaus weibliche Züge besitzt und begeistert Frankfurter von Papptellern ißt. Ihr Wohnzimmer, das sie ›Studio‹ nannten, obwohl beide, reich und unabhängig, nie etwas studiert oder gearbeitet hatten, war groß und kahl, möbliert mit rostfreien Stahlrohrstühlen, die kaum dem Gewicht ihrer Besitzerinnen gewachsen schienen, mehreren Tischen mit gläserner Platte und einem riesigen, im Zebrafell bezogenen Sofa. An den Wänden reihten sich Bücherregale, die Bilder stammten von renommierten englischen Cézanne-, Braque- und Picassonachahmern. Außer vier oder fünf ›aparten‹ Bändchen aus dem achtzehnten Jahrhundert (Pornographie altert nicht) waren nur lebende Autoren, zumeist in Erstausgaben, vertreten. Auch mich hatte man bloß eingeladen, um einige meiner Bücher zu signieren.

Die Party war klein: nur noch eine Frau, die eine jüngere Schwester der Gastgeberinnen hätte sein können – mächtig, aber nicht ganz so mächtig, groß, aber nicht ganz so groß, herzlich, aber nicht ganz so herzlich. Ihren Namen verstand ich nicht, immerhin reagierte sie auf Boofuls. Und ein Mann, nämlich Peter Melrose. Er war blutjung, zwei- oder dreiundzwanzig, mittelgroß, doch so plump, daß er untersetzt wirkte. Die rote Haut spannte sich über seine Backenknochen, er besaß eine ziemlich große Hakennase, obwohl er kein Jude war, und flinke grüne Augen unter buschigen Brauen. An seinem braunen, sehr kurz geschnittenen Haar klebten Schuppen. Er trug ein braunes Samtjackett und graue Flanellhosen wie die Kunststudenten, die barhäuptig in Chelsea auf der King's Road flanieren – ein ungeschlachter Typ. Auch seine Manieren machten ihn nicht anziehender. Er war anmaßend, streitsüchtig und intolerant. Mit eifriger und genußvoller Verachtung verbreitete er sich über seine Schriftstellerkollegen. Meine Genugtuung über seine feurigen Attacken gegen Berühmtheiten, die ich genauso hochgespielt fand, ohne mir deswegen je den Mund zu verbrennen, trübte nur die Gewißheit, daß er mich nicht weniger zerfetzen würde, sobald ich ihm den Rücken kehrte. Er sprach ausgezeichnet, geistreich und gelegentlich witzig, nur hätten mich seine Einfälle mehr amüsiert, wären nicht die drei Damen vor Lachen schier geborsten. Sie schüttelten sich prustend, ob er Komisches oder Törichtes von sich gab. Da er pausenlos schwatzte, sagte er viel dummes Zeug, vermischt mit ganz gescheiten Bemerkungen. Sein Urteil war derb und nicht so originell, wie er dachte, jedoch ehrlich. Am meisten beeindruckte sein wildes, hitziges Temperament: er brannte wie eine Kerze an beiden Enden, und sie beleuchtete mit ihrer unbarmherzigen Glut auch die Menschen der Umwelt. Das mußte man ihm zugute halten, und ich ging mit leiser Neugier nach Hause, was von ihm zu erwarten sei. Ich konnte nicht sagen, ob er Talent besaß – so vieles junge Volk schreibt *einen* gut gemachten Roman, das bedeutet noch gar nichts; aber Melrose selber schien mir von unverwechselbarer Prägung. Er gehörte zu den Stürmern und Drängern, die mit dreißig, wenn Erfahrung sie die Grenzen ihrer jugendlich überschätzten Intelligenz sehen läßt, sich zu anregenden und angenehmen Leuten mausern. Doch ich glaubte nicht, ihn je wiederzusehen.

Zu meiner Überraschung erhielt ich zwei oder drei Tage darauf ein Exemplar seines Romans mit einer hoch schmeichelhaften Widmung. Ich las das deutlich autobiographisch gefärbte Werk. Es spielte in einer kleinen Stadt in Sussex, wo gehobene Bürgerkreise dem äußeren Schein zuliebe über ihre Verhältnisse leben. Der Humor war ziemlich grob und gewöhnlich und verletzte mich, da er sich meist damit begnügte, arme und alte Menschen zu verspotten. Peter Melrose wußte nicht, wie schwer solch ein Schicksal zu ertragen ist und daß alle Bemühungen, mit ihm fertigzuwerden, eher Anteilnahme als Hohn verdienen. Daneben fanden sich ausgezeichnete Milieubeschreibungen, kleine Momentaufnahmen eines Zimmers oder Impressionen einer Landschaft, die Zärtlichkeit bewiesen und einen Sinn für die den Dingen innewohnende Schönheit. Das Buch war flüssig geschrieben, ohne Künstelei und mit erfreulichem Gefühl für Sprachmelodie. Aber das eigentlich Bemerkenswerte, das zu Recht Aufsehen erregt hatte, lag in der Leidenschaft, die die Liebesgeschichte, die Haupthandlung, durchglühte. Auf typisch moderne Weise war diese Liebesgeschichte mehr als ein bißchen hart, und wiederum auf typisch moderne Weise schleppte sie sich ohne Sinn und Ziel dahin, so daß zum Schluß alles gleich blieb wie am Anfang; dennoch überwog der Eindruck eines jungen, idealistischen und dabei wild erotischen Gefühls. Das war so lebendig und so tief empfunden, daß es mir den Atem verschlug. Der Puls des Lebens schien einem auf jeder gedruckten Seite entgegenzupochen. Eine Liebe ohne Scham, absurd, anstößig und herrlich, ein Naturereignis. Da war echte Leidenschaft. Nichts kann uns mehr erschüttern und ehrfürchtiger stimmen.

Ich schrieb Peter Melrose diese Gedanken und schlug ihm vor, mit mir zu essen. Am nächsten Tag rief er mich an, und wir verabredeten einen Termin.

Er war unerklärlich scheu, als wir uns in einem Restaurant gegenübersaßen. Ich bestellte für ihn einen Cocktail. Wohl sprach er wie ein Wasserfall, aber er fühlte sich augenscheinlich nicht wohl in seiner Haut, und ich vermutete, daß die Pose seiner Selbstsicherheit eine quälende Schüchternheit verbergen sollte – vielleicht vor sich selbst. Er benahm sich wie ein tapsiger Bär. Er konnte irgend etwas Gewagtes sagen und gleich danach nervös auflachen, um seine Verlegenheit zu vertuschen.

Trotz seiner scheinbaren Selbstsicherheit brauchte er dauernd die Zustimmung der anderen. Indem er sein Gegenüber durch absichtlich schnoddrige Bemerkungen verdroß, hoffte er, eine gewisse, möglicherweise stillschweigende Bestätigung zu erzwingen, er sei ein so fabelhafter Kerl, wie er gern sein wollte. Die Meinung der Leute suchte er zu verachten, dabei war sie das einzige, was für ihn zählte. So fand ich ihn im Grunde fürchterlich, was mich aber nicht weiter störte. Es liegt in der Natur der Dinge, daß begabte junge Männer fürchterlich sind: sie wissen sich im Besitz von Gaben, die sie nicht anwenden können, und verzweifeln an einer Welt, die ihre Verdienste ignoriert. Sie haben etwas zu verschenken, und keine Hand streckt sich ihnen entgegen. Ungeduldig erwarten sie den Ruhm, auf den sie Anspruch zu haben glauben. Nein, fürchterliche junge Männer stören mich nicht; aber bei den Charmeuren geize ich mit Anteilnahme.

Peter Melrose machte nicht viel her von seinem Buch. Er errötete trotz seiner blühenden Gesichtsfarbe, als ich das Gelungene pries, und steckte meine Kritik mit einem, wie mir schien, demütigen Respekt ein, der mich geradezu in Verlegenheit brachte. Das angefallene Honorar war nicht groß gewesen, jetzt zahlte ihm sein Verleger monatlich einen Vorschuß auf das nächste Buch. Er hatte damit angefangen, wollte aber weg, um es in Ruhe zu beenden; da er wußte, daß ich an der Riviera lebte, fragte er mich nach einem stillen Plätzchen, wo er billig unterkommen und auch schwimmen könnte. Ich lud ihn für ein paar Tage zu mir ein, damit er sich an Ort und Stelle etwas Passendes suche. Seine grünen Augen glänzten, und das Blut schoß ihm in die Wangen bei meinem Vorschlag.

»Würde ich Sie nicht gräßlich stören?«

»Nein, ich werde arbeiten. Ich biete Ihnen drei Mahlzeiten am Tag und ein Bett; es wird Ihnen sehr langweilig werden, aber Sie können tun und lassen, was Sie wollen.«

»Toll! Darf ich Ihnen schreiben, wenn ich mir's überlegt habe?«

»Gewiß.«

Wir verabschiedeten uns, und ein oder zwei Wochen darauf – das war im Mai – fuhr ich zurück. Anfang Juni erhielt ich einen Brief von Peter Melrose, der fragte, ob ich meine Einladung ernst gemeint habe und ob er dann und dann kommen dürfe. Ja, damals hatte ich es ernst gemeint, aber jetzt, einen Monat später, fiel mir ein, daß er ein unerzogener Schnösel war, den ich nur zweimal gesehen hatte und der mich gar nichts anging, und ich meinte es nicht mehr so. Höchstwahrscheinlich würde er sich zu Tode langweilen; ich führte ein zurückgezogenes Leben und verkehrte mit wenig Leuten. Ich malte mir aus, wie er mir auf die Nerven fiele, wenn er sich wieder so ungehobelt benahm, und wie ich als Gastgeber meinen Groll hinunterschlucken mußte. Schon sah ich mich explodieren und dem Hausmeister klingeln, damit er dem Gast die Koffer packe, das Auto hole und ihn binnen einer halben Stunde wegschaffe. Aber es ließ sich nicht mehr ändern. Peter Melrose würde Essen und Unterkunft sparen, wenn er bei mir wohnte, und da er erschöpft und niedergeschlagen war, wie er schrieb, konnte ihn das etwas aufrichten. Ich schickte ihm ein Telegramm, und kurz darauf traf er ein.

In seinen grauen Flanellhosen und dem braunen Tweedjakkett sah er recht verschwitzt und schmierig aus, als ich ihn am Bahnhof abholte, aber nachdem er sich im Swimming-pool erfrischt hatte, erschien er in weißen Shorts und einem Freizeithemd. Er wirkte aberwitzig jung. Er war noch nie im Ausland gewesen und fand alles aufregend. Seine Begeisterung rührte mich. In einer derart ungewohnten Umgebung schien er seine Selbstüberschätzung zu verlieren, er gab sich einfach, jungenhaft und bescheiden. Ich war angenehm überrascht. Als wir abends nach dem Dinner im Garten saßen und nur das Quaken der Frösche die Stille durchbrach, erzählte er mir von seinem Roman, einer romantischen Story um einen jungen Schriftsteller und eine berühmte Primadonna. Ein solches Thema, das an Ouida erinnerte, hätte ich zuallerletzt diesem abgebrühten jungen Mann zugetraut; es erheiterte mich. War es nicht merkwürdig, wie die Mode im Kreis lief und in jeder Generation den gleichen Stoff wieder aufnahm? Natürlich würde Peter Melrose ihn sehr modern behandeln, aber es blieb die gleiche alte Geschichte, die in den achtziger Jahren gefühlvolle Leser in dreibändigen Romanen entzückt hatte. Er wollte sie in der Zeit der Jahrhundertwende ansiedeln, die für die Jugend ja schon die phantastische Aura einer weit zurückliegenden Vergangenheit hat. Er redete und redete, aber ich hörte gerne zu. Es entging ihm völlig, daß er seine eigenen Tagträume dichtete, die lächerlichen und liebenswerten Tagträume eines wenig anziehenden, unbekannten jungen Mannes, der sich, zur staunenden Bewunderung der ganzen Welt, von einer unglaublich schönen, gefeierten, großartigen Frau geliebt sieht. Da ich Ouidas Romane stets genossen hatte, mißfiel mir Peters Idee keineswegs. Mit seinem reizenden Talent, Dinge zu beschreiben, mit seiner lebendigen, eigenwilligen Art, ein Gebäude, ein Möbelstück, Wände, Bäume und Blumen zu sehen, mit seiner Kraft, die Glut des Lebens, die Glut der Liebe zu vergegenwärtigen – eine Kraft, die jede Fiber seines bäurischen Körpers spannte –, konnte er meiner Meinung nach sehr wohl etwas Grandioses, Extraordinäres und Poetisches zuwege bringen. Doch ich stellte eine Frage.

»Haben Sie je eine Primadonna kennengelernt?«

»Nein, aber ich las alle Memoiren, die ich auftreiben konnte. Ich habe den Stoff richtig durchgearbeitet, nicht bloß die Oberfläche erforscht; ich bin auf hundert Nebenwegen hinter dem aufschlußreichen Detail oder der bezeichnenden Anekdote hergejagt.«

»Mit Erfolg?«

»Ich glaube schon.«

Er schilderte mir seine Heldin. Sie war jung und schön, zwar eigensinnig und jähzornig, aber großmütig. Eine Frau mit Klasse. Sie lebte allein der Musik, Musik war nicht nur in ihrer Stimme, sondern in ihren Bewegungen und in ihren innersten Gedanken. Neid kannte sie nicht, und in ihrer Begeisterung für die Kunst vergab sie die Beleidigung einer Konkurrentin, wenn sie diese auf der Bühne wunderschön singen hörte. Ihre Freigebigkeit ließ sie das letzte herschenken, wenn die Kunde eines Unglücksfalles ihr Herz rührte. Als große Liebende konnte sie dem Mann, den sie liebte, alles opfern. Sie war gescheit und belesen, zärtlich, uneigennützig und hilfsbereit. Mit einem Wort, sie war viel zu gut, um wahr zu sein.

»Ich glaube, Sie sollten einmal einer Primadonna begegnen«, sagte ich schließlich.

»Wie denn?«

»Haben Sie von La Falterona gehört?«

»Natürlich. Ich las ihre Memoiren.«

»Sie lebt hier an der Küste. Ich werde sie anrufen und zum Dinner einladen.«

»Wirklich? Das wäre phantastisch.«

»Aber schieben Sie nicht mir die Schuld zu, wenn sie Ihren Erwartungen nicht entspricht.«

»Ich suche die Wahrheit.«

Jedermann hat von La Falterona gehört; nicht einmal die Melba erfreute sich größeren Ruhms. Sie trat jetzt nicht mehr in Opern auf, aber sie füllte jeden Konzertsaal, denn ihre Stimme bezauberte noch immer. Jeden Winter unternahm sie eine lange Tournee, den Sommer verbrachte sie in ihrer Villa am Meer. An der Riviera ist man sich nachbarlich verbunden, auch wenn man vierzig Kilometer voneinander entfernt wohnt; so sah ich La Falterona seit einigen Jahren recht häufig. Sie besaß ein überschäumendes Temperament, und so berühmt wie ihre Stimme waren ihre Liebesaffären: sie erzählte gerne davon, und oft hörte ich stundenlang gebannt zu, wenn sie mit einem Humor, der mir ihr erstaunlichster Charakterzug schien, mich mit bunten Schilderungen königlicher oder steinreicher Anbeter ergötzte. Zu meiner Beruhigung enthielten sie immerhin ein gewisses Maß Wahrheit. Drei- oder viermal war sie kurz verheiratet gewesen; einmal hatte sie sich sogar einen neapolitanischen Prinzen angeeignet. Da sie ihren Künstlernamen La Falterona über jeden Titel stellte, machte sie von seinem Rang keinen Gebrauch – wozu sie auch gar nicht berechtigt war, da sie nach der Scheidung von dem Prinzen wieder geheiratet hatte –, aber ihr Silber und ihr Tafelservice zierte ein Wappen mit Schwertern und einer Krone, und das Personal redete sie stets mit *madame la princesse* an. Angeblich stammte sie aus Ungarn, doch ihr Englisch war einwandfrei; sie sprach es mit leichtem Akzent – das heißt, wenn sie daran dachte –, aber mit einem Tonfall, der, wie man mir sagte, nach Kansas City wies. Sie erklärte das damit, daß ihr Vater aus politischen Gründen in Amerika Exil suchte, als sie noch ein Kind war. Sie konnte sich jedoch nie festlegen, ob er als ausgezeichneter Wissenschaftler wegen seiner liberalen Anschauungen in Schwierigkeiten geraten war oder ob er sich als ungarischer Magnat durch eine Affäre mit einer Erzherzogin den kaiserlichen Unwillen zugezogen hatte. Als Künstlerin unter Künstlern entschied sich La Falterona für die eine, als große Dame unter Leuten von Stand für die andere Version.

Mir gegenüber gab sie sich zwar nicht natürlich, das konnte

sie gar nicht mehr, selbst wenn sie's versucht hätte, aber offener als vor anderen. Für die Kunst hatte sie nur echte, ungeschminkte Verachtung übrig; sie betrachtete sie als ungeheuren Bluff und hegte tief im Herzen lächelnde Freundschaft für alle, die diesen Bären dem Publikum aufbinden konnten. Mit genießerischer Vorfreude sah ich – das sei zugegeben – der Begegnung von Peter Melrose und La Falterona entgegen.

Sie kam gerne zu mir zum Dinner, sie wußte nämlich mein gutes Essen zu schätzen. Da sie sehr auf ihre Figur achtete, genehmigte sie sich nur eine einzige, dafür exquisite und üppige Mahlzeit am Tag. Ich hatte sie auf neun Uhr gebeten, weil sie sich früher schon gar nicht zu Tisch zu setzen gedachte, und bestellte das Dinner für halb zehn. Viertel vor zehn trat sie auf. Sie trug ein rückenfreies apfelgrünes Seidenkleid mit tiefem Dekolleté, eine Kette erbsengroßer Perlen, mehrere kostbare Ringe und am linken Arm vom Handgelenk bis zum Ellbogen ein Brillanten- und Smaragdarmband neben dem anderen, von denen sicher zwei oder drei echt waren. In ihrem rabenschwarzen Haar funkelte ein dünner Reif aus Diamanten. Zu einem Ball im Waldorf hätte sie sich nicht aufwendiger herrichten können. Wir Männer hatten weiße Dinnerjacketts an.

»Du siehst imposant aus«, begrüßte ich sie, »aber ich sagte dir, es sei keine Party.«

Sie schoß einen Blitz aus ihren wunderbaren schwarzen Augen auf Peter ab.

»Natürlich ist es eine Party. Du schildertest mir deinen Freund als begabten Schriftsteller. Ich bin ja nur eine Interpretin.« Sie ließ einen Finger über ihre glitzernden Armbänder laufen. »Das ist der Respekt, den ich dem schöpferischen Künstler zolle.«

Ich unterdrückte ein ordinäres zweisilbiges Schimpfwort, das mir fast über die Lippen schlüpfte, und bot ihr statt dessen ihren Lieblingscocktail an. Ich genoß den Vorzug, sie Maria nennen zu dürfen; sie sagte stets Meister zu mir. Diese Anrede ließ mich zum einen als rechten Narren vor mir selber dastehen, zum anderen machte sie deutlich, daß wir zwei verschiedenen Generationen angehörten, obwohl La Falterona in Wirklichkeit nur zwei oder drei Jahre jünger war als ich. Gelegentlich hieß sie mich aber auch »du altes Schwein«. An diesem Abend konnte sie wahrlich für fünfunddreißig gelten, denn sie hatte dieses großflächige Gesicht, das dem Alter zu widerstehen scheint. Auf der Bühne war sie eine schöne Frau, und auch im Privatleben sah sie trotz ihrer mächtigen Nase, ihres breiten Munds und ihrer vollen Wangen gut aus. Sie hatte einen braunen Fond de teint gewählt und dazu ein dunkles Rouge, die Lippen waren scharlachrot geschminkt, und das Ganze wirkte äußerst spanisch. Vermutlich fühlte sie sich auch so, zumindest legte sie sich zu Beginn des Essens einen Sevilla-Akzent zu. Ich wollte sie zum Reden bringen, damit Peter auf seine Kosten komme, und ich wußte, daß sie sich nur über ein einziges Thema verbreiten konnte. Sie war nämlich strohdumm, auch wenn sie eine flüssige Konversation beherrschte, die die Leute beim ersten Zusammentreffen glauben machte, sie sei so geistreich wie schön. Dabei gab sie nur eine Vorstellung, und es blieb niemandem verborgen, daß sie nicht bloß nicht verstand, was sie sagte, sondern daß es sie auch gar nicht interessierte. Ich glaube, sie hat in ihrem ganzen Leben kein Buch gelesen; ihre Kenntnisse des Weltgeschehens bezog sie aus dem flüchtigen Anschauen von Illustrierten. Ihre leidenschaftliche Liebe zur Musik war reiner Humbug. Als ich einmal mit ihr in ein Konzert ging, verschlief sie die ganze Fünfte Symphonie, um in der Pause zu meinem Entzücken anderen Zuhörern zu erklären, Beethoven wühle sie derart auf, daß sie sich ihm nur ungern aussetze; diese machtvollen Themen dröhnten ihr ständig im Kopf, und sie könnte die ganze Nacht kein Auge schließen. Das wunderte mich nicht, denn sie hatte während des Konzerts so fest geschlummert, daß ihre Nachtruhe gestört sein mußte.

Aber ein Thema rief unfehlbar ihr Interesse wach, und sie ging ihm mit unermüdlicher Energie nach. Nichts konnte sie hindern, zu ihm zurückzukehren; keine Bemerkung war so entlegen, daß sie nicht als Hinleitung diente, und auf diesen kunstvollen Umwegen entwickelte sie eine Geschicklichkeit, die man ihr nie zugetraut hätte. Bei diesem Thema war sie witzig, lebhaft, philosophisch, tragisch und voll Phantasie, hier sprudelte sie über vor Einfällen, denn das Thema ließ sich unabsehbar weit ausbauen und unendlich variieren. Das Thema hieß: sie selbst. Ich spielte es ihr gleich zu und konnte mich dann auf passende Ausrufe beschränken. Sie war in Hochform. Wir aßen auf der Terrasse, und der Vollmond schien gefällig auf das

Meer zu unseren Füßen. Die Natur stellte die ideale Kulisse, als wüßte sie, was sich bei diesem Anlaß gehörte. Die Aussicht begrenzten auf beiden Seiten hohe schwarze Zypressen, auf der Terrasse verströmten um uns herum die blühenden Orangenbäume ihren schweren Duft. Kein Lüftchen regte sich, die Kerzen auf dem Tisch brannten stetig und sanft. Dieses Licht stand La Falterona besonders gut. Sie saß zwischen uns, aß mit Appetit, sprach herzhaft dem Champagner zu und fühlte sich pudelwohl. Sie schaute kurz zum Mond empor. Auf dem Meer lag ein breiter Silberstreifen.

»Wie herrlich ist die Natur«, sagte sie. »Mein Gott, in welchen Dekorationen man doch spielen muß. Und dort soll man singen? Die Bühnenbilder in Covent Garden sind einfach eine Schande. Als ich das letztemal die Julia sang, machte ich mein weiteres Auftreten davon abhängig, daß sie den Mond verbesserten.«

Peter, ein stummer Zuhörer, verschlang ihre Worte. Sie bot noch mehr, als ich zu hoffen gewagt hatte; der Champagner und ihr eigener Redestrom stiegen ihr langsam zu Kopf. Sie machte uns glauben, die ganze Welt habe sich gegen eine schwache, fügsame Frau verschworen, und sie habe ihr Leben lang verzweifelt gegen widrigste Umstände angekämpft. Direktoren demütigten sie, Agenten betrogen sie, Intrigen der Kollegen sabotierten sie, gekaufte Kritiker verleumdeten sie, Liebhaber, denen sie das Letzte geopfert hatte, betrogen sie voll schwarzen Undanks; und doch besiegte sie alle mit ihrem begnadeten Talent und ihrem schlagfertigen Witz. Blitzenden Auges erzählte sie mit fröhlicher Begeisterung, wie sie alle Anschläge durchkreuzte und wie elend alle jene Schufte zugrunde gingen, die sich ihr in den Weg stellten. Ich fragte mich, woher sie den Mut nahm, solche greulichen Geschichten zu erzählen, aber es war ihr überhaupt nicht bewußt, daß sie sich von der schlechtesten Seite zeigte: nachträgerisch und neidisch, stahlhart, unglaublich eitel, grausam, selbstsüchtig, ränkevoll und geldgierig. Gelegentlich warf ich Peter einen Blick zu, amüsiert über die Verwirrung, die er empfinden mußte, wenn er sein Ideal einer Primadonna mit der rüden Wirklichkeit verglich. La Falterona war herzlos. Als sie endlich ging, sagte ich lachend zu ihm: »Auf jeden Fall haben Sie brauchbares Material bekommen.«

»Sicher, und alles paßt so wunderbar zusammen«, antwortete er überschwenglich.

»Wirklich?« fragte ich verblüfft.

»Sie gleicht aufs Haar meiner Heldin. Sie wird mir nie glauben, daß ich die Figur schon so anlegte, bevor ich sie kennenlernte.«

Ich starrte ihn baß erstaunt an.

»Diese Liebe zur Kunst! Diese Uneigennützigkeit! Sie besitzt den Seelenadel, den ich vor Augen hatte. Der kleinkarierte, schnüffelnde Plebs stellt ihr lauter Hindernisse in den Weg, aber sie fegt sie alle beiseite durch die Größe ihres Willens und die Reinheit ihrer Ziele.« Er lachte glücklich. »Ist es nicht großartig, wie Natur die Kunst nachahmt? Ich schwöre Ihnen, ich habe sie lebensecht getroffen.«

Ich wollte etwas erwidern, hielt mich aber zurück; auch wenn ich im Geist die Achseln zuckte, rührte er mich. Peter sah in ihr, was er hatte sehen wollen, und etwas, das Schönheit nahekam, lebte in seinen Illusionen. Auf seine Art war er ein Dichter. Wir gingen zu Bett, und drei oder vier Tage darauf, als er eine Pension nach seinem Geschmack gefunden hatte, zog er aus.

Im Lauf der Zeit erschien sein Buch, das wie viele zweite Romane junger Autoren nur ein mäßiger Erfolg war. Die Kritik hatte seinen ersten Versuch überbewertet und zeigte sich nun unbillig streng. Natürlich macht es einen gewaltigen Unterschied, ob man einen Roman über sich und die von Kindesbeinen an vertraute Umwelt schreibt oder über der eigenen Phantasie entsprungene Figuren. Peters Buch war zu lang, seine hochbegabten Beschreibungen wucherten zu ungezügelt, der Humor war immer noch recht ordinär, aber die Epoche hatte er geschickt getroffen, und die Liebesgeschichte besaß jenes Feuer echter Leidenschaft, das mich an seinem Erstling so beeindruckt hatte.

Nach jenem Abendessen in meinem Haus sah ich La Falterona über ein Jahr lang nicht mehr. Sie machte eine lange Konzertreise durch Südamerika und kehrte erst Ende des Sommers an die Riviera zurück. Dann lud sie mich einmal zum Nachtessen ein. Außer mir war nur noch ihre Sekretärin und Reisebegleiterin da, eine Engländerin namens Miss Glaser, die, obschon unentbehrlich, von La Falterona tyrannisiert und unterjocht, getreten und beleidigt wurde. Miss Glaser, eine verhärmte Fünfzigerin mit grauen Haaren und einem bleichen, runzligen Gesicht, war ein seltsames Geschöpf. Sie wußte schlechterdings alles über La Falterona und liebte und haßte sie zugleich. Hinter ihrem Rücken konnte sie sich herrlich über sie lustig machen, ich habe nie etwas Komischeres gehört als ihre Parodie ›Die große Sängerin und ihre Anbeter‹, aber sie sorgte für ihre Herrin wie eine Mutter. Sie brachte es, teils durch Schmeichelei, teils durch grobe Aufrichtigkeit, fertig, daß sich La Falterona gelegentlich wie ein Mensch aufführte. Und sie hatte die außerordentlich zurechtfrisierten Memoiren des Stars geschrieben.

La Falterona trug einen blaßblauen seidenen Hausanzug – sie liebte Seide – und, wohl um ihrem Haar eine Erholung zu gönnen, eine grüne Seidenperücke; außer ein paar Ringen, einer Perlenkette, einigen Armbändern und einer Diamantenbrosche an der Taille hatte sie auf Schmuck verzichtet. Ausführlich erzählte sie mir von ihren Triumphen in Südamerika; es nahm kein Ende. Noch nie war sie so gut bei Stimme gewesen, nie hatte sie solche Ovationen erlebt. Alle Konzerte waren ausverkauft, sie hatte ungeheuer verdient.

»Stimmt's oder stimmt's nicht, Glaser?« rief Maria mit starkem südamerikanischem Akzent.

»Im großen ganzen«, sagte Miss Glaser.

La Falterona hatte die fürchterliche Gewohnheit, ihre Vertraute mit dem Nachnamen anzureden, aber da sich das arme Wesen schon lange nicht mehr darüber aufregte, spielte es keine Rolle.

»Wie hieß der Mann, den wir in Buenos Aires trafen?«

»Welcher Mann?«

»Idiot! Glaser, du erinnerst dich genau. Der Mann, mit dem ich einmal verheiratet war.«

»Pepe Zapata«, antwortete Glaser todernst.

»Er war pleite und besaß die Unverschämtheit, ein Diamantenhalsband von mir zurückzuverlangen, das er mir einmal geschenkt hatte. Es habe seiner Mutter gehört.«

»Es hätte dir nichts ausgemacht, es herzugeben«, sagte Miss Glaser. »Du trägst es nie.«

»Hergeben?« schrie La Falterona, und vor lauter Erstaunen sprach sie das akzentfreiste Englisch. »Hergeben? Du bist nicht bei Trost.«

Sie starrte Miss Glaser an, als erwarte sie in dieser Sekunde bei ihr einen Ausbruch akuten Wahnsinns, und erhob sich; das Essen war zu Ende.

»Gehen wir hinaus«, befahl sie. »Ohne meine Engelsgeduld wäre sie schon lange geflogen.«

La Falterona und ich setzten uns auf die Veranda, Miss Glaser blieb zurück. Im Garten stand eine wunderbare Zeder, deren dunkle Zweige sich vom sternhellen Himmel abhoben. Das Meer, das sich fast zu unseren Füßen ausbreitete, lag zauberhaft ruhig. Plötzlich fuhr La Falterona auf.

»Beinahe hätte ich's vergessen. Glaser, du Dummkopf«, rief sie, »warum hast du mich nicht daran erinnert?« Und mich herrschte sie an: »Ich habe eine Wut auf dich!«

»Glücklicherweise fiel dir das erst nach dem Essen ein«, antwortete ich.

»Dieser Freund von dir mit seinem Buch.«

Zuerst begriff ich gar nicht, wovon sie sprach.

»Welcher Freund? Welches Buch?«

»Stell dich nicht so blöd. Dieser häßliche Knirps mit dem verschwitzten Gesicht und der traurigen Figur. Er schrieb ein Buch über mich.«

»Ach so! Peter Melrose. Aber der schrieb gar nicht über dich.«

»Doch, natürlich. Ich bin doch nicht dumm. Er war auch noch so frech und schickte es mir.«

»Hoffentlich hattest du so viel Anstand, dich zu bedanken.«

»Meinst du, ich hätte Zeit, mich für alle Bücher zu bedanken, mit denen mich die Hintertreppenliteraten bombardieren? Glaser wird ihm geschrieben haben. Du hattest kein Recht, mich zum Essen einzuladen und uns zusammenzuführen. Ich kam dir zuliebe, weil ich dachte, du mögest mich um meiner selbst willen; ich ahnte nicht, daß man mich bloß ausnützen wollte. Es ist schlimm, wenn die ältesten Freunde einen als Gentleman im Stich lassen. Nie mehr werde ich mit dir essen, solange ich lebe. Nie, nie, nie mehr.«

Sie steigerte sich in einen ihrer berühmten Koller hinein, darum unterbrach ich sie, bevor es zu spät war.

»Immer mit der Ruhe, meine Liebe«, sagte ich. »Die Sängerin in jenem Buch, auf die du wohl anspielst . . .«

»Denkst du etwa, ich spiele auf die Putzfrau an?«

»Also gut, der Charakter der Sängerin war skizziert, ehe der Autor dich überhaupt sah, und gleicht dir kein bißchen.«

»Was heißt das: gleicht mir kein bißchen? Alle meine Freunde haben mich wiedererkannt. Es ist eindeutig ein Porträt.«

»Mary«, protestierte ich.

»Ich heiße Maria, und niemand weiß das besser als du, und wenn du mich nicht Maria nennen willst, rede mich bitte mit Madame Falterona oder Prinzessin an.«

Ich überging ihre Tirade.

»Hast du das Buch gelesen?«

»Natürlich. Nachdem jedermann sagte, es handle von mir.«

»Aber die Heldin, jene Primadonna, ist fünfundzwanzig.«

»Eine Frau wie ich hat kein Alter.«

»Sie ist musikalisch bis in die Fingerspitzen, sanft wie eine Taube und ein Wunder an Selbstlosigkeit. Sie ist offenherzig, treu und hilfsbereit. Siehst du dich so?«

»Und wie siehst *du* mich?«

»Stahlhart, grausam, eine geborene Intrigantin und ein Muster an Egozentrik.«

Sie titulierte mich mit einem Schimpfwort, das üblicherweise eine Dame nicht einem Herrn an den Kopf wirft, solange kein Anlaß besteht, die Abkunft dieses vielleicht tadelnswerten Herrn in Frage zu stellen. Obwohl ihre Augen blitzten, ärgerte sie sich keinesfalls – sie faßte meine Charakteristik als Kompliment auf.

»Und die Geschichte mit dem Smaragdring? Du kannst doch nicht leugnen, daß ich sie ihm erzählte?«

Mit dieser Geschichte verhielt es sich so: der Kronprinz eines mächtigen Staats war einmal unsterblich in La Falterona verliebt und hatte ihr einen hochwertvollen Smaragdring geschenkt. Eines Nachts zankten sie sich, harte Worte fielen, und als die Rede auf den Ring kam, zog sie ihn vom Finger und warf ihn in den brennenden Kamin. Der Kronprinz, ein rechter Knicker, stürzte mit einem Schrei des Entsetzens auf die Knie und räumte die Kohlen aus, bis er den Ring fand. La Falterona betrachtete ihn geringschätzig, wie er da auf dem Boden herumkroch. Sie gab nicht gerne etwas her, aber Knausrigkeit bei anderen ertrug sie nicht. Sie beendete die Geschichte mit den klassischen Worten: »Danach *konnte* ich ihn nicht mehr lieben.«

Diese dankbare Anekdote hatte Peter gut gefallen, und er hatte sie ziemlich getreu übernommen.

»Ich habe sie euch beiden unter dem Siegel der Verschwiegenheit anvertraut, kein Mensch kannte sie zuvor. Es ist ein himmelschreiender Vertrauensbruch, daß er sie in seinem Roman verwendet hat, und nichts entschuldigt euch, weder ihn noch dich.«

»Aber ich war doch hundertmal dabei, als du die Story zum besten gabst. Und Florence Montgomerie erzählte dasselbe von sich und dem Kronprinzen Rudolf – es war auch eine ihrer Lieblingsgeschichten. Und Lola Montez von sich und dem König von Bayern. Wahrscheinlich hat schon Nell Gwynn sie von sich und Charles II. verbreitet. Diese Geschichte gehört zum Märchenschatz der ganzen Welt.«

La Falterona war verblüfft, aber nur einen Moment.

»Ich finde es ganz normal, daß sie sich mehrmals ereignet hat. Frauen sind eben heißblütig und Männer Pfennigfuchser. Ich kann dir den Smaragd zeigen, wenn du willst. Natürlich mußte ich ihn neu fassen lassen.«

»Bei Lola Montez waren es Perlen«, sagte ich ironisch. »Sie haben ziemlich gelitten, glaube ich.«

»Perlen?« Sie schenkte mir ihr bezauberndes Lächeln. »Hast du je die Geschichte von Benji Riesenbaum und den Perlen gehört? Du könntest daraus eine Novelle machen.«

Der millionenschwere Benji Riesenbaum war lange Jahre La Falteronas ständiger Begleiter gewesen, und er hatte ihr auch die kleine Luxusvilla gekauft, in der wir eben saßen.

»In New York hat er mir eine sehr anständige Perlenkette geschenkt. Ich sang an der Met, und wir fuhren nach Schluß der Saison zusammen nach Europa zurück. Du kanntest ihn nicht, oder?«

»Nein.«

»Er war kein schlechter Typ, nur wahnsinnig eifersüchtig. Wir zerstritten uns auf dem Schiff, weil mir ein junger italienischer Offizier gewaltig den Hof machte. Weiß der Himmel, mit mir ist leicht auskommen, aber ich lasse mich nicht von einem Mann schurigeln. Meine Selbstachtung zählt schließlich auch. Ich rückte ihm den Kopf zurecht – du verstehst, was ich meine? –, und er schlug mir ins Gesicht. Auf Deck, ich bitte dich. Zugegeben, ich schnappte über vor Zorn: ich riß mir die Kette vom Hals und schmiß sie ins Meer. ›Sie kostete fünfzigtausend Dollar‹, keuchte er und erbleichte, aber ich reckte mich zu meiner vollen Größe empor: ›Ich schätzte sie, weil ich dich liebte.‹ Dann drehte ich mich auf dem Absatz um.«

»Idiot«, sagte ich.

»Vierundzwanzig Stunden sprach ich kein Wort mit ihm. Dann fraß er mir aus der Hand. Als wir in Paris waren, stürzte er als erstes zu Cartier und kaufte mir eine neue, ebenso schöne Kette.«

Sie kicherte.

»Hast du ›Idiot‹ gesagt? Die echte Kette ließ ich doch in einem Banksafe in New York, ich wußte, daß ich für die nächste Saison zurückkehrte. Ich habe eine Dublette in die Wellen geworfen.«

Sie lachte und lachte, so herzhaft und vergnügt wie ein Kind. Das war ein Gag ganz nach ihrem Sinn. Sie juchzte vor Vergnügen.

»Diese dummen Männer«, prustete sie. »Du hast wirklich geglaubt, ich schmeiße eine echte Perlenkette ins Meer?«

Und von neuem schüttete sie sich aus vor Lachen. Endlich faßte sie sich, aber sie war in Laune gekommen.

»Ich will singen. Glaser, begleite mich.«

Eine Stimme drang aus dem Salon.

»Sie können nicht singen, nachdem Sie sich den Bauch derart vollgeschlagen haben.«

»Halt's Maul, alte Kuh. Fang an.«

Statt einer Antwort spielte Miss Glaser gleich darauf die Eingangstakte eines Schumannlieds. Es strapazierte die Stimme nicht, und ich ahnte, daß Miss Glaser es nicht ohne Überlegung ausgewählt hatte. La Falterona begann mit halber Stimme, aber als sie die Töne klar und rein kommen hörte, hielt sie nicht mehr zurück. Das Lied war zu Ende. Stille herrschte. Miss Glaser, der La Falteronas glänzende Form nicht entgangen war, fühlte, daß sie weitersingen wollte. Die Primadonna stand am Fenster, den Rücken dem erleuchteten Zimmer zugekehrt, und schaute aufs dunkel schimmernde Meer. Die Zeder hob sich anmutig vom Himmel ab. Die Nacht war lau und voll von Düften. Miss Glaser spielte einige Takte, und mich durchschauerte es. La Falterona stutzte, als sie die Musik erkannte; ich spürte, wie sie sich innerlich spannte.

Mild und leise wie er lächelt
Wie das Auge hold er öffnet

Isoldes Liebestod. Sie hatte, aus Furcht für ihre Stimme, nie eine Wagnerrolle übernommen, aber vermutlich dieses Stück häufig im Konzertsaal gesungen. Es störte nicht, daß sie jetzt statt eines Orchesters nur das dünne Klimpern eines Klaviers begleitete. Die überirdisch schöne Melodie schwebte durch die ruhige Luft hinaus übers Wasser. In dieser hochromantischen Umgebung, in dieser lieblichen Nacht war der Eindruck überwältigend. La Falteronas Stimme war immer noch köstlich, voll und glockenrein; sie sang so wunderbar, innig und zart, mit solch tragischem, ergreifendem Schmerz, daß mir das Herz in der Brust schmolz. Ein dicker Kloß steckte mir im Hals, als sie endete; ich sah, daß ihr Tränen übers Gesicht liefen. Mir war nicht nach Reden zumute. Sie stand still da und schaute auf das ewige Meer.

Eine merkwürdige Frau! Und ich bedachte damals, daß ich sie samt ihren unmenschlichen Fehlern, so wie sie war, dem Idealbild eines Peter Melrose vorzog, der in ihr den Ausbund aller Tugenden sah. Aber nun tadelt man mich wieder, ich hätte die Leute zu gern, die ein bißchen schlechter als erlaubt sind. Natürlich war sie ein Ekel, aber ein unwiderstehliches.

So handelt ein Gentleman

Viele Leute erschütterte die Nachricht, daß Captain Forestier während eines Waldbrands, als er den versehentlich im Haus eingeschlossenen Hund seiner Frau retten wollte, ums Leben gekommen war. Einige sagten, das hätten sie ihm nie zugetraut, andere behaupteten, genau das hätten sie von ihm erwartet, wobei offenbleibt, wie sie das meinten. Mrs. Forestier fand nach diesem tragischen Ereignis Unterschlupf bei einer Familie Hardy, die sie und ihr Mann kurz zuvor kennengelernt hatten. Captain Forestier war diesen Leuten nicht wohlgesonnen gewesen, auf jeden Fall nicht Fred Hardy, aber sie glaubte fest, daß er nach dieser fürchterlichen Nacht seine Einstellung geändert hätte. Ihm wäre nicht entgangen, wieviel Gutes in Hardy ungeachtet seines Rufs steckte, und als echter Gentleman hätte er seinen Irrtum eingestanden. Mrs. Forestier konnte sich nicht vorstellen, wie sie ohne die wunderbare Hilfsbereitschaft der Hardys den Verlust des Mannes überlebt hätte, der ihr alles bedeutete. Das unerschöpfliche Mitgefühl dieser Freunde war der einzige Trost ihres Jammers gewesen. Sie, gewissermaßen Augenzeugen seines Opfergangs, wußten am besten, welches Format er besessen hatte. Nie würde sie Fred Hardys Worte vergessen, als er die schlimme Nachricht eröffnete. Diese Worte halfen ihr nicht nur, das schreckliche Unglück zu ertragen, sie gaben ihr auch den Mut, sich tapfer einer öden Zukunft zu stellen. Sie spürte, daß ihr so geliebter tapferer Mann, dieser echte Gentleman, ihr diesen Mut gerade jetzt von Herzen gewünscht hätte. Mrs. Forestier war sehr lieb. Das sagt man oft als Freundlichkeit von einer Frau, wenn man sonst nichts über sie zu sagen hat, und ›lieb‹ gilt als schwaches Kompliment. Ich meine es aber nicht so. Mrs. Forestier war weder charmant noch schön, noch geistreich; im Gegenteil, sie war ein verstiegenes, häusliches Dummerchen. Dennoch mochte man sie desto mehr, je näher man sie kannte, und, nach dem Grund gefragt, fiel einem nur diese Antwort ein: Sie ist eben eine liebe Frau. So groß wie ein Mann, besaß sie einen breiten Mund und eine mächtige, gebogene Nase, blaßblaue kurzsichtige Augen und schwere, häßliche Hände. Ihre faltige, wettergegerbte Haut überdeckte sie mit einem starken Make-up, und ihre langen Haare waren goldblond gefärbt, reich gelockt und kunstvoll frisiert. Sie versäumte nichts, was der aufdringlichen Männlichkeit ihrer Erscheinung entgegenwirken konnte, und glich dennoch bloß einem Schmierenschauspieler in einer Frauenrolle. Sie hatte zwar eine weibliche Stimme, aber man wartete immer darauf, daß sie nach Schluß der Vorstellung mit einem tiefen Baß losorgele und daß sich, sobald sie die goldene Perücke herunterriß, ein kahles Männerhaupt zeige. Sie gab große Summen für ihre Kleider aus, die sie von den berühmtesten Pariser Salons bezog, aber auch als Frau von fünfzig Jahren wählte sie mit unfehlbar schlechtem Geschmack solche Kreationen, die nur an zierlichen, blutjungen und hübschen Mannequins bezaubernd aussahen. Immer behängte sie sich mit wertvollem Schmuck. Mit ihrem plumpen Schritt und den linkischen Bewegungen brauchte sie nur ein Wohnzimmer zu betreten, wo eine kostbare Vase aus Jade stand – schon hatte sie sie zu Boden gefegt; und wenn man sie zum Essen einlud und jene Gläser deckte, an denen man besonders hing, zerschmetterte sie mit beinahe unfehlbarer Sicherheit eines davon.

Aber hinter diesem ungeschickten Äußeren verbarg sich eine zärtliche, romantische und idealistische Seele. Das vermutete man nicht sogleich, denn auf den ersten Blick war sie eine Figur aus dem Witzblatt; kannte man sie näher und hatte unter ihrer Tapsigkeit gelitten, verzweifelte man an ihr; drang man jedoch zum Kern vor, dann fragte man sich, wie man so verbohrt gewesen sein konnte, diese Seele nicht wahrzunehmen, die einen aus den blaßblauen, kurzsichtigen Augen scheu, aber mit unmißverständlicher Aufrichtigkeit anschaute. Der verspielte Musselin, der frühlingsfrohe Organdy, die jungfräuliche Seide kleideten nicht einen schwerfälligen Körper, sondern einen taufrischen, mädchenhaften Geist. Man vergaß, daß sie geliebtes Porzellan zerschmiß und wie ein als Frau verkleideter Mann daherkam, man sah sie, wie sie sich selbst sah und wie sie in Wirklichkeit war (ließe sich Wirklichkeit mit Händen greifen): als liebes Dingelchen mit einem Herzen aus Gold. Bei innigerer Vertrautheit fand man sie so einfach wie ein Kind: sie war rührend dankbar für jede Aufmerksamkeit, ihre Hilfsbereitschaft kannte kein Maß, sie tat alles für einen, es mochte noch so beschwerlich sein, und gab einem dabei das Gefühl, durch einen Appell an ihre Fürsorge erweise man ihr einen Dienst. Sie war ein Genie uneigennütziger Liebe. Es steht fest, daß ihr nie ein unfreundlicher oder boshafter Gedanke durch den Sinn gegangen ist. Dies alles vor Augen kann man nur wiederholen: Mrs. Forestier war eine liebe Frau.

Leider war sie zugleich fürchterlich beschränkt. Das ging einem auf, wenn man ihrem Mann begegnete. Sie war Amerikanerin, Captain Forestier Engländer. Geboren in Portland, Oregon, kam sie während des Weltkriegs zum erstenmal nach Europa, als sie sich 1917, bald nach dem Tod ihres ersten Mannes, zu einer Rot-Kreuz-Einheit in Frankreich meldete. Nach amerikanischen Maßstäben war sie nicht reich, nach europäischen konnte man sie wohlhabend nennen. Ich schätze nach dem Lebensstil der Forestiers ihre Jahreseinkünfte auf ungefähr dreißigtausend Dollar. Abgesehen davon, daß sie zweifellos den falschen Patienten die falsche Medizin verabreichte, ihre Verbände nur Schaden anrichteten und sie jeden zerbrechlichen Gegenstand fallen ließ, war sie gewiß eine wunderbare Schwester. Auch die widerwärtigste Arbeit wird sie ohne Zögern angepackt haben, nie schonte sie sich, nie verlor sie die Nerven. Ich bin überzeugt, daß mancher arme Kerl Grund hatte, ihre Güte zu rühmen, und nicht wenige taten sicherlich den herben Schritt ins Unbekannte mit größerem Mut dank der liebenden Fürsorge ihrer goldenen Seele. Im letzten Kriegsjahr pflegte sie Captain Forestier, bald nach Friedensschluß heirateten sie. Sie ließen sich oberhalb von Cannes in einer hübschen, auf einem Hügelzug gelegenen Villa nieder, und binnen kurzem waren sie ein wichtiger Faktor im gesellschaftlichen Leben an der Riviera. Captain Forestier spielte gut Bridge und begeistert Golf. Auch im Tennis war er nicht schlecht. Er besaß ein Segelboot, und sommers gaben die Forestiers bezaubernde Inselfeste.

Nach siebzehn Ehejahren bewunderte Mrs. Forestier noch immer ihren schmucken Gatten; jedem, der sie näher kannte, erzählte sie in ihrem schleppenden Tonfall der Westküste ausführlich, wie sie zueinander gefunden hatten.

»Es war Liebe auf den ersten Blick«, begann sie. »Er wurde eingeliefert, solange ich dienstfrei hatte. Als ich zurückkam und ihn in einem meiner Betten liegen sah, du meine Güte, da blieb mir das Herz stehen, und eine Sekunde lang dachte ich, ich hätte es durch zuviel Arbeit überanstrengt. Er war der schönste Mann, dem ich je begegnete.«

»War er schwer verwundet?«

»Nun, er war nicht eigentlich verwundet. Es ist kaum zu glauben: er machte den ganzen Krieg mit, lag monatelang unter Beschuß, riskierte zwanzigmal am Tag sein Leben, denn er weiß gar nicht, was Angst ist, und kriegte keine einzige Schramme. Er hatte Furunkel.« Das gehört nun nicht eben zu den romantischen Leiden, an denen sich eine große Leidenschaft entzündet. Da Mrs. Forestier ein wenig prüde war, rang sie mit der Schwierigkeit, Captain Forestiers Furunkel zu lokalisieren, obschon sie sie lebhaft beschäftigten.

»Sie waren am unteren Ende seines Rückens, ja eigentlich noch tiefer, und er ließ sie nur ungern von mir behandeln. Engländer sind so merkwürdig sittsam, das fiel mir immer wieder auf, und es demütigte ihn gräßlich. Bei diesem vertrauten Umgang – Sie verstehen, was ich meine? – hätten wir uns eigentlich näherkommen müssen, aber irgendwie geschah nichts dergleichen. Er war die Zurückhaltung selber. Wenn ich bei meiner Runde an sein Bett trat, stockte mir der Atem, und mein Herz schlug bis zum Halse. Ich bin wirklich nicht ungeschickt und lasse sonst nichts fallen, aber, Sie werden es mir nicht glauben, sooft ich Robert seine Medizin gab, warf ich den Löffel hinunter und zerbrach das Wasserglas. Was mußte er von mir denken!«

An diesem Punkt von Mrs. Forestiers Erzählung konnte man das Lachen kaum verbeißen, aber sie lächelte so süß.

»Das klingt wahrscheinlich absurd für Sie, aber ich habe tatsächlich früher nie etwas Ähnliches empfunden. Als ich meinen ersten Mann heiratete, einen Witwer mit erwachsenen Kindern – ein feiner Mensch und einer der angesehensten Bürger –, da war es ganz anders.«

»Und wie entdeckten Sie denn, daß Sie in Captain Forestier verliebt waren?«

»Das glauben Sie mir natürlich nicht, so verrückt tönt es, aber eine Schwester sagte mir's auf den Kopf zu, und von da an hatte ich keinen Zweifel mehr, daß es stimmte. Zuerst regte ich mich gräßlich auf, ich wußte ja gar nichts von ihm. Wie alle Engländer ging er nicht aus sich heraus, und ich vermutete, er hätte eine Frau und ein halbes Dutzend Kinder.«

»Und wie erfuhren Sie die Wahrheit?«

»Ich fragte ihn. Sobald er sich als Junggeselle zu erkennen gab, entschloß ich mich, ihn zu heiraten, koste es, was es wolle. Er litt entsetzlich, der Arme; fast die ganze Zeit mußte er auf dem Bauch liegen, auf dem Rücken zu liegen tat qualvoll weh, an Sitzen war gar nicht zu denken. Aber er litt wohl nicht mehr als ich. Verstehen Sie, Männer mögen enganliegende Seidenstoffe und weite, bauschige Kleider, und ich in meiner Schwesterntracht war so im Nachteil. Die Oberin, eine dieser Jungfern aus New England, konnte Make-up nicht leiden, und ich schminkte mich damals überhaupt nicht. Mein erster Mann mochte es auch nicht, und mein Haar war nicht so gepflegt wie jetzt. Er schaute mich mit seinen wunderbaren blauen Augen an, und ich spürte, was er von meinem trostlosen Anblick hielt. Er war sehr niedergeschlagen, und um ihn aufzuheitern, besuchte ich ihn in jeder freien Minute zu einem kleinen Plausch. Er ertrug den Gedanken nicht, daß er, ein starker, strammer Kerl, wochenlang im Bett lag, während seine Kameraden in den Schützengräben kämpften. Dieser Mann genoß doch des Lebens Reichtum am innigsten, wenn rings um ihn die Kugeln pfiffen und jede Sekunde die letzte sein konnte. Gefahr peitschte ihn auf. Ich verhehle nicht, daß ich bei seiner Fieberkurve einige Zehntelgrade hinzufügte, damit die Ärzte ihn für kränker hielten, als er in Wirklichkeit war. Ich wußte, er setzte Himmel und Hölle in Bewegung, um entlassen zu werden; da mußte ich ja etwas dagegen unternehmen. Er betrachtete mich nachdenklich, wenn ich so dahinplapperte, aber er freute sich auf unsere Gespräche. Ich sagte ihm, ich sei verwitwet und unabhängig und wolle mich nach dem Krieg in Europa niederlassen. Langsam taute er ein wenig auf. Er sprach wenig von sich, doch zog er mich auf – Sie wissen, er ist ja sehr witzig –, und manchmal dachte ich in der Tat, er habe mich gern.

Schließlich schrieb man ihn diensttauglich. Zu meiner Überraschung lud er mich an seinem letzten Abend zum Essen ein. Ich erhielt von der Oberin frei, und wir fuhren nach Paris hinein. Er sah phantastisch aus in seiner Uniform! So vornehm! Ein Herr bis in die Fingerspitzen. Aber irgendwie war er nicht in der erwarteten frohen Stimmung; dabei wollte er doch so dringend an die Front zurück.

›Warum sind Sie heute abend so gedämpft?‹ fragte ich ihn. ›Ihr Wunsch geht doch jetzt ganz bald in Erfüllung.‹

›Sicher‹, antwortete er. ›Und wenn ich trotzdem ein bißchen trübsinnig bin, ahnen Sie den Grund wirklich nicht?‹

Ich wagte nicht mir vorzustellen, was er damit meinte, und machte lieber einen Scherz.

›Ich verstehe mich gar nicht auf Ahnungen‹, versetzte ich lachend. ›Wenn Sie mir den Grund verraten wollen, müssen Sie ihn mir schon nennen.‹

Er senkte den Blick, unverkennbar nervös.

›Sie waren so ungeheuer nett zu mir‹, brachte er hervor. ›Ich kann Ihnen gar nicht danken für all Ihre Güte. Sie sind die großartigste Frau, die ich je getroffen habe.‹

Diese Worte wühlten mich gräßlich auf. Sie kennen ja diese komischen Engländer; nie zuvor hatte er mir ein Kompliment gemacht.

›Jede gute Schwester hätte das gleiche getan‹, sagte ich.

›Werde ich Sie wiedersehen?‹ fragte er.

›Das hängt von Ihnen ab‹, gab ich zurück.

Hoffentlich entging ihm das Zittern in meiner Stimme.

›Ich scheide ungern von Ihnen.‹

Ich brachte kaum ein Wort heraus.

›Müssen Sie?‹

›Solange König und Vaterland mich rufen, stehe ich in ihrem Dienst.‹«

Bei dieser Stelle füllten sich Mrs. Forestiers blaßblaue Augen mit Tränen.

»›Aber der Krieg wird nicht ewig dauern‹, meinte ich.

›Wenn der Krieg zu Ende ist und keine Kugel mein Leben auslöschte, werde ich ohne einen Penny dastehen. Ich weiß nicht einmal, wie ich dann meinen Unterhalt verdienen soll. Sie sind reich, ich bin ein armer Schlucker.‹

›Sie sind ein englischer Gentleman.‹

›Zählt das, wenn die Welt auf die Demokratie zusteuert?‹ bemerkte er bitter.

Jetzt hätte ich mir die Augen ausweinen mögen. Es war so herrlich, was er sagte. Ich verstand ihn so gut. Er fand es unehrenhaft, um meine Hand anzuhalten; lieber wollte er sterben, als mich vermuten lassen, er sei hinter meinem Geld her. Ein nobler Mensch. Ich wußte, ich war seiner nicht wert, aber wenn ich ihn haben wollte, mußte ich die Sache selbst in die Hand nehmen.

›Ich will nicht behaupten, ich sei nicht in Sie verliebt‹, sagte ich. ›Ich bin's nämlich.‹

›Machen Sie mir's nicht noch schwerer‹, gab er rauh zurück.

Ich hätte vor Liebe vergehen können bei diesen Worten. Ich streckte meine Hand aus.

›Willst du mich heiraten, Robert?‹ fragte ich ganz schlicht.

›Eleanor‹, sagte er.

Und jetzt gestand er mir, daß er mich vom ersten Tag an geliebt hatte. Zu Anfang war es ihm nicht ernst gewesen damit, er hielt mich eben für eine Schwester, mit der er sich vielleicht einlassen würde, aber als er erkannte, daß ich nicht zu dieser Sorte gehörte und einiges Geld besaß, beschloß er, seiner Liebe Einhalt zu gebieten. Verstehen Sie, für ihn stand diese Heirat gar nicht zur Debatte.«

Nichts schmeichelte wahrscheinlich Mrs. Forestier mehr als die Idee, Captain Forestier habe ein Verhältnis mit ihr anfangen wollen. Sicher hatte niemand ihr je unsittliche Anträge gemacht – so wenig wie Forestier –, aber die Überzeugung, daß so etwas ihn gelockt haben konnte, befriedigte sie noch heute. Als sie heirateten, hatten Eleanors Verwandte, hartgesottene Amerikaner, angeregt, er solle lieber etwas arbeiten, als sich von ihr aushalten lassen, und Captain Forestier war Feuer und Flamme. Nur diese Einschränkung machte er geltend:

»Einige Berufe darf ein Gentleman einfach nicht ausüben, Eleanor. Alles andere tue ich gern. Ich nehme das weiß Gott nicht wichtig, aber man kann nichts dafür, wenn man als Sahib auf die Welt kommt, und besonders in dieser Zeit, verflixt noch mal, schuldet man seinem Stand etwas Respekt.«

Eleanor fand es zwar ausreichend, daß er während vier langer Jahre in blutigen Schlachten sein Leben pausenlos riskiert hatte, aber aus Stolz auf ihn wollte sie ihn nicht in den Ruf eines Mitgiftjägers bringen, und sie nahm sich vor, einer befriedigenden Arbeit nichts entgegenzusetzen. Leider war keines der Angebote sehr üppig, doch lehnte er sie nicht in eigener Verantwortung ab.

»Ich überlasse es dir, Eleanor«, sagte er, »ein Wort, und ich greife zu. Mein alter Herr wird sich im Grab umdrehen, aber das ist nicht zu ändern. Du kommst an erster Stelle.«

Eleanor wollte nichts davon wissen, und der Plan einer beruflichen Arbeit versank. Die Forestiers verbrachten den größten Teil des Jahres in ihrer Villa an der Riviera. England besuchten sie selten; Robert erklärte, seit dem Krieg sei dort für einen Gentleman kein Platz mehr, und alle Kameraden, lauter tolle Burschen, mit denen er früher als ›einer von der Clique‹ verkehrt hatte, seien gefallen. Während des Winters in England, drei Tage pro Woche mit der Meute unterwegs, dieses harte Männerleben hätte ihm behagt, aber die arme Eleanor wäre in einer Jagdgesellschaft so verloren, daß er ihr ein solches Opfer nicht zumuten konnte. Eleanor hätte dieses Opfer wohl gebracht, aber Captain Forestier schüttelte den Kopf: er war auch nicht mehr der Jüngste, die Zeit der Treibjagden hatte er hinter sich. Ihm genügte, Terrier und Geflügel aufzuziehen. Den Forestiers gehörte eine Menge Land; das Haus stand auf dem Plateau einer Hügelkuppe, auf drei Seiten von Wald umgeben, vor der Hauptfront breitete sich ein Garten aus. Nie war ihr Mann so glücklich, sagte Eleanor, als wenn er in einem alten Tweedanzug zusammen mit dem Hundepfleger, der auch für die Hühner sorgte, durch seinen Besitz schritt. Da spürte man hinter ihm die lange Ahnenreihe von Landedelleuten. Gerührt und belustigt betrachtete Eleanor seine ausführlichen Diskussionen mit dem Hundepfleger über die Hühner – man konnte glauben, er berate mit dem Oberförster über die Aufzucht von Fasanen –, und wegen der Terrier ereiferte er sich, als handelte es sich um eine edle, ihm seit Kindesbeinen vertraute Rasse. Captain Forestiers Urgroßvater, ein wilder Draufgänger, hatte anfangs des letzten Jahrhunderts die Familie ruiniert, so daß die Güter verkauft werden mußten. Jahrhundertelang hatten sie auf einem wunderbaren alten Sitz in Shropshire gelebt, und Eleanor wollte ihn gern aufsuchen, auch wenn er ihnen nicht mehr gehörte, aber Captain Forestier litt zu sehr unter dem Verlust und lehnte es ab, sie hinzuführen.

Die Forestiers gaben große und zahlreiche Einladungen; er verstand etwas von Weinen und pflegte seinen Keller.

»Seinem Vater rühmte man die feinste Zunge Englands nach«, erzählte Eleanor, »und er hat sie geerbt.«

Meistens verkehrten sie mit Amerikanern, Franzosen und Russen. Robert fand sie im ganzen interessanter als die Engländer, und Eleanor mochte, wen er mochte. Die Engländer entsprachen einfach nicht dem Rang der Forestiers. Die Freunde von früher, die ihre Tage mit Fischen und Jagen zugebracht hatten, waren pleite, und wenngleich er sich, bei Gott, nicht zu den Snobs zählte, schätzte er nicht, daß seine Frau mit der Horde der *nouveaux riches* in einen Topf geworfen werden könnte, von denen kein Mensch etwas wußte. Mrs. Forestier war nicht halb so empfindlich, aber sie achtete sein Vorurteil und bewunderte seine Exklusivität sehr.

»Gewiß, er hat seine Launen und Eigenheiten«, fuhr sie fort, »aber aus Fairness gebe ich ihnen nach. Wenn man die Kreise kennt, aus denen er stammt, hält man sie für ganz natürlich. Ein einziges Mal während unserer ganzen Ehe sah ich ihn die Fassung verlieren: als mich im Casino ein Gigolo zum Tanzen aufforderte. Robert schlug ihn fast zu Boden. Ich erklärte ihm, der arme Kerl tue nur seine Pflicht, aber er brummte, er dulde nicht, daß so ein Schwein seine Frau auch bloß anspreche.«

Captain Forestier besaß strenge moralische Maßstäbe. Gott sei's gedankt, er war nicht engherzig, aber es gab Grenzen; und gerade weil er an der Riviera lebte, wollte er sich nicht mit Säufern, Schmarotzern und Perversen einlassen. Er kannte keine Nachsicht mit sexuellen Ausschweifungen und verbot Eleanor, mit Damen von zweifelhaftem Ruf umzugehen.

»Er ist die Rechtschaffenheit selbst«, sagte sie, »so blitzsauber, und wenn er manchmal intolerant scheint, muß man sich vor Augen halten, daß er nie von anderen verlangt, was er nicht selber leistet. Man muß einen Mann verehren, der so hohe Grundsätze hat und unter allen Umständen an ihnen festhält.«

Wenn Captain Forestier zu Eleanor bemerkte, der und der Mann, den man überall traf und sehr nett fand, sei kein richtiger Herr, dann gab sie besser gleich nach. Für ihren Gatten war der Betreffende erledigt, und sie stimmte ihm zu. Nach zwanzigjähriger Ehe wußte sie zumindest eines gewiß: Robert Forestier war der vollkommene englische Gentleman.

»Und ich glaube nicht, daß Gott je etwas Feineres geschaffen hat«, fügte sie hinzu.

Leider verkörperte Captain Forestier diesen Typ fast zu vollendet. Mit fünfundvierzig – er zählte zwei oder drei Jahre weniger als Eleanor – war er immer noch sehr stattlich; er besaß reiches, lockiges graues Haar, einen hübschen Schnurrbart und die wettergegerbte, gesunde braune Haut eines Mannes, der sich viel im Freien aufhält. Er war groß, schlank, mit breiten Schultern – jeder Zoll ein Soldat – und gab sich derb und jovial und lachte laut und ungezwungen. In Gesprächen, im Auftreten und in der Garderobe war er geradezu unglaubwürdig echt, ja, es ging so weit, daß er wie ein Schauspieler wirkte, der aufs vorzüglichste die Rolle des rustikalen Gentleman spielt. Wenn er, die Pfeife im Mund, in Knickerbockern und einem Tweedmantel, den er sonst im Hochmoor getragen hätte, über die Croisette marschierte, war er erschütternd lebenswahr der sportliche Engländer. Und seine Unterhaltung, die Rechthaberei, die alberne Banalität seiner Ansichten, seine freundliche, wohlerzogene Dummheit, das alles roch derart nach pensioniertem Offizier, daß man unwillkürlich eine Imitation vermutete.

Eleanor freute sich, als sie hörte, daß ein Sir Frederick Hardy mit Frau das Haus am Fuß ihres Hügels erworben hatte. Robert würde einen Standesgenossen sicher gern zum Nachbarn haben. Bei ihren Freunden in Cannes erkundigte sie sich über die Neuankömmlinge und erfuhr, daß Sir Frederick erst unlängst durch den Tod seines Onkels zu dem Titel gekommen war und daß sie zwei oder drei Jahre an der Riviera bleiben wollten, bis er die Erbschaftssteuer abgezahlt hatte. In seiner Jugend mußte er es recht toll getrieben haben, jetzt stand er in den Fünfzigern, war gut verheiratet mit einer reizenden Frau und hatte zwei Buben. Schade, daß Lady Hardy Schauspielerin gewesen war, denn Robert konnte sich an diesem Beruf stoßen, aber alle priesen ihre damenhaften Umgangsformen, die nichts von ihrer Bühnenvergangenheit verrieten. Die Forestiers lernten sie bei einem Tee kennen, an dem Sir Frederick nicht teilnahm, und Robert gab zu, daß sie sehr nett sei, worauf Eleanor voll nachbarlichen guten Willens beide zum Mittagessen einlud. Die Forestiers hatten viele andere Gäste dazu gebeten, und die Hardys kamen ziemlich spät. Mrs. Forestier begeisterte sich auf Anhieb für Sir Frederick: er sah, ohne ein einziges graues Haar auf dem kurz geschnittenen Kopf, viel jünger aus, als sie erwartet hatte, ja überhaupt war um ihn etwas Jungenhaftes, das sie anzog. Er war zart gebaut, nicht so groß wie sie, mit hellen, freundlichen Augen und einem raschen Lächeln. Ihr fiel auf, daß er eine Krawatte derselben

Brigade umgebunden hatte, wie Robert sie besaß, aber er war nicht halb so gut angezogen wie ihr Mann, der stets einem Schaufenster entsprungen schien. Dafür trug Sir Frederick seine alten Sachen mit einer Lässigkeit, als zähle überhaupt nicht, was man trug. Eleanor glaubte gerne, daß er sich als junger Mann etwas ausgetobt hatte, und verzieh es ihm.

»Ich muß Ihnen meinen Mann vorstellen«, sagte sie und rief ihn herbei. Robert sprach mit einigen anderen Gästen auf der Terrasse und hatte die Hardys bisher nicht bemerkt. Er trat herzu und gab Lady Hardy leutselig, herzlich und mit einer Anmut, die Eleanor immer bezauberte, die Hand. Dann drehte er sich zu Sir Frederick. Dieser musterte ihn erstaunt.

»Haben wir uns nicht irgendwo schon einmal gesehen?« fragte er.

Robert betrachtete ihn kühl.

»Ich glaube nicht.«

»Ich hätte geschworen, daß mir Ihr Gesicht bekannt vorkommt.«

Eleanor spürte, wie ihr Mann erstarrte: irgend etwas ging schief. Robert lachte.

»Es klingt hart, aber ich erinnere mich beim besten Willen nicht, daß Sie mir je in meinem Leben begegnet sind. Vielleicht kreuzten sich unsere Wege im Krieg; da traf man ja massenhaft junge Spritzer, nicht wahr? Darf ich Ihnen einen Cocktail anbieten, Lady Hardy?«

Während des Essens beobachtete Eleanor, wie Hardy den Blick auf Robert gerichtet hielt. Er versuchte ganz deutlich, ihn unterzubringen. Robert kümmerte sich um seine Damen zur Rechten und Linken und merkte nichts davon. Angestrengt unterhielt er die Gäste; sein helles, lautes Lachen klang durch das Zimmer. Er war ein prächtiger Gastgeber, und sein Sinn für gesellschaftliche Pflichten entzückte Eleanor immer wieder: die Damen an seinem Tisch konnten noch so einfältig sein, er gab sein Bestes. Sobald jedoch die Gäste gegangen waren, fiel Roberts Fröhlichkeit von ihm ab wie ein Mantel von der Schulter. Er war richtig verstört.

»Hat dich die Prinzessin wieder gelangweilt?« fragte sie sanft.

»Eine heimtückische alte Katze, aber sonst war sie schon recht.«

»Komisch, daß Sir Frederick dich zu kennen glaubt.«

»Ich habe ihn in meinem Leben nicht gesehen, aber ich weiß gut über ihn Bescheid. An deiner Stelle, Eleanor, würde ich den Verkehr mit ihm auf das Allernotwendigste beschränken. Er gehört nicht zu uns.«

»Aber er stammt aus einem der ältesten Adelsgeschlechter Englands, ich habe nämlich im Who's Who nachgeschaut.«

»Er ist ein ehrloser Schuft. Ich hätte mir nicht träumen lassen, daß Captain Hardy, daß Fred Hardy«, verbesserte er sich, »über den ich früher einiges hörte, jetzt Sir Frederick ist. Er wäre mir nicht ins Haus gekommen.«

»Aber warum bloß, Robert? Ich fand ihn sehr anziehend.«

Dieses Mal hielt Eleanor ihren Mann doch für sehr unvernünftig.

»Viele andere Frauen auch, die ganz nett dafür bezahlen mußten.«

»Laß doch die Leute reden; man darf nicht alles glauben, was man hört.«

Er ergriff ihre Hand und sah ihr tief ins Auge.

»Eleanor, ich bin keiner von denen, die hinter seinem Rücken jemanden anschwärzen, und ich will dir deshalb gar nicht erzählen, was ich über Hardy weiß; ich bitte dich nur, mir zu glauben, daß er für dich kein passender Umgang ist.«

Diesem Appell konnte sich Eleanor nicht verschließen. Sie genoß, daß Robert solches Vertrauen in sie setzte; in einer schwierigen Lage brauchte er bloß ihre Loyalität anzurufen, und seine Frau würde ihn nicht enttäuschen.

»Niemand achtet deine untadelige Haltung mehr als ich, Robert«, antwortete sie ernst. »Wenn möglich würdest du mir alles sagen, gewiß, aber jetzt möchte ich es nicht einmal mehr: es soll nicht aussehen, als hätte ich weniger Zutrauen zu dir als du zu mir. Ich unterwerfe mich deinem Urteil und verspreche dir, daß die Hardys nie wieder die Schwelle dieses Hauses betreten werden.«

Da aber Eleanor häufig auswärts aß, wenn Robert Golf spielte, traf sie mehrfach die Hardys. Sir Frederick gegenüber verhielt sie sich, da Robert ihn ablehnte, sehr reserviert, doch er merkte es nicht oder nahm keine Notiz davon. Er war ausgesprochen ritterlich zu ihr, und sie kam ausgezeichnet mit ihm aus. Wie sollte man einen Mann nicht schätzen, der jede Frau akzeptierte, so wie sie war, und sie entzückend fand? Dazu besaß er die feinsten Manieren. Vielleicht ziemte es sich wirklich nicht, diesen Mann zu kennen, aber ihr gefiel einfach der Ausdruck seiner braunen Augen, dieser spöttische Blick, der einen auf der Hut sein ließ und der doch so liebevoll sein konnte, daß man ihm nichts Böses zutraute. Doch je mehr Eleanor von ihm hörte, desto mehr gab sie Robert recht. Er war ein gewissenloser Casanova. Man sprach von Frauen, die alles für ihn geopfert hatten und die er ohne mit der Wimper zu zucken wegwarf, sobald er ihrer überdrüssig war. Jetzt schien er sich die Hörner abgelaufen zu haben und sich Frau und Kindern zu widmen, aber läßt die Katze je das Mausen? Lady Hardy mußte wohl mehr durchstehen, als man allgemein annahm.

Fred Hardy war ein übler Kumpan. Hübsche Frauen, Aktienspekulationen und eine unglückliche Gabe, bei Rennen aufs falsche Pferd zu setzen, hatten ihn mit fünfundzwanzig wegen Bankerotts vor Gericht gebracht, und er wurde degradiert. Dann ließ er sich schamlos von älteren Frauen aushalten, die seinem Charme erlagen. Bei Kriegsausbruch wurde er wieder zu seinem Regiment eingezogen und bald mit einem hohen Orden ausgezeichnet. Später wanderte er nach Kenia aus, wo er in einen bekannten Scheidungsprozeß verwickelt war, und verließ das Land alsbald nach einigen Aufregungen um einen Scheck. Sein Ehrenkodex war lasch. Es empfahl sich nicht, ihm ein Pferd oder ein Auto abzukaufen oder den Champagner zu trinken, den er feurig anpries. Wenn er einem Freund mit seinem gewinnenden Charme ein Geschäft vorschlug, mit dem beide Teile ein Vermögen machen könnten, ging man garantiert leer aus, gleichgültig was für ihn dabei heraussprang. Hintereinander war er Autohändler, Grundstücksmakler, Vertreter und Schauspieler. Herrschte Gerechtigkeit auf dieser Welt, hätte er in der Gosse, wenn nicht hinter Gittern enden müssen. Aber durch eine ungeheuerliche Wendung des Schicksals bot ihm die Zukunft Reichtum, Sicherheit und Ansehen, nachdem er in letzter Sekunde den Adelstitel mit entsprechenden Einnahmen geerbt und, weit über Vierzig, eine hübsche, geschickte Frau geheiratet hatte, die ihm zur rechten Zeit zwei gesunde, hübsche Kinder gebar. Er hatte das Leben nie ernster genommen als die Frauen, und das Leben verwöhnte ihn, wie ihn die

Frauen verwöhnt hatten. Selbstgefällig betrachtete er seine Vergangenheit: er hatte die Zeit genützt, die Höhe- und die Tiefpunkte genossen; jetzt wollte er sich, im Besitz einer guten Gesundheit und eines guten Gewissens, als Landedelmann zur Ruhe setzen und die Jungen erziehen, wie sich's gehörte. Und wenn der alte Trottel, der seinen Wahlkreis vertrat, abkratzte, würde er weiß Gott noch ins Parlament einziehen.

»Ich könnte ihnen einiges beibringen, wovon sie keine Ahnung haben«, sagte er.

Das stimmte wohl, aber er vergaß, daß sie von seinen besonderen Kenntnissen vielleicht doch nicht profitieren wollten.

Spät am Nachmittag, als es schon dämmerte, betrat Fred Hardy einmal eine Bar an der Croisette. Da er, eine gesellige Natur, nicht gern allein trank, schaute er sich nach Bekannten um, und sein Blick fiel auf Robert, der Golf gespielt hatte und hier auf Eleanor wartete.

»Hallo, Bob, zwitschern wir einen?«

Robert fuhr auf. Kein Mensch an der Riviera nannte ihn Bob. Als er Hardy erkannte, antwortete er gemessen:

»Ich bin bedient, danke.«

»Dann noch einen Schluck. Meine liebe Alte mag es ja nicht, wenn ich zwischen den Mahlzeiten einen kippe, aber nach Möglichkeit reiße ich aus und genehmige mir ein Glas um diese Zeit. Ich weiß nicht, was Sie davon halten, aber für mein Gefühl hat Gott die sechste Stunde dem Mann zum Trinken bestimmt.«

Er schmiß sich in einen Lederfauteuil neben Robert, rief den Ober und lächelte Robert gutmütig zu.

»Eine Menge Wasser ist die Themse hinuntergeflossen, seitdem wir uns zum erstenmal sahen, nicht wahr, alter Freund?«

Robert schoß ihm stirnrunzelnd einen Blick zu, den ein Beobachter mit wachsam bezeichnet hätte.

»Ich verstehe nicht recht, was Sie meinen. Soviel ich mich erinnere, begegneten wir uns zum erstenmal vor drei oder vier Wochen, als Sie und Ihre Frau gütigerweise bei uns aßen.«

»Jetzt machen Sie einen Punkt, Bob. Ich wußte, daß ich Sie schon gesehen hatte. Zuerst tappte ich im dunkeln, dann ging mir ein Licht auf: Sie waren Wagenwäscher in der Bruton Garage, wo ich mein Auto abzustellen pflegte.«

Captain Forestier lachte aus vollem Herzen.

»Tut mir leid, aber da irren Sie sich. Das ist wirklich zum Lachen.«

»Ich habe ein verflixt gutes Gedächtnis und vergesse kein Gesicht. Einen schönen Batzen Trinkgeld spendierte ich Ihnen, damit Sie den Wagen holten, wenn es mir lästig war, ihn selbst zur Garage zu fahren.«

»Dummes Zeug. Ich habe Sie nie getroffen, ehe Sie in mein Haus kamen.«

Hardy grinste vergnügt.

»Ich habe ja immer wahnsinnig gern photographiert und besitze viele Alben mit Schnappschüssen. Überrascht es Sie, daß ich eine Aufnahme auskramte, auf der Sie neben einem gerade von mir gekauften Sportwagen stehen? Sie sahen damals phantastisch gut aus, auch im Monteuranzug und mit ölverschmiertem Gesicht. Natürlich sind Sie jetzt etwas stärker geworden, Ihr Haar ist grau, und Sie haben sich einen Schnurrbart zugelegt, aber es bleibt doch der gleiche Kerl. Unverkennbar.«

Captain Forestier musterte ihn kalt.

»Eine zufällige Ähnlichkeit muß Sie getäuscht haben. Sie gaben einem anderen Ihr Trinkgeld.«

»Gut, wo waren Sie dann 1913 und 1914, wenn Sie nicht in der Bruton Garage Autos putzten?«

»In Indien.«

»Mit Ihrem Regiment?« fragte Fred Hardy und grinste wieder.

»Auf Jagd.«

»Sie lügen.«

Robert lief tiefrot an.

»Hier ist zwar nicht der rechte Ort für eine Schlägerei, aber wenn Sie glauben, ein besoffenes Schwein wie Sie dürfe mich beleidigen, dann sind Sie im Irrtum.«

»Wollen Sie nicht gern erfahren, was ich sonst noch von Ihnen weiß? Ich habe eine Menge behalten, bekanntlich lebt so vieles wieder auf.«

»Es interessiert mich nicht im geringsten. Ich wiederhole, Sie sind auf völlig falscher Spur, Sie müssen mich mit irgend jemandem verwechseln.«

Aber er unternahm keinen Versuch wegzugehen.

»Sie waren schon damals ein bißchen ein Drückeberger. Ich erinnere mich, ich wollte einmal frühmorgens einen Ausflug machen und sagte Ihnen, der Wagen sollte um neun gewaschen sein, aber er war nicht fertig. Ich schlug Krach, und der alte Thompson sagte mir, Ihr Vater sei sein Schulkamerad gewesen und er habe Sie aus Gnade und Barmherzigkeit eingestellt, da Sie aus dem letzten Loch pfiffen. Ihr Vater arbeitete als Getränkekellner in einem Klub, ich weiß nicht mehr in welchem, und Sie waren dort als Page. Dann dienten Sie bei den Coldstream Guards, wenn ich mich recht besinne, und einer der Knaben kaufte Sie los und engagierte Sie als Diener.«

»Phantastereien«, sagte Robert verächtlich.

»Und dann fällt mir ein, daß ich einmal während meines Urlaubs zur Garage ging und der alte Thompson mir erzählte, Sie seien in das Heeresersatzbataillon eingetreten. Nicht wahr, Sie gingen kein größeres Risiko ein als unbedingt notwendig? Aber ist das nicht ein bißchen starker Tobak, diese Erzählungen von Ihren Heldentaten in den Schützengräben? Vermutlich wurden Sie Offizier, oder ist das auch erlogen?«

»Natürlich war ich Offizier.«

»Wer war das damals nicht: aber an Ihrer Stelle würde ich als Angehöriger des Ersatzbataillons nicht die Krawatte der königlichen Garde tragen.«

Instinktiv langte Captain Forestier nach seinem Binder, und Fred Hardy, der ihn spöttisch beobachtete, zweifelte nicht, daß er unter seiner Sonnenbräune erbleichte.

»Es geht Sie überhaupt nichts an, was für eine Krawatte ich anziehe.«

»Werden Sie bloß nicht frech, alter Freund. Sie brauchen sich gar nicht auf die Hinterbeine stellen. Ich bin Ihnen gegenüber im Vorteil, aber ich werde Sie nicht verraten – also gestehen Sie den Schwindel.«

»Ich habe nichts zu gestehen, und ich sage Ihnen, wenn Sie diese Schauermärchen über mich verbreiten, werde ich Sie sofort wegen übler Nachrede anzeigen.«

»Hören Sie auf, Bob! Ich verbreite überhaupt keine Märchen. Glauben Sie, mich stört so etwas? Ich halte das Ganze mehr für einen Jux und bin Ihnen nicht böse. Nachdem ich selbst etwas von einem Abenteurer in mir habe, kann ich bloß bewundern, wie Sie diesen phänomenalen Bluff durchhalten. Zuerst Page, dann Kavallerist, Kammerdiener und Wagenwäscher – und jetzt der feine Herr mit Villa, der die Größen der Riviera zu sich einlädt, Sieger in Golfturnieren, Vizepräsident des Jachtclubs und was sonst noch. Unbestreitbar, Sie sind das As von Cannes. Es ist enorm. Ich habe mir ja früher auch einiges geleistet, aber Nerven müssen Sie haben, alter Knabe – Respekt, Respekt.«

»Leider verdiene ich Ihre Komplimente nicht. Mein Vater diente bei der indischen Kavallerie, und ich bin zumindest als Gentleman geboren. Vielleicht habe ich keine sehr glanzvolle Karriere aufzuweisen, aber ich brauche mich sicher wegen nichts zu schämen.«

»Machen Sie einen Punkt, Bob. Ich werde doch nichts verraten, nicht einmal meiner werten Gattin. Ich erzähle den Frauen nie etwas, was sie nicht schon wissen. Glauben Sie mir, wenn ich mich nicht an diese Regel gehalten hätte, wäre ich noch in ganz andere Händel geraten. Und ich dachte, Sie freuten sich über einen Kameraden, vor dem Sie sich nicht verstellen müssen. Ist es denn nicht anstrengend, niemals aus der Rolle zu fallen? Wie blöd, mich drei Meter vom Leib zu halten; ich habe doch nichts gegen Sie. Sicher, ich bin jetzt von Adel und Grundbesitzer, aber ich habe auch schon in der Tinte gesessen; eigentlich wundert's mich, daß ich nie im Kittchen landete.«

»Das wundert noch viele.«

Fred Hardy brach in schallendes Gelächter aus.

»Eins zu null für Sie. Aber entschuldigen Sie, das finde ich ein starkes Stück, daß Sie zu Ihrer Frau sagen, ich sei kein rechter Umgang für sie.«

»Ich habe nie etwas Derartiges gesagt.«

»Doch, doch. Sie ist ein liebes Stück, aber ein bißchen schwatzhaft. Stimmt's?«

»Ich beabsichtige nicht, mit einem Mann wie Sie über meine Frau zu sprechen«, entgegnete Captain Forestier von oben herab.

»O Bob, hängen Sie nicht dauernd den Gentleman heraus. Wir sind zwei Hochstapler, damit hat sich's. Wenn Sie ein wenig Vernunft annähmen, könnten wir vergnügt miteinander auskommen. Sie sind zwar ein Lügner, ein Aufschneider und Betrüger, aber Sie behandeln Ihre Frau gut, und das spricht für Sie. Nicht wahr, sie schwärmt für Sie? Frauen sind eine Rasse für sich. Aber die Ihre ist wirklich nett.«

Robert lief rot an, er ballte die Fäuste und erhob sich halb von seinem Stuhl.

»Verdammt noch mal, hören Sie auf, sich über meine Frau zu verbreiten. Noch ein einziges Wort und ich schlage Sie nieder, das schwöre ich Ihnen.«

»Aber nein, wie könnten Sie. Sie sind zu sehr Gentleman, um einen Schwächeren zu überfallen.«

Hardy, der Robert im Auge behielt, um dem ersten Stoß dieser großen Faust auszuweichen, hatte es spöttisch gesagt; die Wirkung war verblüffend. Robert ließ sich wieder in den Sessel fallen und lockerte die Hände.

»Sie haben recht. Ein gemeiner Schuft, der darauf spekuliert.«

Diese Antwort klang so theatralisch, daß Fred Hardy losprustete, aber dann bemerkte er, daß es der Mann ernst meinte. Fred Hardy war nicht dumm; nur ein heller Kopf konnte fünfundzwanzig Jahre behaglich herumzigeunern. Als er jetzt erstaunt den schweren, mächtigen Mann, diesen täuschend echten Typ des sportlichen Engländers, in die Polster sinken sah, fiel es ihm wie Schuppen von den Augen. Das war kein gewöhnlicher Schwindler, der sich eine törichte Frau geangelt hatte, um in faulem Luxus sein Leben zu verbringen: sie diente nur als Mittel zum Zweck. Ihn hatte ein Ideal bezaubert, und er schreckte vor nichts zurück, um ihm nachzueifern. Vielleicht wurde der Samen gelegt, als er Page in einem vornehmen Klub war; die Mitglieder, lauter Müßiggänger mit lässigen Manieren, mochten ihm wie Halbgötter erschienen sein, und später bewunderte und beneidete er wohl als Soldat, Diener und Autowäscher die vielen feinen Herren, die er, zur Heldenverehrung bereit, einer anderen Welt zuzählte. Er wollte sein wie sie. Er wollte zu ihnen gehören. Dieses Ideal verfolgte ihn bis in seine Träume. Er wollte – es war so grotesk wie tragisch – ein Gentleman sein. Der Krieg und mit ihm das Offizierspatent gaben dem jungen Mann die große Chance. Eleanors Vermögen sorgte für den finanziellen Hintergrund. Dieser gerissene Bursche hatte zwanzig Jahre lang einen Schein aufrechterhalten, der nur Wert besaß, wenn er kein Schein war. Das war grotesk und tragisch zugleich. Absichtslos sagte Fred, was ihm durch den Kopf ging.

»Armer Kerl.«

Forestier schaute zu ihm hinüber. Er verstand weder Sinn noch Ton dieser Bemerkung und wurde rot.

»Was soll das heißen?«

»Nichts, nichts.«

»Unsere Unterhaltung ist wohl zu Ende. Offenbar kann ich Sie nicht davon überzeugen, daß Sie sich irren. Kein Körnchen Wahrheit ist in Ihren Behauptungen. Ich bin nicht der, für den Sie mich halten.«

»Gut, wie Sie wollen.«

Forestier rief den Kellner.

»Soll ich Ihren Drink mit bezahlen?« fragte er eisig.

»Ja, lieber Freund.«

Etwas großspurig gab Forestier dem Kellner einen Schein und hieß ihn das Wechselgeld behalten, dann stolzierte er ohne Fred Hardy eines Worts oder Blicks zu würdigen aus der Bar.

Sie trafen sich erst wieder in jener Nacht, als Robert Forestier ums Leben kam.

Der Winter ging in den Frühling über, und die Gärten an der Riviera loderten in leuchtenden Farben. An den Hügeln entfalteten wilde Blumen eine gemäßigtere Fröhlichkeit. Der Frühling ging in den Sommer über. In den Städten der Riviera kochten die Straßen vor heller, heftiger Hitze, die das Blut schneller pulsieren ließ; die Frauen trugen große Strohhüte und Shorts, der Strand war übervoll, Männer in Badehosen und fast nackte Frauen sonnten sich reglos. Abends drängte sich in den Bars an der Croisette eine aufgeregte, schwatzende Menge, buntfarbig wie Frühlingsblumen. Seit Wochen hatte es nicht mehr geregnet. Schon waren längs der Küste einige Waldbrände ausgebrochen, und Robert Forestier hatte mehrmals in seiner herzlichen, spaßigen Art erklärt, wenn ihre Wälder Feuer fingen, kämen sie wohl kaum davon. Zwar hatte man ihm geraten, einige Bäume an der Rückseite des Hauses zu fällen, er hörte nicht darauf: sie waren bei Übernahme des Besitzes durch die Forestiers in kläglichem Zustand gewesen und standen jetzt so prächtig da, seitdem man ihnen Luft geschaffen und sie Jahr für Jahr ausgeholzt und von Schädlingen gesäubert hatte.

»Man würde mir ein Bein abnehmen, wenn ich einen von ihnen schlagen ließe. Sie müssen an die hundert Jahre alt sein.«

Am 14. Juli fuhren die Forestiers zu einem Galadiner nach Monte Carlo und gaben den Dienstboten frei, damit sie am Nationalfeiertag nach Cannes gehen konnten, wo man im Freien unter den Platanen tanzte, Feuerwerk abbrannte und sich mit den Leuten aus der engeren und weiteren Umgebung amüsierte. Auch die Hardys hatten ihre Angestellten beurlaubt, blieben aber zu Hause; die beiden Buben waren im Bett. Fred legte eine Patience, Lady Hardy arbeitete an einem Gobelinbezug für einen Stuhl. Plötzlich läutete die Glocke, und man klopfte heftig am Tor.

»Was soll das, zum Kuckuck?«

Hardy ging zur Haustür. Dort stand ein Junge und berichtete, in Forestiers Wald sei ein Brand ausgebrochen, einige Männer aus dem Dorf versuchten ihn zu bekämpfen, dringende Hilfe sei nötig und ob er komme.

»Natürlich.« Er rannte mit der Nachricht zu seiner Frau. »Weck die Burschen und bring sie mit, sie sollen sich den Spaß anschauen. Das wird ein Feuerchen geben nach dieser Dürre.«

Er stürzte wieder hinaus. Der Junge sagte, sie hätten die Polizei angerufen, die Soldaten einsetzen wolle; irgend jemand versuche Monte Carlo zu erreichen und Captain Forestier zu verständigen. »Er braucht eine Stunde, bis er hier ist«, meinte Hardy. Während sie hinaufliefen, sahen sie den Feuerschein am Himmel, oben auf dem Hügel schlugen ihnen die Flammen entgegen. Da kein Wasser vorhanden war, konnte man sie nur ausklopfen, wie es mehrere Männer bereits taten. Hardy schloß sich ihnen an. Aber sobald man die Flammen in einem Busch ausgeklopft hatte, knisterte es in einem anderen, der sich im Handumdrehen in eine feurige Fackel verwandelte. Die unerträgliche Hitze trieb die Männer langsam zurück. Eine leichte Brise wehte, und die Funken rieselten von den Bäumen auf die Büsche. Nach wochenlanger Dürre war alles trocken wie Zunder; streifte ein Funken einen Baum oder einen Busch, gingen sie gleich in Flammen auf. Wäre es nicht so entsetzlich gewesen, hätte der Anblick einer zwanzig Meter hohen Kiefer, die wie ein Zündholz loderte, Ehrfurcht wecken können. Und das Feuer sauste wie in einem Hochofen. Man hätte Bäume und Unterholz umlegen müssen, um den Brand einzudämmen, aber dazu reichte die Zahl der Männer nicht aus, auch hatten nur zwei oder drei eine Axt bei sich. So setzte man alle Hoffnung auf die

Soldaten, die sich mit Waldbränden auskannten, doch die Soldaten ließen auf sich warten.

»Entweder sind sie bald da, oder wir retten das Haus nicht mehr«, sagte Hardy.

Er sah seine Frau, die mit den beiden Jungen heraufgekommen war, und winkte ihnen. Der Schweiß rann ihm über das rußgeschwärzte Gesicht. Lady Hardy eilte zu ihm.

»Fred, die Hunde und die Hühner!«

»Mensch, natürlich.«

Die Zwinger und Geflügelställe befanden sich hinter dem Haus in einer in den Wald geschlagenen Lichtung, und die armen Tiere starben fast vor Angst. Hardy öffnete die Türen, und sie rasten davon in die Sicherheit. Man mußte sie sich selbst überlassen, zusammentreiben konnte man sie später. Obwohl die Feuersbrunst jetzt weithin sichtbar war, fehlte von den Soldaten jede Spur. Das Häuflein der freiwilligen Helfer stand machtlos den rasenden Flammen gegenüber.

»Wenn diese verdammten Soldaten nicht bald hier sind, geht das Haus drauf«, sagte Hardy. »Wir holen besser heraus, was nicht niet- und nagelfest ist.«

Die Villa war zwar aus Stein, aber die außen herumlaufenden hölzernen Veranden würden wie Reisig brennen. Hardy sammelte die Leute, seine Frau und die Söhne legten Hand an, und sie schleppten alle beweglichen Gegenstände auf den Rasen vor der Hauptfront: Wäsche und Silber, Kleider, Porzellan, Bilder, Möbel. Endlich trafen zwei Lastwagen Soldaten ein, die systematisch Gräben aushoben und Bäume fällten. Hardy verwies den mit der Leitung beauftragten Offizier auf das unmittelbar gefährdete Haus und bat ihn, als erstes die umstehenden Bäume zu schlagen.

»Das Haus soll für sich selbst sorgen«, sagte der Mann. »Ich habe Befehl, die Ausbreitung des Feuers über den Hügel hinaus zu verhindern.«

Auf der gewundenen Straße sah man zuckendes Scheinwerferlicht, ein paar Minuten darauf sprangen Forestier und seine Frau aus dem Wagen.

»Wo sind die Hunde?« rief er.

»Ich habe sie herausgelassen«, antwortete Hardy.

»Ach, Sie sind's.«

Er hatte in dem verdreckten Kerl mit dem ruß- und schweißverschmierten Gesicht nicht gleich Fred Hardy erkannt. Ärgerlich runzelte er die Stirn.

»Ich fürchtete, das Haus fange Feuer, und ich habe herausgeholt, was herauszuholen war.«

Forestier starrte auf den brennenden Wald.

»Jetzt ist es mit meinen Bäumen zu Ende.«

»Die Soldaten arbeiten drüben am Hügel. Sie wollen den angrenzenden Besitz schützen. Wir sollten hinüber, vielleicht ist noch etwas zu retten.«

»Ich gehe schon. Sie brauchen nicht mitkommen«, entgegnete Forestier gereizt.

Plötzlich stieß Eleanor einen angstvollen Schrei aus.

»Schau bloß, das Haus!«

Aus der rückwärtigen Veranda schossen mit einem Mal die Flammen.

»Macht nichts, Eleanor, das Haus brennt nicht, nur die Holzteile. Nimm mein Dinnerjackett, ich will den Soldaten helfen.«

Er zog es aus und reichte es seiner Frau.

»Ich begleite Sie«, sagte Hardy. »Und Sie, Mrs. Forestier, gehen am besten zu Ihren Sachen. Alles Wertvolle haben wir wohl hinausgeschafft.«

»Gott sei Dank habe ich fast meinen ganzen Schmuck angelegt.«

Lady Hardy bewies ihr praktisches Talent.

»Mrs. Forestier, wir sollten die Dienstboten herholen, damit sie möglichst viel in unser Haus tragen.«

Die beiden Männer strebten dem Brandplatz zu, wo die Soldaten arbeiteten.

»Es war sehr freundlich von Ihnen, das ganze Zeug aus meinem Haus zu holen«, sagte Robert steif.

»Nicht der Rede wert«, antwortete Hardy.

Sie waren noch nicht weit gekommen, als sie jemand rufen hörten. Sie drehten sich um und sahen undeutlich eine Frau auf sie zueilen.

»Monsieur, Monsieur!«

Sie warteten, bis die Frau, die Arme ausgestreckt, sie erreicht hatte. Es war Eleanors völlig aufgelöste Zofe.

»*La petite Judy*. Judy. Ich habe sie vor dem Weggehen eingeschlossen, sie ist läufig. Ich habe sie in das Badezimmer des Personals gesperrt.«

»Mein Gott!« schrie Forestier.
»Wer ist Judy?«
»Eleanors Hund. Ich muß sie retten, koste es, was es wolle.«
Er machte kehrt und wollte zurück zum Haus. Hardy packte ihn am Arm.
»Ist doch Quatsch, Bob. Das Haus brennt, Sie können nicht hinein.«
Forestier wehrte sich, um freizukommen.
»Hände weg, zum Donnerwetter. Glauben Sie, ich lasse einen Hund bei lebendigem Leibe verbrennen?«
»Halt den Mund, bloß jetzt kein Theater.«
Forestier schüttelte Hardy ab, aber der sprang ihn an und umklammerte ihn. Forestier boxte Hardy mit aller Kraft ins Gesicht, Hardy stolperte und lockerte seinen Griff. Forestier schlug nochmals zu, und Hardy fiel zu Boden.
»Du trauriger Prolet. Ich werde dir zeigen, wie ein Gentleman handelt.«
Fred Hardy richtete sich langsam auf und betastete sein Gesicht. Es tat ihm rechtschaffen weh.
»Meine Güte, wie werde ich morgen aussehen.« Er war angeschlagen und schwankte ein bißchen benommen. Die Zofe schluchzte plötzlich hysterisch auf. »Halt die Klappe, du dumme Kuh«, schrie er zornig. »Und sag bloß deiner Herrin nichts.«
Forestier war verschwunden. Erst nach einer Stunde drang man zu ihm durch. Er lag tot auf dem Treppenabsatz vor dem Badezimmer, den toten Terrier im Arm. Stumm betrachtete ihn Hardy lange Zeit.
»Idiot«, murmelte er ärgerlich durch die geschlossenen Zähne, »du elender Idiot!«
Sein Betrug hatte schließlich den Preis gefordert. Wie man ein Laster pflegt, bis es einen zum willenlosen Sklavendienst zwingt, hatte er so lange gelogen, daß er seinen eigenen Lügen glaubte. Bob Forestier hatte so viele Jahre die Rolle des Gentleman gespielt, daß er am Schluß den Schwindel vergaß und so handelte, wie nach seiner beschränkten, angelernten Vorstellung ein Gentleman handeln mußte. Da sich ihm der Unterschied zwischen Trug und Wirklichkeit verwischt hatte, opferte er sein Leben einem falschen Heroismus.
Fred Hardy mußte Mrs. Forestier die Nachricht überbringen.

Sie wartete, zusammen mit seiner Frau, in der Villa am Fuß des Hügels und glaubte immer noch, Robert fälle mit den Soldaten Bäume und lichte das Unterholz. Er sagte es ihr möglichst schonend, aber er mußte es ihr sagen. Zuerst schien sie den Sinn seiner Worte gar nicht zu begreifen.

»Tot?« rief sie. »Mein Robert tot?«

Und dann nahm der liederliche, zynische, skrupellose Schuft ihre Hände in seine und sprach die Worte, die allein ihren Schmerz erträglich machten:

»Mrs. Forestier, er war ein echter Gentleman.«

Unbesiegt

Er kam in die Küche zurück. Der Mann lag noch immer auf dem Boden, dort, wo er ihn niedergeschlagen hatte, und stöhnte. Die Frau stand gegen die Wand gelehnt, ihren schreckhaft geweiteten Blick auf Willi gerichtet. Als Hans eintrat, riß sie den Mund auf und begann laut zu schluchzen. Willi saß am Tisch, den Revolver in der Hand, ein noch halbvolles Weinglas vor sich. Hans trat hinzu, goß sich ein Glas voll und leerte es in einem Zug.

»Sieht aus, als hättest du Ärger gehabt, mein Junge«, sagte Willi grinsend.

Auf Hans' blutverschmiertem Gesicht waren deutlich die Spuren scharfer Fingernägel zu sehen. Vorsichtig betastete er seine Wange.

»Die hätte mir die Augen ausgekratzt, wenn sie gekonnt hätte, das Luder. Aber jetzt wird sie keine Schwierigkeiten mehr machen. Geh nur hinein zu ihr. Du bist dran.«

»Soll ich? Ich weiß nicht recht. Es wird spät.«

»Red nicht so dumm daher. Dann wird's eben spät. Wir haben uns verirrt. Bist du ein Mann oder nicht?«

Die Strahlen der untergehenden Sonne fielen schräg in die Küche des französischen Bauernhauses. Willi zögerte. Er war von kleinem Wuchs, dunkelhaarig, eine dürftige Erscheinung, Modezeichner von Beruf und alles eher als ein Draufgänger. Aber da er vor seinem Kameraden nicht als Schlappschwanz dastehen wollte, erhob er sich und ging auf die Türe zu, durch die Hans hereingekommen war.

Die Frau schien zu ahnen, was er vorhatte. Sie stieß einen Schrei aus und sprang ihm in den Weg.

»Non, non!« rief sie.

Mit einem Satz war Hans bei ihr, packte sie an den Schultern und schleuderte sie zurück. Sie strauchelte und fiel hin. Hans nahm Willis Revolver.

»Immer mit der Ruhe!« Sein Französisch hatte einen schweren deutschen Akzent. »Geh jetzt.« Er nickte gegen die Tür. »Ich paß auf die beiden hier auf.«

Willi verließ den Raum, kam aber sofort wieder.

»Sie ist bewußtlos.«

»Na wenn schon.«

»Ich kann nicht. Es hat keinen Sinn.«

»Idiot, der du bist. Warum willst du dir dieses Weibsbild entgehen lassen?«

»Wir sollten uns auf den Weg machen«, sagte Willi, der kaum merklich errötet war.

Hans zuckte geringschätzig die Achseln.

»Ich trink noch die Flasche aus. Dann gehen wir.«

Er fühlte sich entspannt und wäre gerne noch ein wenig geblieben. Wenn man seit dem frühen Morgen im Einsatz ist und viele Stunden auf dem Motorrad hinter sich hat, spürt man seine Glieder. Zum Glück war's nicht mehr weit nach Soissons, höchstens fünfzehn Kilometer. Ob es ihm heute endlich gelingen würde, in einem anständigen Bett zu schlafen?

Natürlich wäre das alles nicht passiert, wenn das Mädchen vernünftig gewesen wäre. Sie hatten sich verirrt, er und Willi, und hatten einen Feldarbeiter nach dem Weg gefragt. Der gab ihnen mit Absicht eine falsche Richtung an, so daß sie auf eine Nebenstraße gerieten. An diesem Bauernhaus hier hatten sie haltgemacht und abermals um Auskunft gebeten, sehr höflich, denn laut Armeebefehl war die französische Bevölkerung höflich zu behandeln, solange sie keinen Widerstand leistete. Das Mädchen hatte die Türe geöffnet und behauptet, den Weg nach Soissons nicht zu wissen. Sie drangen ins Haus ein, und die Mutter des Mädchens wies ihnen den Weg. Die drei Hausleute – der Bauer, seine Frau und seine Tochter – schienen gerade das Abendessen beendet zu haben. Die Weinflasche, die auf dem Tisch stand, erinnerte Hans daran, daß er seit dem Mittag dieses sehr heißen Tages nichts mehr getrunken hatte. Er wollte seinen Durst stillen. Als er um eine Flasche Wein bat, fügte Willi sofort hinzu, daß man selbstverständlich dafür bezahlen würde. Willi war ein guter Junge, nur leider etwas schlapp. Man hatte ja schließlich den Krieg gewonnen, oder? Wo war denn die französische Armee? Geflohen war sie, Hals über Kopf geflohen. Und die Engländer? Die hatten sich gar nicht schnell genug auf ihre Insel zurückziehen können. Also durfte man sich als Sieger doch wohl nehmen, was man brauchte? Klar, daß man das durfte. Aber dieser Willi – er hatte zwei Jahre in einem Pariser Modesalon gearbeitet, sprach fließend Französisch und wurde eben darum als Kundschafter verwendet –, nun ja: der lange Aufenthalt in Frankreich war an Willi nicht spurlos vorübergegangen. Ein dekadentes Volk, die Franzosen. Es tut einem Deutschen nicht gut, unter ihnen zu leben.

Die Bauersfrau stellte zwei Flaschen Wein auf den Tisch. Willi gab ihr zwanzig Francs. Sie bedankte sich nicht einmal.

Hans sprach nicht so gut Französisch wie Willi, aber er konnte sich verständlich machen. Er zog Willi möglichst oft zu Sprachübungen heran und ließ sich von ihm die Fehler verbessern. Willi war ihm auch auf manche andere Weise nützlich. Deshalb hatte er ja Freundschaft mit ihm geschlossen. Er wußte, daß Willi ihn bewunderte, alles an ihm: seine hohe breitschultrige Gestalt, sein blondes lockiges Haar, seine blauen Augen.

Auch jetzt versuchte Hans die Gelegenheit auszunützen, um sich in französischer Konversation zu üben, aber die drei Bauersleute zeigten keinerlei Entgegenkommen. Er erzählte ihnen, daß er selbst ein Bauernsohn wäre und nach dem Krieg wieder auf den väterlichen Hof zurückkehren würde; daß seine Mutter ihn nach München auf die Handelsschule geschickt hätte, weil sie einen Geschäftsmann aus ihm machen wollte, und daß er statt dessen eine landwirtschaftliche Lehranstalt besucht hätte.

Das Mädchen unterbrach ihn:

»Sie sind hergekommen, um nach dem Weg zu fragen. Jetzt wissen Sie ihn. Trinken Sie Ihren Wein aus und gehen Sie.«

Hans sah sie an, zum erstenmal ein wenig genauer. Sie war nicht hübsch, aber die dunklen Augen in ihrem blassen Gesicht und ihre bei aller Einfachheit geschmackvolle Kleidung gaben ihr ein Aussehen, das nicht in diese Umgebung zu passen schien, ein beinahe vornehmes Aussehen. Hans hatte seit Kriegsbeginn alles mögliche über die französischen Mädchen gehört. Angeblich besaßen sie etwas, das den deutschen Mädchen fehlte. Willi nannte es ›Chic‹, aber auf die Frage, was das nun eigentlich bedeute, wußte er nichts Klügeres zu sagen, als daß man das nur spüren könne. Natürlich hatte Hans auch schon andere Urteile über die Französinnen zu hören bekommen, und weit weniger schmeichelhafte. Nun, das würde er ja bald genug selbst herausfinden. Spätestens in einer Woche, wenn man nach Paris käme. Das Oberkommando, so hieß es, hatte diesbezüglich schon Vorsorge für seine tapferen Soldaten getroffen und entsprechende Häuser eingerichtet.

»Trink den Wein aus«, sagte Willi. »Wir gehen.«

Aber Hans wollte sich nicht drängen lassen. Er wandte sich an das Mädchen:

»Sie sehen nicht aus wie eine Bauerntochter.«

»Möglich«, antwortete sie.

»Sie ist Lehrerin«, sagte ihre Mutter.

»Also ein Mädchen mit guter Erziehung«, fuhr Hans in seinem schlechten Französisch unbekümmert fort. »Dann werden Sie ja begreifen, daß das französische Volk soeben eine der größten Stunden seiner Geschichte erlebt. Wir haben diesen Krieg nicht gewollt. Ihr habt uns den Krieg erklärt. Jetzt haben wir gewonnen, und jetzt werden wir aus Frankreich ein anständiges Land machen. Wir werden Ordnung in euer Durcheinander bringen. Wir werden euch beibringen, wie man arbeitet. Ihr werdet Gehorsam und Disziplin lernen.«

Aus den Augen des Mädchens blitzte ihm unverhohlener Haß entgegen. Aber sie blieb stumm.

»Du bist betrunken, Hans«, sagte Willi.

»Ich bin stocknüchtern. Ich sage ihnen nur die Wahrheit. So etwas schadet nie.«

»Ihr Freund hat recht!« Das Mädchen konnte nicht länger an sich halten. »Sie sind betrunken. Gehen Sie endlich. Gehen Sie!«

»Ach, Sie verstehen Deutsch? Schön, ich gehe. Und zum Abschied bekomme ich einen Kuß von Ihnen.«

Sie wollte zurückweichen, aber er hielt sie am Handgelenk fest.

»Vater!« rief sie. »Vater!«

Als der Bauer sich auf ihn warf, ließ Hans das Mädchen los und schlug ihn mit solcher Kraft ins Gesicht, daß der Mann zu Boden stürzte. Dann packte Hans das Mädchen aufs neue. Sie versetzte ihm eine schallende Ohrfeige, die er lachend einsteckte.

»Ist das ein Benehmen, wenn ein deutscher Soldat einen Kuß haben will? Na warte!«

Er war stark genug, den einen Arm um das Mädchen zu schließen und mit dem andern die Mutter, die ihn wegzerren wollte, gegen die Wand zu stoßen.

»Hans!« rief Willi. »Hans!«

»Halt's Maul, zum Teufel!«

Damit zerrte er das Mädchen ins Nebenzimmer und stürzte sich über sie.

So kam's, und so hatte es kommen müssen. War sie nicht selber schuld daran? Sie hätte ihn nicht ins Gesicht schlagen dürfen. Wenn sie ihm den verlangten Abschiedskuß gegeben hätte, wäre er friedlich gegangen.

Als er hernach in die Küche zurückkam, lag der Bauer immer noch auf dem Boden, und die Bäuerin lehnte immer noch zitternd an der Wand.

»Nur keine Angst, alte Hexe.« Er zog seine Brieftasche hervor. »Hier sind hundert Francs, damit sich Mademoiselle ein neues Kleid kaufen kann. Das alte taugt nichts mehr.« Er legte die Banknote auf den Tisch, stülpte den Helm auf seinen Kopf und nickte zu Willi hinüber: »Gehen wir.«

Sie knallten die Türe zu und bestiegen ihre Motorräder.

Die Bäuerin ging ins Nebenzimmer. Ihre Tochter lag auf dem Diwan, von wildem Schluchzen geschüttelt.

Drei Monate später kam Hans wieder nach Soissons. Er war mit der siegreichen deutschen Armee in Paris eingezogen, war auf seinem Motorrad unter dem Arc de Triomphe durchgefahren und dann weiter mit der Armee nach Tours und bis nach Bordeaux, ohne an irgendwelchen Kampfhandlungen teilzunehmen. Die einzigen französischen Soldaten, die er gesehen hatte, waren Gefangene.

Nach Abschluß des Waffenstillstands verbrachte er einen Monat in Paris, schrieb Ansichtskarten an seine Familie nach Bayern und kaufte Geschenke. Gemeinsam mit Willi, der sich in Paris vortrefflich auskannte, durchstreifte er die Stadt. Dann wurde ihre motorisierte Einheit nach Soissons verlegt, das er jetzt erst richtig kennenlernte. Er war recht annehmbar untergebracht, es gab viel und gut zu essen, und eine Flasche echten Champagners kostete in deutschem Geld weniger als eine Mark.

Eines Tags fiel ihm ein, daß es doch eigentlich ein großer Spaß sein müßte, dieses Mädchen wiederzusehen. Er nahm ein Paar Seidenstrümpfe mit, um ihr seine Versöhnlichkeit zu beweisen, und machte sich auf den Weg. Es war ein warmer

Septembertag. Die Landschaft, die er durchfuhr, ließ den nahenden Herbst noch nicht ahnen.

In einer halben Stunde hatte er das Haus gefunden. Ein Köter kläffte ihn an, als er auf das Tor zuging. Er trat ein, ohne zu klopfen.

In der Küche saß das Mädchen und schälte Kartoffeln. Beim Anblick der Uniform sprang sie auf.

»Was wollen Sie?« Dann erkannte sie ihn und wich zurück, das Messer in der Hand. »Sie sind es! *Cochon.*«

»Kein Grund zur Aufregung. Es geschieht Ihnen nichts. Hier – ich habe Ihnen ein Paar Seidenstrümpfe mitgebracht.«

»Machen Sie, daß Sie hinauskommen.«

»Seien Sie nicht kindisch und tun Sie das Messer weg! Sie könnten sich verletzen. Vor mir brauchen Sie keine Angst zu haben.«

»Ich habe keine Angst.«

Sie ließ das Messer zu Boden fallen. Er nahm den Helm ab, setzte sich und zog das Messer mit dem Fuß zu sich heran.

»Soll ich Ihnen beim Kartoffelschälen helfen?«

Sie antwortete nicht. Er bückte sich nach dem Messer, entnahm der Schüssel eine Kartoffel und begann zu schälen.

Das Mädchen stand noch immer an der Wand und beobachtete ihn aus feindselig geschlitzten Augen. Er lächelte ihr zu.

»Warum schauen Sie so bös? War's denn gar so schlimm, was ich Ihnen getan habe? Es hätte Ihnen viel Schlimmeres geschehen können in jenen Tagen ... in der Aufregung damals ... und der Wein war mir zu Kopf gestiegen ... na ja. Übrigens finden manche Mädchen, daß ich nicht schlecht aussehe.«

»Gehen Sie.«

»Ich gehe, wenn es mir paßt.«

»Wenn Sie nicht sofort verschwinden, wird sich mein Vater bei Ihrem kommandierenden General beschweren.«

»Das wird ihm nicht viel nützen. Im Gegenteil. Wir haben Befehl, freundschaftliche Beziehung zu den Einwohnern zu suchen. Wie heißen Sie?«

»Das geht Sie nichts an.«

Zornröte stieg in ihre Wangen, ihre Augen funkelten. Sie war hübscher, als er sie in Erinnerung hatte. Kein schlechter Fang, wenn man's recht besah. Er erinnerte sich, daß ihre Mutter gesagt hatte, sie wäre Lehrerin. Das machte sie ja beinahe zu einer Dame. Und er fand es um so reizvoller, ihr den Herrn zu zeigen. Gemächlich strich er sich das wellige Blondhaar zurecht.

»Wo sind Ihre Eltern?«

»Auf dem Feld.«

»Ich habe Hunger. Geben Sie mir etwas Brot und Käse. Und ein Glas Wein. Ich zahle.«

»Käse? Wir haben seit drei Monaten keinen Käse gesehen.« Ein bitteres Auflachen folgte. »Und wir haben nicht genug Brot für unseren eigenen Hunger. Vor einem Jahr hat die französische Armee unsere Pferde requiriert, und jetzt habt ihr uns die Kühe und Schweine und Hühner weggenommen.«

»Wir haben für alles gezahlt.«

»Können wir euer Papiergeld essen?« Mit einemmal begann sie zu weinen.

»Hungern Sie?«

»Ach nein. Keine Spur. Wir nähren uns königlich von Kartoffeln und Rüben und grünem Salat. Morgen fährt mein Vater in die Stadt, um vielleicht ein Stück Pferdefleisch zu erwischen.«

»Hören Sie, Fräulein. Ich bin kein so übler Bursche, wie Sie glauben. Wenn ich nächstens komme, bringe ich Ihnen Käse und Schinken mit.«

»Behalten Sie Ihre Geschenke. Ich will lieber krepieren, als etwas von dem zu essen, was ihr uns gestohlen habt.«

»Schon gut, schon gut«, sagte er. Dann stand er auf und verabschiedete sich mit einem höflichen *»Au revoir, Mademoiselle«*.

Da er auf eigene Faust keine Vergnügungsfahrten unternehmen konnte, mußte er auf einen dienstlichen Auftrag warten, der ihm Gelegenheit zu einem neuerlichen Besuch des Bauernhauses böte. Die Gelegenheit ergab sich zehn Tage später. Er trat so formlos ein wie beim erstenmal. Diesmal fand er das Elternpaar in der Küche vor. Die Frau stand am Herd und rührte in einem Topf, der Mann saß am Tisch. In dem kurzen Blick, mit dem sie ihn ansahen, lag keine Überraschung. Offenbar hatte ihre Tochter ihnen von seinem ersten Besuch erzählt.

Eine Begrüßung erfolgte nicht. Die Bäuerin beschäftigte sich weiter mit ihrem Kochtopf, der Bauer starrte vor sich hin. Aber so leicht war Hans nicht aus der Fassung zu bringen.

»*Bonjour, la compagnie*«, rief er wohlgelaunt. »Ich habe etwas mitgebracht.«

Er legte das Paket auf den Tisch und öffnete es. Zum Vorschein kamen ein kräftiges Stück Gruyère-Käse, ein halber Schinken und zwei Büchsen Sardinen.

Die Bäuerin drehte sich um, und Hans sah mit Vergnügen das gierige Blinzeln in ihren Augen. Der Bauer tat nichts dergleichen.

Hans ließ sich nicht beirren:

»Es tut mir leid, daß es damals bei meinem ersten Besuch zu einem kleinen Mißverständnis gekommen ist. Vergessen wir's.«

In diesem Augenblick trat das Mädchen ein.

»Was machen Sie hier?« Ihre Stimme bebte vor Zorn. Als sie das Paket mit den Nahrungsmitteln sah, fegte sie es mit einer jähen Handbewegung vom Tisch. »Das brauchen wir nicht. Nehmen Sie's wieder mit.«

Schon war ihre Mutter zur Stelle:

»Du bist verrückt, Annette.«

»Ich nehme keine deutschen Geschenke an.«

»Aber es ist ja unser Eigentum. Sie haben's nur gestohlen. Schau doch selbst. Die Sardinen kommen aus Bordeaux.«

Und sie klaubte die Sachen wieder auf.

Hans sah das Mädchen an, mit einem spöttischen Lächeln in seinen blauen Augen.

»Also Annette heißen Sie? Warum haben Sie mir diesen hübschen Namen verschwiegen? Und warum wollen Sie Ihren Eltern die kleine Diätaufbesserung nicht gönnen? Wo Sie doch schon seit drei Monaten keinen Käse gesehen haben.«

Unterdessen hatte die Bäuerin den Schinken an sich genommen und preßte ihn mit verzücktem Gesichtsausdruck an ihren Busen. Über Annettes Wangen liefen Tränen.

»Es ist eine Schande«, flüsterte sie.

»Na, na, na. Ein Stück Gruyère und ein Schinken haben nichts Ehrenrühriges an sich.«

Hans setzte sich hin, entzündete eine Zigarette und schob dem Bauern das Päckchen hin. Der zögerte einen Augenblick, aber dann konnte er der Versuchung nicht widerstehen. Er nahm eine Zigarette und schob das Päckchen wieder zurück.

»Behalten Sie's«, sagte Hans. »Ich kann mir andere verschaffen.« Er blies den Rauch durch die Nase und ließ einen freundlichen Blick in die Runde gehen. »Wollen wir nicht Freunde sein? Was geschehen ist, ist geschehen, und Krieg ist Krieg. Ich weiß, daß Annette ein gebildetes Mädchen ist, und es liegt mir daran, daß sie nicht schlecht von mir denkt. Wie es scheint, werden wir längere Zeit in Soissons bleiben. Ich kann Ihnen immer wieder mit ein paar Kleinigkeiten aushelfen. Wir möchten mit der Bevölkerung auf gutem Fuß stehen, wissen Sie. Aber die Leute sind wie vernagelt. Sie sehen uns nicht einmal an ... So hören Sie doch. Das war ja sozusagen nur ein Betriebsunfall, damals, als ich mit Willi das erstemal hier war. Sie brauchen sich nicht mehr vor mir zu fürchten. Ich werde Annette so respektvoll behandeln wie meine eigene Schwester.«

»Lassen Sie uns in Ruhe«, sagte Annette. »Warum sind Sie überhaupt hergekommen?«

Er wußte es nicht. Er wollte sich nicht eingestehen, daß er ein wenig menschliche Wärme brauchte. Der Wall aus stummer Feindseligkeit, mit dem die Bevölkerung sich umgab, wurde ihm manchmal so unerträglich, daß er am liebsten auf den nächstbesten Franzosen, der stumm durch ihn hindurchsah, mit Fäusten eingeschlagen hätte. Und manchmal hätte er vor Trauer und Einsamkeit weinen mögen. Es wäre schön, einen Platz zu finden, wo man ihn gerne sah. Nein, er begehrte Annette nicht, wirklich nicht. Sie war nicht sein Typ. Ihn lockten hochgewachsene, vollbusige Frauen, blond und blauäugig wie er selbst. Das undefinierbare Etwas, das um Annette lag (und das weit mehr war als der von Willi so genannte ›Chic‹), die feingeschnittene Nase, die dunklen Augen und das längliche, blasse Gesicht – das alles hatte eher etwas Einschüchterndes an sich als etwas Lockendes. Wäre er damals nicht in dieser sonderbaren Stimmung gewesen, gemischt aus Müdigkeit und Siegestaumel, aus Macht- und Weinrausch – er wäre nie auf den Gedanken verfallen, sich ihr zu nähern.

Während der nächsten zwei Wochen konnte Hans von seiner Einheit nicht loskommen. Das Proviantpaket hatte er im Bauernhaus zurückgelassen. Er zweifelte nicht, daß es den beiden Alten hoch willkommen war. Möglich, daß nach seinem Abgang auch Annette sich daran gütlich getan hatte. Diese Franzosen. Wenn sie etwas umsonst bekommen, werden sie schwach. So sind sie nun einmal. Schwach und genußsüchtig.

Annette haßte ihn, weiß Gott, daß sie ihn haßte – aber Schinken war Schinken, und Käse war Käse.

Er dachte oft an sie. Es ärgerte ihn, daß sie ihm nichts als Haß entgegenbrachte. Er war gewohnt, Erfolg bei Frauen zu haben. Bisher hatte er noch jede bekommen, die er wollte. Komische Vorstellung, daß Annette sich eines Tags in ihn verlieben würde. Schließlich war er ihr erster Liebhaber gewesen. In seiner Studentenzeit in München hatte er sagen hören, daß es meistens der erste Liebhaber ist, an dem ein Mädchen hängenbleibt.

Für seinen nächsten Besuch in Annettes Haus traf er gute Vorsorge: Butter, Käse, Zucker, eine Wurstkonserve und etwas Kaffee. Es war ein stattliches Paket, mit dem er ankam.

Annette war nicht zu Hause. Sie arbeitete mit ihrem Vater auf dem Feld. Aber die alte Bäuerin war da, und als sie ihn eintreten sah, ging ein kleines Aufleuchten über ihr Gesicht. Mit zitternden Fingern öffnete sie das Paket. Ihre Augen füllten sich mit Tränen.

»Sie sind ein guter Mensch«, sagte sie.

»Darf ich mich setzen?« fragte Hans.

»Aber natürlich.« Sie blickte zum Fenster hinaus, wie um sich zu vergewissern, daß niemand käme. »Möchten Sie ein Glas Wein?«

»Gerne.«

Es war nicht schwer zu sehen, daß seine Geschenke sie freundlicher gestimmt hatten. Der Blick aus dem Fenster machte ihn beinahe zu ihrem Mitverschworenen.

»Hat Ihnen der Schinken geschmeckt?« fragte er.

»O ja. Sehr.«

»Nächstens bringe ich wieder einen mit. Hat auch Annette davon gegessen?«

»Keinen Bissen. Sie hatte sich geschworen, nichts davon anzurühren, und dabei blieb sie.«

»Das ist doch kindisch.«

»Hab ich ihr auch gesagt. Da diese guten Sachen schon auf dem Tisch stehen, hab ich gesagt, ist niemandem geholfen, wenn wir sie nicht essen.«

Im Lauf des gemütlich dahinplätschernden Gesprächs kam Hans dahinter, daß der Name seiner Gastgeberin Madame Périer war. Er fragte, ob es noch andere Familienmitglieder gäbe. Sie seufzte. Nein, leider nicht mehr, ihr einziger Sohn wäre zu Kriegsbeginn mobilisiert worden und bald darauf gestorben. Nicht gefallen. An Lungenentzündung gestorben, im Hospital von Nancy.

»Das tut mir leid«, sagte Hans.

»Vielleicht war's für ihn besser so. Er hätte die Schmach unserer Niederlage nie ertragen. Er war ein ganz ähnlicher Charakter wie Annette.« Abermals seufzte sie auf. »Ach, mein armer Freund. Wir alle wurden betrogen.«

»Warum mußtet Ihr auch für die Polen in den Krieg gehen? Bedeuten Ihnen die Polen etwas?«

»Wie recht Sie haben. Wenn wir den Polen nicht zu Hilfe gekommen wären gegen euern Hitler, hätte er uns in Frieden gelassen.«

Hans verabschiedete sich und versprach, bald wiederzukommen; mit einem ganzen Schinken.

Kurz darauf wurde ihm ein Kurierdienst übertragen, der ihn zweimal wöchentlich in die Umgebung führte, so daß er das Bauernhaus regelmäßig besuchen konnte. Er kam niemals mit leeren Händen. Aber bei Annette machte er keine Fortschritte. Wie sehr er sich auch um sie bemühte, mit kleinen Aufmerksamkeiten, mit kleinen Scherzen, mit all den kleinen Tricks, die bei Frauen immer Anklang finden – es half nichts. Ihr Blick ging durch ihn hindurch, als ob er nicht vorhanden wäre.

Als er sie einmal allein antraf, stand sie brüsk auf und wollte den Raum verlassen. Er versperrte ihr den Weg.

»Bleiben Sie. Ich möchte mit Ihnen sprechen.«

»Daran kann ich Sie leider nicht hindern. Also?«

»Sie müssen sich endlich damit abfinden, daß Ihr Land noch auf lange hinaus besetzt bleibt. Es wird nicht leichter werden für euch Franzosen, sondern schwerer, viel schwerer. Ich kann Ihnen helfen. Und ich helfe Ihnen gern, das sollten Sie schon gemerkt haben. Warum nehmen Sie nicht Vernunft an wie Ihr Vater und Ihre Mutter?«

Denn mittlerweile hatte auch der alte Périer seinen Privatfrieden mit Hans geschlossen. Sogar um Tabak hatte er ihn schon gebeten und hatte es dankbar hingenommen, daß Hans jede Bezahlung zurückwies. Er ließ sich Neuigkeiten aus Soissons von ihm erzählen, freute sich über die Zeitungen, die Hans gelegentlich mitbrachte, und freute sich noch mehr über die bäuerlichen Fachgespräche, die er mit Hans, dem Bauernsohn und gelernten Landwirt, führen konnte.

»Sie wollen wissen, warum ich keine Vernunft annehme?«

Annette zog ihr Kleid straff und drehte sich zur Seite.

Hans sah sie an. Er brauchte Sekunden, um seinen Augen zu trauen. Eine heiße, nie gekannte Erschütterung durchwogte ihn und trieb ihm das Blut in die Schläfen.

»Sie sind schwanger!«

Annette ließ sich in einen Stuhl fallen, barg das Gesicht in ihren Händen und begann haltlos zu schluchzen.

Er wollte auf sie zustürzen und sie in die Arme nehmen.

»Liebling«, rief er, »Liebling!«

»Rühren Sie mich nicht an.« Ihre Stimme klang eisig. »Gehen Sie.« Damit richtete sie sich auf und stand unnahbar vor ihm. »Haben Sie mir nicht schon genug angetan? Gehen Sie!«

Und sie verließ das Zimmer.

In einem Wirrsal von Gefühlen legte Hans den Weg nach Soissons zurück. Er konnte in dieser Nacht keinen Schlaf finden. Immer wieder sah er Annette vor sich, die weinende Annette, die ein Kind im Leib trug, sein Kind. Mit einemmal, mit einem Schlag wurde ihm das Unwahrscheinliche klar: er liebte sie. Wie war das nur möglich? Die ganze Zeit hindurch, in allen seinen Gedanken an sie, hatte er doch höchstens mit der Vorstellung gespielt, daß es ein Spaß wäre, wenn er Annette dazu brächte, sich in ihn zu verlieben, daß es ein Triumph wäre, wenn sie ihm freiwillig gäbe, was er sich einst mit Gewalt genommen hatte ... Aber Liebe? Aber daß er sie lieben würde? Sie war nicht sein Typ. Sie reizte ihn nicht. Er fand nichts an ihr. Wie kam es, daß er sie dennoch liebte?

Gleichviel, wie es kam: er liebte sie. Es war ein Glücksgefühl, das er noch nie im Leben verspürt hatte. Er wollte sie in seine Arme nehmen, er wollte sie streicheln, er wollte ihr die Tränen von den Augen küssen. Noch immer begehrte er sie nicht oder nicht so, wie ein Mann eine Frau begehrt. Aber das war ihm nicht wichtig. Es war ihm wichtig, sie zu trösten. Er wollte sie lächeln machen. Ihm fiel ein, daß er sie noch niemals lächeln gesehen hatte. Er wollte das Lächeln in ihren dunklen Augen sehen, in ihren schönen Augen, die noch viel schöner sein mußten, wenn Sanftmut und Zärtlichkeit aus ihnen spräche.

Während der folgenden drei Tage, in denen er Soissons nicht

verlassen konnte, dachte er an nichts als an Annette und an das Kind, drei Tage und drei Nächte lang.

Bei seinem nächsten Besuch hoffte er Madame Périer allein anzutreffen.

Er traf sie schon auf dem Weg. Sie hatte im Wald Brennholz gesammelt und schleppte jetzt das Bündel auf ihrem Rücken nach Hause. Hans hielt sein Motorrad an und bat sie, sich mit ihm am Straßenrand hinzusetzen. Es war ein wolkig verhangener Tag, aber die Luft war warm.

»Ich weiß, was mit Annette los ist«, begann er.

Die Bäuerin sah ihn verblüfft an.

»Wie haben Sie das entdeckt? Annette wollte um keinen Preis, daß Sie davon erfahren.«

»Ich weiß es von ihr selbst.«

»Na ja, Sie gehen ja überhaupt gründlich zu Werk.«

»Lassen wir das. Warum haben Sie mir nicht früher davon gesagt?«

Jetzt begann Madame Périer zu sprechen, ohne Bitterkeit, ohne Vorwurf. Es war eben ein Unglück, wie die Natur es manchmal verursacht, nicht anders als ein scharfer Frost im Frühling, der plötzlich die ganze Obsternte vernichtet, das kommt vor, dagegen kann man nichts tun, das muß man hinnehmen. Nach jener Schreckensnacht damals war Annette noch tagelang von Fieberschauern geschüttelt worden, sie lag im Bett und schrie und weinte, sie gebärdete sich wie eine Irre, man bekam Angst um sie. Weit und breit gab's keinen Arzt, der vom Dorf war eingerückt, und die beiden in Soissons verbliebenen Ärzte waren so alt, daß man ihnen den weiten Weg nicht zumuten konnte. Außerdem durften sie sich ohne besondere Erlaubnis nicht aus der Stadt entfernen. Selbst nach dem Abflauen des Fiebers war Annette zu schwach, um das Bett zu verlassen, schwach und blaß und zittrig, ein jammervoller Anblick. Als auch im zweiten Monat danach nichts geschah, schöpfte Madame Périer Verdacht. Annette erschrak, wollte es nicht glauben, konnte aber nicht ausschließen, daß der Verdacht begründet war, und im dritten Monat bestand kein Zweifel mehr.

Sie holten den alten Citroën hervor, mit dem sie in Friedenszeiten ihr Gemüse und ihr Obst auf den Markt nach Soissons gefahren hatten, zweimal in der Woche. Seit die Deutschen das Land besetzt hielten, stand der Wagen in der Garage. Jetzt kam er wieder zu Ehren, zu traurigen Ehren. Sie fuhren nach Soissons.

Unterwegs und in der Stadt sah man nur deutsche Militärautos, deutsche Soldaten, deutsche Aufschriften in den Straßen und zweisprachige Proklamationen an den öffentlichen Gebäuden. Viele Läden waren geschlossen.

Sie gingen zu dem alten Arzt, den sie kannten. Nach kurzer Untersuchung bestätigte er Madame Périers Verdacht, wollte aber als strenggläubiger Katholik keinen Eingriff vornehmen und schickte sie zu einem Kollegen.

Dort mußten sie lange warten, ehe die Tür geöffnet wurde. Eine ältliche, schwarzgekleidete Dame empfing sie. Auf die Frage, ob der Herr Doktor zu sprechen sei, begann sie zu weinen: ihr Mann wäre vor wenigen Stunden von den Deutschen als Geisel verhaftet worden. In einem Kaffeehaus, das den deutschen Offizieren als Treffpunkt diente, sei eine Bombe explodiert und hätte zwei Deutsche getötet. Wenn die Franzosen innerhalb einer festgesetzten Zeit den Schuldigen nicht ausgeliefert hätten, würden die Geiseln erschossen.

Nachdem die Arztfrau sich ein wenig beruhigt hatte, gab sie ihnen die Adresse einer Hebamme, die ihnen vielleicht helfen könnte. Die Hilfe bestand in einem übelriechenden Gebräu, von dem die arme Annette schwere Magenkrämpfe bekam. Eine andere Wirkung hatte es nicht. Annette war immer noch schwanger. Und dort hielte man jetzt.

Madame Périer war mit ihrem Bericht zu Ende und schwieg.

»Morgen ist Sonntag«, sagte Hans nach einer kleinen Weile. »Ich komme zu Ihnen, und wir sprechen uns aus. Natürlich bringe ich wieder etwas mit.«

»Wir haben keine Nadeln im Haus«, sagte die Bäuerin. »Können Sie uns welche verschaffen?«

»Ich will's versuchen.«

Sie trennten sich. Madame Périer nahm ihr Bündel auf den Rücken, Hans fuhr nach Soissons zurück.

Für seinen Besuch am nächsten Tag wartete Hans den Einbruch der Dunkelheit ab. Er wollte sicher sein, die ganze Familie zu Hause anzutreffen. Das Paket, das er mitbrachte, war diesmal besonders reichhaltig; es enthielt auch eine Flasche Champagner.

Die freundliche Nestwärme der Küche nahm ihn auf. Madame Périer stand am Herd, ihr Mann las die Zeitung, Annette war mit einer Näharbeit beschäftigt.

»Hier sind die gewünschten Nadeln«, sagte Hans, während er den Inhalt des Pakets verteilte. »Und hier ist etwas Leinen für Sie, Annette.«

»Ich brauche nichts.«

»Aber das Baby wird's brauchen.«

»Das stimmt, Annette«, unterstützte ihn Madame Périer. Dabei glitten ihre Blicke erwartungsvoll über den restlichen Inhalt des Pakets. »Ah! Champagner!«

»Den habe ich mit einer ganz bestimmten Absicht mitgebracht«, sagte Hans. Er zögerte, dann zog er einen Stuhl heran und setzte sich Annette gegenüber. »Ich hoffe, daß Sie mir glauben werden, Annette. Was damals in der Nacht geschehen ist, tut mir aufrichtig leid. Sie sollten es mir endlich verzeihen.«

Annette sah ihn ungerührt an:

»Und Sie sollten mich endlich in Ruhe lassen. Genügt es Ihnen nicht, daß Sie mein Leben ruiniert haben?«

»Das ist es ja gerade. Vielleicht hab ich's gar nicht ruiniert. Seit ich weiß, daß Sie ein Kind von mir tragen, ist alles ganz anders. Ich bin stolz darauf. Und ich bin froh, daß Sie das Kind bekommen werden.«

»Reden Sie nicht weiter!«

»Sie müssen mich anhören, Annette. Der Krieg wird in ein paar Monaten zu Ende sein. Dann rüste ich ab und heirate Sie.«

»Sie? Mich heiraten? Sind Sie verrückt?«

Hans senkte den Kopf und wurde rot wie ein Schuljunge. Er brachte es nicht fertig, französisch zu antworten. Er sagte es auf deutsch:

»Ich liebe dich.«

»Was hat er gesagt?« fragte Madame Périer.

»Daß er mich liebt. Wahrhaftig, er hat gesagt, daß er mich liebt!« Annette warf ihren Kopf zurück und brach in ein gellendes, brutales Gelächter aus, das immer heftiger, immer verkrampfter wurde. Sie konnte nicht aufhören damit, auch als ihr schon die Tränen aus den Augen strömten.

Zwei kräftige Ohrfeigen ihrer Mutter brachten sie zur Besinnung.

»Kümmern Sie sich nicht darum«, sagte Madame Périer zu

Hans. »Ein hysterischer Anfall. Kein Wunder bei ihrem Zustand.«

Hans deutete auf die Champagnerflasche: »Ich habe den Champagner mitgebracht, um unsere Verlobung zu feiern.«

»Idiot«, preßte Annette zwischen schmalen Lippen hervor. »Das ist das schlimmste, daß solche Idioten den Krieg gegen uns gewonnen haben.«

Hans tat, als hätte er nichts gehört. Er sprach wieder auf Annette ein, und er sprach deutsch:

»Ich weiß, daß ich dich liebe. Und seit du mir gesagt hast, daß du ein Kind bekommst, weiß ich sogar, daß ich dich schon vorher geliebt habe. Ich hab dich schon die ganze Zeit geliebt. Ich wußte es nur nicht.«

»Was sagt er?« fragte abermals Madame Périer.

»Nichts von Bedeutung.«

Hans wechselte ins Französische. Er wollte auch von Annettes Eltern verstanden werden.

»Ich würde dich sofort heiraten, aber das ist unter den Kriegsgesetzen nicht möglich. Ich heirate dich am ersten Tag nach Kriegsschluß. Und glaub nur ja nicht, daß ich eine schlechte Partie bin. Wir sind eine angesehene Familie, und mein Vater ist ein wohlhabender Mann. Es wird dir an nichts fehlen.«

»Sind Sie katholisch?« fragte Madame Périer.

»Ja.«

»Immerhin etwas.«

»Es ist eine schöne Gegend, in der unsere Familie lebt. Gutes Ackerland. Das beste im weiten Umkreis. Es gehört uns seit drei Generationen. Wir haben ein Auto und ein Radio und einen Telephonanschluß.«

Annette wandte sich mit süffisantem Lächeln an ihren Vater:

»Ist er nicht ein taktvoller junger Mann? Ein wirklicher Gentleman? Hätte ich da nicht eine hervorragende Position? Als fremde Frau aus einem besiegten Land, mit einem Wechselbalg dazu?«

Jetzt endlich mischte der schweigsame Bauer Périer sich ins Gespräch.

»Das alles kommt nicht in Frage. Es ist sicherlich ein gutgemeinter Vorschlag, den Sie meiner Tochter machen, das bestreite ich nicht. Auch ich war Soldat, im Ersten Weltkrieg. Und wir alle haben Dinge getan, die wir im Frieden niemals getan hätten. Das liegt in der menschlichen Natur. Aber seit unser Sohn tot ist, haben wir nur noch Annette. Wir können sie nicht fortlassen.«

»Ich habe geahnt, daß Sie das sagen würden.« Hans straffte sich ein wenig, als müßte er Anlauf nehmen. »Dann bleibe ich eben hier.«

»Was heißt das?« fragte Madame Périer.

»Das heißt, daß ich einen Bruder habe, der bei meinem Vater bleiben und ihm helfen kann. Wissen Sie – mir gefällt es hier sehr gut. Und mir gefällt Ihr Hof. Da kann man mit etwas Energie und Fleiß eine ganze Menge herausholen. Wenn der Krieg zu Ende ist, werden sich viele Deutsche hier niederlassen. Das wird für beide Teile nützlich sein. Bekanntlich gibt es in Frankreich nicht genug Männer, um den Boden richtig zu bearbeiten. Vor ein paar Tagen war ein landwirtschaftlicher Experte in Soissons und hat uns einen Vortrag darüber gehalten. Ein Drittel eurer ökonomischen Möglichkeiten konnte bisher nicht ausgewertet werden, weil ihr zuwenig Arbeitskräfte habt. Das ist das Urteil eines Fachmanns.«

Die beiden Eheleute tauschten bedeutsame Blicke aus. Annette merkte es mit Bangen. Seit dem Tod ihres Bruders, das wußte sie, warteten ihre Eltern nur darauf, daß sich ein gesunder, kräftiger Schwiegersohn fände, der später einmal das Gehöft übernehmen könnte.

»Wenn Sie wirklich hierbleiben wollen«, nahm Madame Périer das Wort, »dann ist das natürlich etwas andres. Das muß man sich überlegen.«

»Kein Wort weiter!« fuhr Annette dazwischen; und mit einer scharfen Wendung zu Hans: »Ich bin verlobt. Haben Sie gehört? Ich bin mit einem Lehrer verlobt. Er hat vor dem Krieg an der Knabenschule unterrichtet, in demselben Ort, wo ich Lehrerin an der Mädchenschule war. Er ist vielleicht nicht so stark wie Sie und hat kein so hübsches Gesicht. Er ist klein und schwächlich. Aber er ist kein Barbar. Er ist ein kluger, sanfter, wunderbarer Mensch. Ich liebe ihn. Ich liebe ihn mit meinem ganzen Herzen. Nur ihn.«

Hans erbleichte. Es war ihm niemals der Gedanke gekommen, daß es in Annettes Leben schon einen Mann geben könnte.

»Wo ist er jetzt?«

»Na, was glauben Sie? In Deutschland. Als Kriegsgefangener.

Und am Verhungern. Während ihr hier unser Land kahlfreßt, ihr Deutschen. Wie oft muß ich Ihnen noch sagen, daß ich Sie hasse? Daß ich Ihnen nie verzeihen werde, nie.« Sie schloß für ein paar Sekunden die Augen und holte Atem. »Er wird mir verzeihen. Er ist gut und verständnisvoll. Aber manchmal quält mich die Vorstellung, daß ihm eines Tages vielleicht Zweifel kämen, ob ich denn wirklich in einer Zwangslage war. Ob ich's nicht freiwillig geschehen ließ, für ein Stück Butter, für ein Stück Käse, für ein Paar Seidenstrümpfe. Ich wäre ja nicht die einzige. Ohnehin wird das Kind immer zwischen ihm und mir stehen. Ihr Kind. Ein deutsches Kind. Groß und blond und blauäugig. O Gott, warum hast Du mich so hart gestraft!«

Sie sprang auf und rannte aus der Küche.

Die drei anderen blieben schweigend zurück. Hans warf einen bekümmerten Blick auf die Champagnerflasche, dann ging er. Madame Périer begleitete ihn zur Türe.

»Ist es Ihr ernsthafter Wille, Annette zu heiraten?«

»Jawohl. Ich liebe sie.«

»Und Sie würden sie uns nicht entführen? Sie würden hierbleiben und mit uns arbeiten?«

»Ich verspreche es Ihnen.«

»Keiner von uns wird ewig leben. Auch mein Mann nicht. Das ist klar.«

»Klar.«

»Außerdem müßten Sie sich zu Hause mit Ihrem Bruder in den Besitz teilen. Hier teilen Sie mit niemandem.«

»Ja, auch das.«

»Wir waren immer dagegen, daß Annette diesen Lehrer heiratet. Unser Sohn, solange er gelebt hat, war immer dafür. Warum nicht, hat er immer gesagt. Wenn sie ihn liebt, dann soll sie ihn heiraten. Aber jetzt ist unser armer Junge tot, und jetzt ist alles anders. Selbst wenn Annette wollte, wäre sie für den Hof nicht die Hilfe, die wir brauchen. Und was soll dann werden?«

»Sie dürfen nicht einmal daran denken, den Hof zu verkaufen«, sagte Hans. »Ich weiß, was eigener Grund und Boden bedeuten.«

Sie hatten die Landstraße erreicht. Madame Périer drückte ihm die Hand: »Kommen Sie bald wieder.«

Das Bewußtsein, daß Madame Périer auf seiner Seite stand,

gab ihm Trost und Hoffnung. Auch daß Annette einen andern Mann liebte, schien ihm nicht mehr so schlimm, als er's während der Rückfahrt nach Soissons überlegte. Der andre war in Gefangenschaft. Das Kind würde noch vor seiner Entlassung zur Welt kommen, lang vorher. Und wenn Annette erst einmal Mutter wäre ... Muttergefühle sind etwas Übermächtiges. Die Liebe zu ihrem Kind würde die Liebe zu ihrem einstigen Verlobten auslöschen, dessen war Hans ziemlich sicher. Er erinnerte sich an eine junge Frau in seinem Heimatdorf, die jahrelang mit so verliebten Blicken an ihrem Mann gehangen war, daß man im ganzen Dorf über sie spöttelte – bis sie sich eines Tags in einen andern verliebte, und der machte ihr ein Kind, und von da an hatte sie für ihren eigenen Mann überhaupt keine Augen mehr ... Hans faßte Mut. Sein Heiratsantrag mußte Annette doch mindestens davon überzeugt haben, daß er ein anständiger Kerl war. Wahrscheinlich wollte sie sich das nicht eingestehen, und wahrscheinlich hatte sie deshalb so feindselig zu ihm gesprochen. Aber in welch einer Sprache! Wie eine Schauspielerin – und dennoch völlig natürlich. Diese Franzosen haben Kultur, das muß man zugeben, und wissen mit der Sprache umzugehen. Selbst wenn Annette gegen ihn loszog, war es ein Genuß, ihr zuzuhören, weil sie sich so schön und gewählt ausdrückte. Er brauchte sich seiner Erziehung gewiß nicht zu schämen – aber ihr konnte er nicht das Wasser reichen.

Sein Gesicht hellte sich auf. Hatte sie nicht gesagt, daß er stark und hübsch war? Und würde sie das gesagt haben, wenn es ihr nichts bedeutete? Und ihr Kind würde groß und blond und blauäugig werden wie er – daß sie auch das gesagt hatte, sprach doch ganz entschieden dafür, daß seine blauen Augen und seine blonden Haare nicht ohne Eindruck auf sie geblieben waren. Er lächelte. Nur Geduld. Die Zeit wird alles ins rechte Lot bringen.

Wochen vergingen. Der kommandierende General in Soissons – ein älterer, bequemer Herr – wollte seine Leute, denen im Frühjahr noch allerlei bevorstand, nicht zu hart anpacken. Ohnehin schienen die Dinge sich für Deutschland wunschgemäß zu entwickeln. Die deutschen Zeitungen meldeten verheerende Angriffe der Luftwaffe auf England, schrieben von wachsender Panik unter der englischen Bevölkerung, von anhaltenden Erfolgen der U-Boote gegen die englische Flotte, von Hungersnot und Rebellion. Kein Zweifel, spätestens im Sommer würde England aufgeben, und Deutschland wäre endgültig der Herr der Welt.

Hans berichtete nach Hause über seine Absicht, eine Französin zur Frau zu nehmen und in einen Bauernhof einzuheiraten. Seinen Anteil am väterlichen Gut wollte er seinem Bruder verkaufen und wollte für das Geld den Landbesitz seiner künftigen Schwiegereltern – der ja früher oder später ihm zufallen würde – erheblich vergrößern, solange besetztes Feindesland noch um einen Pappenstiel zu haben wäre. Er legte diese Pläne auch Monsieur Périer auseinander, während er mit ihm einen Rundgang durch das Anwesen machte. Der Alte hörte wortlos zu, als Hans von den neuen Traktoren und Motorpflügen erzählte, die in Deutschland erzeugt würden und die er dank seiner Verbindungen billig bekommen könnte. Nachher erfuhr Hans von Madame Périer, daß ihr Mann sich sehr anerkennend über ihn geäußert habe: da sei doch jemand, der ganz genau wisse, was los war und was gespielt wird. Madame Périer behandelte Hans mit wachsender Freundlichkeit und bestand darauf, daß er am Sonntag das Mittagessen bei ihnen einnähme. Sie übersetzte seinen Namen ins Französische und nannte ihn nur noch Jean. Er seinerseits ließ es an Unterstützung und Hilfe nicht fehlen, legte Hand an, wo immer es not tat, und das war immer häufiger der Fall, je mehr Annette durch ihren Zustand behindert wurde.

Annette blieb ihm gegenüber unverändert feindselig. Sie mied seine Gesellschaft, beantwortete seine Fragen möglichst kurz und sprach im übrigen kein Wort mit ihm. Nach dem Einbruch der Winterkälte konnte sie sich tagsüber nicht mehr in ihrem ungeheizten Zimmer aufhalten, sondern saß bei ihren Eltern in der warmen Küche, beschäftigte sich mit Nähen oder Lesen und nahm von Hans keine Notiz. Gesundheitlich ging es ihr gut, ihre Wangen hatten Farbe bekommen, und die nahende Mutterschaft ließ sie für Hans – und nicht nur für ihn – beinahe schön erscheinen. Eine sonderbare Würde ging von ihr aus, und Hans betrachtete sie mit heimlichem Stolz.

Eines Tags, als er wieder zum Hof hinausfuhr, hielt ihn Madame Périer schon auf der Landstraße an.

»Sie müssen umkehren. Pierre ist tot.«

»Wer ist Pierre?«

»Pierre Gavin. Der Lehrer, den Annette heiraten wollte.«

Hans konnte die freudige Regung, die ihn überkam, nur mit Mühe verbergen.

»Wie hat sie's aufgenommen?«

»Sie kennen sie ja. Kein Wort, keine Träne. Wenn ich etwas sagen wollte, fuhr sie auf mich los wie eine reißende Bestie. Sie lassen sich heute besser nicht vor ihr blicken. Es könnte ein Unglück geben.«

»Als ob es meine Schuld wäre, daß er tot ist. Wie haben Sie davon erfahren?«

»Ein Freund, der im selben Gefangenenlager war, ist in die Schweiz entkommen und hat es Annette geschrieben. Der Brief kam vor wenigen Stunden an. In dem Gefangenenlager hatte es eine Meuterei gegeben, weil sie nicht genug zu essen bekamen, und die Rädelsführer wurden erschossen. Pierre war einer das Baby, nicht wahr.«

Hans schwieg. Nach seinem Dafürhalten war diesem Pierre recht geschehen. In einem Gefangenenlager hat Disziplin zu herrschen.

»Wir müssen ihr Zeit lassen, den Schock zu überwinden«, sagte Madame Périer. »Sobald sie sich beruhigt hat, spreche ich mit ihr. Und wenn's soweit ist, daß Sie uns wieder besuchen können, schreibe ich Ihnen ein paar Zeilen.«

»Dann darf ich also auf Ihre Hilfe rechnen?«

»Verlassen Sie sich drauf. Mein Mann und ich sind da ganz einer Meinung. Wir haben alles genau überlegt und haben beschlossen, uns mit den Tatsachen abzufinden. Er ist ja kein Narr, mein Alter. Er sagt, daß die Franzosen jetzt nichts Klügeres tun können, als mit den Deutschen zusammenarbeiten. Und was Sie betrifft, Jean – Sie wissen ja, daß ich Sie mag. Sollte mich nicht wundern, wenn Sie für unsre Annette ein besserer Mann wären als dieser Lehrer. Und dazu auch noch das Baby, nicht wahr.«

»Ich möchte, daß es ein Junge wird«, sagte Hans.

»Es wird bestimmt ein Junge. Ich hab im Kaffeesatz gelesen und die Karten aufgeschlagen. Es ist jedesmal ein Junge herausgekommen.«

»Hier sind noch ein paar Zeitungen für euch.« Vom Motorrad her, schon während er antrat, reichte er ihr die letzten Nummern des *Paris Soir*.

Der alte Périer las gerne Zeitungen. Er las sie jeden Abend. Er las, daß die Franzosen realistisch denken und die neue Ordnung akzeptieren müßten, die Hitler in Europa schuf. Er las, daß der deutsche Generalstab bis ins kleinste Detail die Offensive vorbereitet hatte, die England endgültig in die Knie zwingen würde, und daß die Amerikaner zu verweichlicht, zu uneinig und zu schlecht gerüstet wären, um England zu helfen. Er las, daß Frankreich nur durch loyale Zusammenarbeit mit dem Reich im neuen Europa die ehrenvolle Stellung einnehmen könnte, die ihm zukäme. Und er las das alles nicht etwa in deutschen Zeitungen, sondern in französischen. Es waren Franzosen, die diesen Standpunkt vertraten, und Monsieur Périer teilte ihn. Er nahm mit Genugtuung zur Kenntnis, daß den Plutokraten und den Juden, die an Frankreichs Unglück schuld waren, das Handwerk gelegt werden sollte und daß der kleine Mann nun endlich zu seinem Recht käme. Höchste Zeit! Stimmte Wort für Wort. Frankreich war ein Agrarland und mußte sich auf die Landwirtschaft stützen. Die Bauernschaft war Frankreichs Rückgrat, ganz richtig ...

Ungefähr zehn Tage, nachdem die Nachricht von Pierre Gavins Tod eingetroffen war, versuchte Madame Périer ein Gespräch mit ihrer Tochter anzuknüpfen.

»Ich habe Hans geschrieben, daß er uns morgen besuchen soll«, begann sie.

»Danke für die Warnung. Ich werde in meinem Zimmer bleiben.«

»Laß doch die Kindereien, Annette. Pierre ist tot. Hans liebt dich und will dich heiraten. Er ist ein netter, gutaussehender Junge. Jede andere an deiner Stelle wäre froh, ihn zum Mann zu bekommen. Und denk auch ein wenig an deine Eltern, Annette. Wie sollen wir unsre Wirtschaft wieder auf die Beine bringen ohne seine Hilfe? Er wird uns einen neuen Traktor und einen modernen Pflug verschaffen, für sein eigenes Geld. Laß die Vergangenheit endlich ruhen, mein Kind. Das Leben geht weiter.«

»Du bemühst dich umsonst, Mutter. Ich habe mir bisher meinen Lebensunterhalt verdient und werde ihn mir weiter verdienen. Es hat keinen Sinn, daß du mir diesen Deutschen aufschwatzen willst. Ich hasse ihn. Ich hasse seine Eitelkeit und seine Arroganz. Ich könnte ihn ermorden, aber der Tod wäre eine zu milde Strafe für ihn. Er müßte die gleichen Qualen durchmachen wie ich. Ich würde mein Leben dafür hergeben, wenn ich ihm all das antun könnte, was er mir angetan hat.«

»Mein armes Kind. Jetzt redest du irre.«

»Deine Mutter hat recht, Mädchen«, sagte Monsieur Périer. »Wir haben den Krieg verloren und müssen die Folgen tragen. Wir müssen uns mit den Siegern verständigen. Wir sind klüger als sie, und wenn wir ihre Schwächen geschickt ausnützen, werden am Ende wir die Sieger sein. Frankreich war schon vorher in einem erbärmlichen Zustand. Die Juden und die Plutokraten haben unser Land ruiniert. Lies nur die Zeitungen. Dort steht es schwarz auf weiß.«

»Ich glaube kein Wort von dem, was in diesen Zeitungen steht. Merkst du denn nicht, daß er sie dir nur deshalb bringt, weil sie Propaganda für die Deutschen machen? Merkst du nicht, daß die Franzosen, die dieses Zeug schreiben, gekauft sind? Gekauft mit deutschem Geld! Verräter und Verbrecher, alle miteinander!«

Madame Périer versuchte es nochmals, und es kostete sie große Überwindung:

»Hans ist weder ein Verräter noch ein Verbrecher. Du weißt so gut wie ich, daß er damals betrunken war. Das ist alles, was man ihm vorwerfen kann. Er hat damals auch deinen Vater zusammengeschlagen. Aber der trägt's ihm längst nicht mehr nach.«

»Es war ein unglückseliger Zufall, und ich hab's vergessen«, sagte der alte Périer.

Annette brach in ein hämisches Lachen aus:

»Du hättest Priester werden sollen. So etwas von christlicher Nächstenliebe muß man suchen.«

»Hat nicht auch Hans christliche Nächstenliebe bewiesen?« Madame Périers Stimme klang nun schon recht zornig. »Hat er nicht alles getan, um sein Vergehen gutzumachen? Was hätten wir ohne ihn und seine Hilfe angefangen? Wir haben es nur seinen Geschenken zu verdanken, daß wir nicht hungern.«

»Wenn noch ein Restchen Stolz in euch wäre, hättet ihr ihm seine Geschenke ins Gesicht geworfen.«

»Du hast ja auch von ihnen profitiert, oder nicht?«

»Nein. Niemals.«

»Jetzt lügst du, Mädchen. Du hast zwar vom Käse und von den Sardinen nichts genommen, aber die Suppe mit dem Fleisch, das er uns gebracht hat – die hat dir ganz gut geschmeckt. Und der Salat, den du heute gegessen hast, war mit seinem Öl angemacht.«

Annette senkte den Kopf.

»Ich weiß«, flüsterte sie. »Ich konnte mir nicht helfen. Ich hab der Lockung widerstanden, solange es ging, aber es ging nicht länger. Hunger ist etwas Fürchterliches. Er macht aus Menschen wilde Tiere.«

»Sind das nicht allzu große Worte für ein wenig Suppe und Salat?«

Annette sprach weiter, als ob sie nichts gehört hätte:

»Es ist eine Schande. Es ist zum Verzweifeln. Zuerst haben sie uns mit ihren Tanks überrannt, und jetzt ist es der Hunger, mit dem sie unseren Widerstand brechen.«

»Laß die theatralischen Übertreibungen!« rief Madame Périer. »Du mußt endlich Vernunft annehmen und dich auf deine Pflichten besinnen. Du mußt deinem Kind einen Vater verschaffen und deinen Eltern einen tüchtigen Schwiegersohn. Alles andre ist sinnloses Geplapper.«

Annette zuckte die Achseln und schwieg.

Als Hans am nächsten Tag erschien, hatte sie nur einen stummen Blick für ihn, aber kein Wort der Begrüßung.

Hans lächelte.

»Wenigstens bist du nicht weggelaufen«, sagte er. »Das ist schön von dir.«

»Meine Eltern sind ins Dorf hinuntergegangen, damit wir uns aussprechen können. Nehmen Sie Platz.«

Hans zog einen Stuhl heran und setzte sich erwartungsvoll nieder.

»Wie Sie wissen, ist es der Wunsch meiner Eltern, daß ich Sie heirate. Und Sie wissen auch, warum. Sie haben ja alles getan, um meine Eltern herumzukriegen: mit Ihren Geschenken, mit Ihren Versprechungen, mit den Zeitungen, die Sie ihnen zu lesen geben. Es ist Ihnen gelungen. Sie haben meine Eltern herumgekriegt. Mich nicht. Ich denke heute so wenig daran, Sie zu heiraten, wie damals, als ich von Ihnen vergewaltigt wurde. Ich hasse Sie heute genauso wie damals.«

»Erlauben Sie mir, deutsch zu sprechen?« fragte Hans höflich. »Soviel ich weiß, verstehen Sie es recht gut.«

»Allerdings. Ich habe ja Deutschunterricht erteilt. Und ich kenne die Deutschen nicht nur aus Frankreich. Ich war zwei Jahre lang als Gouvernante in Stuttgart.«

Sie sprach französisch. Hans sprach von jetzt an deutsch.

»Ich liebe Sie und ich bewundere Sie«, sagte er. »Ich bewundere Ihre Haltung und sogar Ihre Unversöhnlichkeit, obwohl sie gegen mich gerichtet ist. Ich habe Respekt vor Ihnen. Ich kann Ihren Widerstand gegen eine Heirat mit mir sehr gut begreifen. Aber er wird nicht ewig anhalten. Und Pierre ist tot.«

»Nehmen Sie seinen Namen nicht in den Mund. Sie schänden sein Andenken.«

»Ich wollte sagen, daß ich seinen Tod aufrichtig bedaure. Ich weiß, wie Ihnen zumut ist. Wenn man einen Menschen verliert, den man liebt, dann glaubt man, daß man über diesen Verlust nie hinwegkommen wird. Auch Sie glauben das jetzt. Und Sie können sich jetzt nicht vorstellen, daß die Zeit Ihre Wunde heilen wird.«

»Pierre ist von euch Deutschen kaltblütig erschossen worden.«

»Ihr Kind muß einen Vater haben.«

»Glauben Sie, ich könnte jemals vergessen, daß ich Französin bin und Sie Deutscher? Sind Sie wirklich zu dumm, um zu erkennen, daß dieses Kind uns voneinander trennt, nicht aneinander bindet? Wie soll ich meinen Freunden jemals wieder ins Gesicht sehen, wenn ich zu einem Kind, an dem ich unschuldig bin, auch noch freiwillig einen deutschen Mann nehme? Ich habe nur eine einzige Bitte an Sie: lassen Sie mich endlich in Ruhe! Gehen Sie! Gehen Sie, und kommen Sie um Himmels willen nie mehr wieder!«

»Aber es ist doch auch mein Kind. Und ich will es haben.«

»Sie?! Was kann Ihnen ein Bastard, ein im Rausch gezeugter Wechselbalg bedeuten?«

»Sie sind sehr hart. Gegen mich und gegen sich selbst und gegen das Kind. Es macht mich froh und glücklich, ein Kind von Ihnen zu haben. Es bedeutet mir unendlich viel, dieses Kind. Es hat Gefühle in mir erweckt, die ich nicht kannte und die ich nicht einbüßen will.«

Annette fixierte ihn mit einem kalten, spöttischen Blick.

»Ich weiß nicht«, sagte sie langsam, »was an euch Deutschen widerwärtiger ist: eure Brutalität oder eure Gefühlsduselei.«

»Ich muß die ganze Zeit an ihn denken«, sagte Hans unbeirrt.

»An ihn? Sie haben entschieden, daß es ein Junge wird?«

»Ich möchte ihn in meinen Armen halten. Ich möchte ihn an der Hand nehmen, damit er gehen lernt. Ich möchte ihn alles lehren, was ich kann, reiten und schießen und fischen. Gibt es Fische in eurem Bach hier? Ich werde der stolzeste Vater auf Erden sein.«

Sie starrte ihn an, ausdruckslos und ein wenig abwesend, als begänne sich in ihrem Kopf ein Gedanke zu formen, ein fürchterlicher, erschreckender Gedanke.

Hans merkte nichts.

»Wenn Sie erst einmal sehen, wie sehr ich unser Kind liebe«, sagte er, »dann werden Sie vielleicht auch mich lieb gewinnen.«

Annette fuhr fort, ihn anzustarren.

»Fällt es Ihnen so schwer, ein freundliches Wort für mich zu finden?« fragte er.

Ihre Finger verschlossen sich ineinander, und eine leichte Röte ging über ihr Gesicht.

»Ich kann nichts dagegen tun, von anderen verachtet zu werden. Aber ich will mich nicht selbst verachten. Sie sind und bleiben mein Feind. Ich lebe, um Frankreichs Befreiung zu erleben. Sie wird kommen. Vielleicht nicht im nächsten oder im übernächsten Jahr, vielleicht erst in Jahrzehnten, aber sie wird kommen. Wir haben den Krieg verloren, aber wir sind nicht besiegt. Bitte gehen Sie. Ich weiß, was ich zu tun habe. Keine Macht der Welt kann an meinem Entschluß etwas ändern.«

Eine Minute verstrich.

»Haben Sie schon für einen Arzt gesorgt?« fragte Hans. »Ich komme selbstverständlich für die Kosten auf.«

»Damit sich meine Schande im ganzen Dorf herumspricht? Seien Sie unbesorgt. Meine Mutter wird mir beistehen. Kümmern Sie sich um Ihre eigenen Angelegenheiten.«

Und jetzt blieb ihm nichts mehr übrig, als aufzustehen und das Haus zu verlassen.

Sie sah ihn den Fußpfad zur Landstraße hinuntergehen. Mit einer Mischung aus Zorn und Erstaunen wurde sie gewahr, daß er – wenn auch nur für flüchtige Sekunden – beinahe ein Gefühl der Zuneigung in ihr geweckt hatte.

»Lieber Gott, laß mich nicht schwach werden«, murmelte sie.

Draußen ertönte wütendes Kläffen. Sie sah den alten Hofhund auf Hans zulaufen. Hans hatte sich von Anfang an um die Freundschaft des Tiers bemüht, aber nie etwas andres geerntet als Knurren und Zähnefletschen. Jetzt versetzte er ihm einen derben Tritt. Der Hund wurde ein paar Meter weit weggeschleudert und humpelte jaulend davon.

Unwillkürlich schrie Annette auf. Dieser verdammte Rohling! Dieser verdammte Lügner! Und ich hätte ihm beinahe geglaubt. Ich hätte beinahe Mitleid für ihn empfunden.

Sie blickte in den Spiegel. Es war kein zufriedenes Lächeln, mit dem sie sich betrachtete. Es war eine drohende Grimasse.

Der März kam ins Land. In der Garnison von Soissons herrschte gesteigerte Betriebsamkeit. Hohe Offiziere erschienen zur Inspektion, die Mannschaften rückten zu Feldübungen aus, Gerüchte liefen um. Kein Zweifel: man hatte etwas mit der Truppe vor, aber man wußte noch nichts Genaues. Einige sprachen von einer Entscheidungsschlacht um England, andere tippten auf eine Verlegung der ganzen Heeresgruppe nach dem Balkan oder in die Ukraine. Hans hatte viel zu tun. Erst nach zwei Wochen bekam er Sonntagsurlaub und konnte wieder zu den Périers hinausfahren.

Es war ein grauer, unfreundlicher Vorfrühlingstag, regnerisch und kalt.

»Endlich! Wir dachten schon, daß Sie tot wären«, rief Madame Périer zur Begrüßung.

»Ich konnte nicht früher kommen. Wir stehen vor dem Abmarsch und wissen nicht, wohin.«

»Vor ein paar Stunden ist das Baby zur Welt gekommen. Ein Junge.«

Hans stieß einen Freudenschrei aus, umarmte die dicke Bäuerin und küßte sie auf beide Wangen.

»Ein Junge! Und noch dazu ein Sonntagskind! Darauf müssen wir eine Flasche Champagner trinken. Wie geht es Annette?«

»Sie hatte es nicht sehr schwer. Um Mitternacht begannen die Wehen, um fünf Uhr war alles vorbei.«

Der alte Périer saß in der Küche beim Ofen, schmauchte an seiner Pfeife und lächelte über die Begeisterung des jungen Vaters.

»Ja ja«, nickte er. »Ein erstes Kind. Das hat's noch nie auf der Welt gegeben.«

»Und wie süß es aussieht«, sagte Madame Périer. »Blonde Haare und blaue Augen. Genau wie Sie, Jean.«

»Ich bin so glücklich«, stammelte Hans. »Ich kann gar nicht sagen, wie glücklich ich bin. Und wie schön das Leben ist. Darf ich zu Annette?«

»Lieber nicht. Es würde sie zu sehr aufregen, und das täte ihr jetzt nicht gut.«

»Nein, nur keine Aufregung meinetwegen. Aber wenigstens das Baby möchte ich sehen. Für eine Minute.«

»Warten Sie, vielleicht kann ich's Ihnen herunterbringen.«

Madame Périer verließ die Küche. Man hörte sie die Stiegen hinaufsteigen – und hörte sie gleich darauf wieder herunterkommen.

Die Tür wurde aufgerissen.

»Annette ist nicht in ihrem Zimmer. Und das Baby auch nicht.«

Hans und der alte Périer waren gleichzeitig aufgesprungen. Alle drei eilten in Annettes Zimmer. Es war leer.

»Wo steckt sie denn, wo kann sie denn sein«, heulte Madame Périer. Sie begann durch das Haus zu laufen, hierhin, dorthin, öffnete Türen und schlug sie wieder zu. »Annette! Annette, wo bist du!«

Aber Annette war nirgends.

Der alte Périer starrte reglos vor sich hin.

»Wie kann sie denn nur aus dem Haus gelangt sein, ohne daß man's bemerkt hat?« fragte Hans.

»Durch die Hintertür. Fragen Sie nicht so dumm.«

»Und diese Kälte draußen! O mein Gott, mein Gott!« Madame Périer schlug verzweifelt die Hände über dem Kopf zusammen.

»Wir müssen sie suchen«, keuchte Hans. »Wo?«

»Ich habe Angst«, flüsterte Madame Périer. »Gehen wir zuerst zum Bach. Ich weiß nicht, warum. Ich habe Angst.«

Aus entsetzten Augen sah Hans sie an, dann war er mit einem Satz an der Türe.

Er kam nicht mehr dazu, sie zu öffnen. Annette trat ein, im Nachthemd, darüber einen Schlafrock aus billigem Rayon. Sie war völlig durchnäßt, das Haar hing ihr wirr ins Gesicht, so stand sie da, totenblaß und schwer atmend.

Mit einem Satz war Madame Périer bei ihr und schloß sie in die Arme.

»Wo warst du? Mein armes Kind! Gott sei Dank, daß du da bist! Und ganz durchnäßt! Lieber Himmel, was soll das alles!«

Annette machte sich frei und trat einen Schritt auf Hans zu.

»Sie sind im richtigen Augenblick gekommen.«

»Wo ist das Baby?«

»Ich durfte nicht warten.« Annette wandte sich wieder an ihre Mutter. »Wenn ich gewartet hätte, wäre mir vielleicht der Mut vergangen. Deshalb hab ich's sofort getan.«

»Was hast du getan, Annette? Was?«

»Das, was sein mußte. Ich hab das Kleine zum Wasser genommen und hab's so lange hineingehalten, bis es erlöst war.«

Der kehlige Aufschrei, der das Schweigen unterbrach, kam von Hans. Es war der Schrei eines verwundeten Tiers.

Dann schlug er die Hände vors Gesicht und taumelte hinaus, als wäre er betrunken. Betrunken wie damals ...

Das wilde Schluchzen, von dem Annette geschüttelt wurde, hörte er nicht mehr.

Die Flucht

Wenn eine Frau sich entschlossen hat, einen bestimmten Mann zu heiraten, kann dieser Mann – das ist meine feste Überzeugung – sich nur durch rascheste Flucht retten. Und nicht einmal dann ist er sicher. Einer meiner Freunde, der die Katastrophe herannahen sah, schiffte sich im nächstgelegenen Hafen ein (mit einer Zahnbürste als ganzem Gepäck, so eilig hatte er's) und bereiste für die Dauer eines Jahres die Erdkugel. Als er der drohenden Gefahr entronnen zu sein glaubte – Frauen sind wankelmütig, sagte er sich, und in zwölf Monaten wird sie mich doch wohl vergessen haben –, ging er in demselben Hafen wieder an Land. Auf dem Pier aber stand die kleine Frau, vor der er geflohen war, und winkte ihm fröhlich zu.

Ich habe nur einen einzigen Mann gekannt, dem es unter solchen Umständen noch gelang, seinen Kopf aus der Schlinge zu ziehen. Er hieß Roger Charing.

Roger Charing war nicht mehr ganz jung, als er sich in Ruth Barlow verliebte, und er besaß genügend Erfahrung, um nicht blindlings in eine Falle zu rennen. Ruth Barlow ihrerseits besaß eine Gabe, mit der sie die Männer jeder Widerstandskraft beraubte und vor der auch Roger seinen gesunden Menschenverstand, seine weltläufige Überlegenheit und seine kühle Zurückhaltung einbüßte. Es war die Gabe, hilflos zu erscheinen. Dabei kamen der zweimal verwitweten Mrs. Barlow ihre wunderschönen dunklen Augen sehr zustatten – die traurigsten Augen, die ich je gesehen habe. Sie machten immer den Eindruck, als wollten sie sich in der nächsten Sekunde mit Tränen füllen, als wollten sie der Umwelt zu verstehen geben, daß das Erdendasein schlechthin unerträglich sei. Offenbar hatte die Inhaberin dieses Augenpaares mehr gelitten, als einem Menschen zugemutet werden durfte. Und wer wie Roger Charing über eine imposante Statur, eine Menge Tatkraft und eine Menge Geld verfügte, dem drängte sich unweigerlich die Erkenntnis auf, daß er dieses schutzbedürftige kleine Wesen gegen die Unbill der Welt verteidigen und daß er die Schatten des Kummers, die um diese großen, märchendunklen Augen lagen, ein für allemal tilgen müsse.

Mrs. Barlow, so erzählte mir Roger, war vom Schicksal ganz miserabel behandelt worden. Sie gehörte zu jenen Unglücklichen, denen alles im Leben mißlingt. Der Mann, den sie zum Gatten erkor, prügelte sie. Der Bankier, der ihr Geld verwaltete, betrog sie. Der Koch, den sie aufnahm, ergab sich dem Trunk. Und hätte sie ein Häschen in der Grube besessen – es wäre, statt zu hüpfen, verendet.

Als Roger mir eines Tags berichtete, daß er sie endlich überredet hätte, ihn zu heiraten, wünschte ich ihm viel Glück.

»Hoffentlich werdet ihr gut miteinander auskommen«, replizierte er. »Sie fürchtet sich ein wenig vor dir, mußt du wissen. Sie hält dich für vollkommen gefühllos.«

»Ich ahne nicht, was sie dazu veranlassen könnte.«

»Du magst sie doch?«

»Sehr.«

»Das Leben hat ihr fürchterlich mitgespielt, der Ärmsten. Sie tut mir so unsagbar leid.«

»Ja«, sagte ich.

Weniger konnte ich nicht sagen. In meinen Augen war Mrs. Barlow eine stahlharte Mischung aus Dummheit und Egoismus. Wir hatten einander das erstemal bei einer Bridgepartie getroffen, und sie hatte, sooft wir zusammenspielten, meine schönsten Pläne schändlich durchkreuzt. Ich ertrug es mit engelsgleicher Geduld. Dann wechselten die Partner, und Mrs. Barlow verlor eine hübsche Summe Geldes an mich. Sie versprach, mir einen Scheck zu schicken, und schickte ihn nie. Bei unserer nächsten Begegnung konnte ich mich des häßlichen Gedankens nicht erwehren, daß der vorwurfsvoll leidende Gesichtsausdruck, den sie zur Schau trug, eigentlich mir zustünde.

Roger machte sie mit seinen Freunden bekannt, überhäufte sie mit Schmuck, nahm sie mit, wo immer er hinging. Der Hochzeitstermin wurde angekündigt. Roger strahlte vor Glück. Er war im Begriff, eine gute Tat zu tun und sich zugleich einen Wunsch zu erfüllen. Da so etwas nicht alle Tage vorkommt, durfte man ihm seine Selbstzufriedenheit nicht übelnehmen, auch wenn er sie ein wenig übertrieb.

Und dann, ganz plötzlich, war es mit Rogers Liebe zu Ruth Barlow vorbei. Niemand wußte, warum. Daß ihre Gespräche ihn langweilten, konnte unmöglich der Grund sein, denn sie führten keine Gespräche. Vielleicht lag es daran, daß ihr ewig mitleidheischender Blick sein Herz nicht mehr rührte. Jedenfalls hatte Roger Charing zu sich selbst und zu seiner erprobten Vernunft zurückgefunden, jedenfalls war ihm klar geworden, daß Ruth Barlow es mit kalter Berechnung darauf abgesehen hatte, ihn ins Ehejoch zu zwingen. Und er schwor sich zu, daß ihr das nicht gelingen sollte.

Freilich, es würde nicht leicht sein, ihr zu entkommen. Jetzt, im Vollbesitz seiner gesunden Sinne, erkannte er haarscharf, welchem Typus Frau er gegenüberstand. Wenn er sie bäte, ihn freizugeben, würde sie – hilflos, wie sie war – für ihre verletzten Gefühle eine unverhältnismäßig hohe Schadenssumme beanspruchen. Außerdem ist es für einen Mann immer peinlich, eine Frau sitzenzulassen. Er kommt dann leicht in den Ruf, kein Gentleman zu sein.

Roger legte sich eine sehr kluge Taktik zurecht. Weder durch Worte noch durch Taten gab er zu erkennen, daß seine Gefühle für Ruth Barlow sich geändert hätten. Nach wie vor erfüllte er ihr jeden Wunsch, führte sie in die besten Restaurants, ging mit ihr ins Theater, schickte ihr Blumen, blieb aufmerksam und liebenswürdig.

Sie waren übereingekommen, daß sie heiraten würden, sobald sie ein passendes Haus gefunden hätten, denn weder seine Junggesellenwohnung noch ihr möbliertes Appartement kamen als künftiger Wohnsitz in Betracht. Roger bekam Adressen von allen möglichen Maklern und besah mit Ruth jedes einzelne Haus. Keines wollte ihnen zusagen. Roger forderte weitere Listen an, nahm gemeinsam mit Ruth weitere Häuser in Augenschein, prüfte sie vom Keller bis zum Dachboden. Manche waren zu groß, manche zu klein, manche zu teuer, manche reparaturbedürftig. Das eine lag zu weit vom Zentrum entfernt, das andere zu nahe. Dieses war zu muffig, jenes zu kühl, dieses zu dunkel, jenes zu hell. An jedem fand Roger etwas auszusetzen. Er konnte seiner geliebten Ruth doch nicht zumuten, in einem Haus zu wohnen, das nicht vollkommen war. Und das vollkommene Haus mußte eben noch gefunden werden.

Die Suche nach einem Haus ist eine anstrengende und bei längerer Dauer sogar lästige Beschäftigung. Ruth zeigte erste Anzeichen von Verdrießlichkeit. Roger bat sie inständig um etwas Geduld. Irgendwo stand ganz gewiß das Haus, nach dem sie suchten. Und wer sucht, der findet. Man darf nicht so leicht aufgeben.

Sie besichtigten Hunderte Häuser. Sie erklommen Tausende Stiegen. Sie inspizierten Küchen und Keller und Gemächer bis zur Erschöpfung, die sich besonders bei Ruth immer deutlicher geltend machte.

»Es wäre hoch an der Zeit, daß du eine Entscheidung triffst«, sagte sie. »Sonst muß ich mir die ganze Sache nochmals überlegen. Auf diese Weise dauert es ja noch jahrelang bis zu unserer Hochzeit.«

»So darfst du nicht reden«, antwortete Roger. »Ich beschwöre dich: hab noch ein wenig Geduld. Gerade heute sind neue Listen angekommen, mit mindestens sechzig neuen Adressen. Einmal muß es ja klappen.«

Die Suche wurde fortgesetzt, und als sie die sechzig Häuser abgeklappert hatten, suchten sie weiter. Sie sahen Haus um Haus, sie sahen zwei Jahre lang nichts als Häuser. Ruth wurde immer schweigsamer. Der rührend hilflose Blick ihrer wunderschönen Augen umdüsterte sich zusehends. Endlich brach es aus ihr hervor:

»Willst du mich heiraten oder nicht?!«

Ihre Stimme klang ungewohnt hart, aber das änderte nichts an Rogers Sanftmut:

»Natürlich will ich dich heiraten. Was für eine Frage. Sowie wir das richtige Haus gefunden haben, heiraten wir. Übrigens hat mir einer meiner Freunde einen sehr guten Tip gegeben. Wollen wir hingehen?«

»Ich fühle mich nicht wohl«, sagte Ruth. »Ich bin physisch außerstande, noch irgendwelche Häuser zu besichtigen.«

»Mein armer Liebling. Kein Wunder, daß all die Strapazen dich ermüdet haben. Man sieht's dir an.«

Ruth Barlow erkrankte. Sie hütete das Bett und weigerte sich, Roger zu sehen. Er mußte sich damit begnügen, ihr täglich Blumen zu schicken und sich telephonisch nach ihrem Befinden zu erkundigen, was er mit gewohnter Liebenswürdigkeit besorgte. Auch schrieb er ihr teilnahmsvolle Briefe, besonders wenn er von einem neuen Haus gehört hatte.

Der Brief, den er nach einigen Wochen von Ruth erhielt, lautete wie folgt:

Roger – ich glaube nicht, daß Du mich wirklich liebst. Es gibt einen Mann, dem es ein Herzensbedürfnis ist, für mich zu sorgen. Ich heirate ihn heute. *Ruth*

Ein Eilbote brachte Rogers Antwort:

Ruth – Deine Nachricht trifft mich schwer. Ich werde diesen Schock nie verwinden. Aber Dein Glück geht mir selbstverständlich über alles. In der Beilage findest Du sieben neue Adressen, die ich mit der heutigen Post bekommen habe. Ich bin sicher, daß Du unter ihnen etwas Passendes finden wirst.
Roger

Der Oberste Richterstuhl

Sie warteten geduldig, bis die Reihe an sie kam. Doch Geduld war ihnen nichts Neues; sie hatten diese Tugend dreißig Jahre lang geübt, alle drei, mit grimmiger Entschlossenheit. Ihr Leben war eine lange Vorbereitung auf diesen Augenblick gewesen, und sie blickten nun dem Ausgang, wenn auch nicht mit Selbstvertrauen – das wäre bei solch erhabener Gelegenheit nicht am Platz gewesen –, so doch mit Hoffnung und Mut entgegen. Sie hatten den schmalen und steinigen Pfad gewählt, als die blumigen Matten der Sünde sich nur allzu einladend vor ihnen ausgebreitet hatten; mit erhobenen Häuptern, wenn auch brechenden Herzens, hatten sie der Versuchung standgehalten; und nun, nachdem die dornenvolle Reise überstanden war, erwarteten sie ihre Belohnung. Sie brauchten nicht zu sprechen, denn jedes kannte die Gedanken des andern, und alle drei wußten, daß ihre körperlosen Seelen von dem gleichen Gefühl dankbarer Erleichterung erfüllt waren. Von welcher Qual wären sie nun verzehrt, hätten sie der Leidenschaft nachgegeben, die ihnen so unwiderstehlich erschienen war, und welcher Wahnsinn wäre es gewesen, für ein paar kurze Jahre des Glückes das ewige Leben hinzuopfern, das ihnen nun mit solch strahlendem Glanz entgegenleuchtete! Sie fühlten sich wie Menschen, die um Haaresbreite einem plötzlichen und gewaltsamen Tode entgangen sind und nun ihre Hände und Füße betasten und, kaum imstande zu glauben, daß sie noch leben, erstaunt um sich blicken. Sie hatten nichts getan, was sie sich vorwerfen konnten, und als nun ihre Engel erschienen und ihnen verkündeten, daß ihr Augenblick gekommen war, folgten sie ihnen, wie sie durch die nun so weit hinter ihnen liegende Welt gewandelt waren, mit dem beglückenden Bewußtsein, ihre Pflicht getan zu haben. Sie standen etwas abseits, denn der Andrang war groß; ein furchtbarer Krieg war im Gange, und seit Jahren strömten Soldaten aller Nationen, junge Männer in der Blüte ihrer Jugend, vor den Obersten Richterstuhl; auch Frauen und Kinder, deren Leben durch Gewalt, oder noch schlimmer, durch Kummer, Krankheit und Hunger ein vorzeitiges Ende gefunden hatte; und in den himmlischen Gefilden herrschte nicht geringe Verwirrung.

Der Krieg war auch schuld daran, daß diese drei bleichen, bebenden Geister in Erwartung ihres Richterspruches dastanden. Denn John und Mary waren Passagiere eines Schiffes gewesen, das durch den Torpedo eines Unterseebootes versenkt worden war; und Ruth, in ihrer Gesundheit erschüttert durch die anstrengende Arbeit, der sie sich mit so edler Selbstaufopferung hingegeben hatte, brach, als sie von dem Tode des Mannes erfuhr, den sie von ganzem Herzen geliebt hatte, unter dem Schlage zusammen und starb. John hätte sich in Wirklichkeit retten können, wenn er nicht versucht hätte, seine Frau zu retten; er haßte sie; er haßte sie seit dreißig Jahren bis auf den Grund seiner Seele; aber er hatte stets seine Pflicht ihr gegenüber erfüllt, und nun, im Augenblick einer furchtbaren Gefahr, kam es ihm gar nicht in den Sinn, anders zu handeln.

Endlich faßten ihre Engel sie bei der Hand und führten sie vor das Antlitz des Herrn. Eine Weile nahm der Ewige nicht die geringste Notiz von ihnen. Um die Wahrheit zu sagen: er war schlechter Laune. Knapp zuvor hatte ein Philosoph, hoch an Jahren und reich an Ehren, vor seinem Richterstuhl gestanden und ihm unverblümt ins Gesicht gesagt, daß er nicht an ihn glaube. Dies allein nun hätte die Seelenruhe des Königs der Könige allerdings nicht stören, es hätte ihm höchstens ein Lächeln abringen können; aber der Philosoph hatte – indem er sich vielleicht auf unfaire Weise auf die bedauerlichen Ereignisse bezog, die sich gegenwärtig auf Erden abspielten – einige taktlose Fragen an ihn gestellt. Er hatte den Ewigen gefragt, wie er es fertigbrächte – leidenschaftslos betrachtet –, seine Allmacht mit seiner Allgüte in Einklang zu bringen.

»Niemand kann die Existenz des Bösen leugnen«, hatte der Philosoph knapp und bündig erklärt. »Wenn nun Gott das Böse nicht verhindern kann, so ist er nicht allmächtig, kann er es aber und tut er es nicht, dann ist er nicht allgütig.«

Dieses Argument war dem Allwissenden natürlich nicht neu, aber er hatte es immer abgelehnt, sich damit auseinanderzusetzen; Tatsache ist nämlich, daß er, trotz seiner Allwissenheit, die Antwort darauf nicht wußte. Selbst Gott kann aus zwei und zwei nicht fünf machen. Aber der Philosoph, der sich seinen Vorteil zunutze machte und, was Philosophen ja so häufig tun, aus einer vernünftigen Voraussetzung einen ungerechtfertigten Schluß zog, hatte mit einer Erklärung geschlossen, die unter den gegebenen Umständen einfach unerhört war.

»Ich lehne es ab«, hatte er ausgerufen, »an einen Gott zu glauben, der nicht allmächtig und allgütig ist.«

Es geschah also vielleicht nicht ohne eine gewisse Erleichterung, daß der Ewige seine Aufmerksamkeit nun den drei Schatten zuwandte, die demütig und doch hoffnungsvoll vor seinem Thron standen. Wenn lebendige Menschen, die nur so kurze Zeit vor sich haben, von sich selber reden, so sprechen sie zuviel; aber die Toten, vor denen die Unendlichkeit liegt, sind dermaßen geschwätzig, daß nur Engel ihnen mit Höflichkeit zuhören können. Das Folgende nun, in Kürze, ist die Geschichte, die diese drei vorbrachten. John und Mary waren glücklich fünf Jahre miteinander verheiratet gewesen, und bis zu dem Augenblick, da John Ruth kennenlernte, hatten sie einander, wie es bei Ehepaaren zumeist der Fall ist, mit aufrichtiger Zuneigung und gegenseitiger Achtung geliebt. Ruth war achtzehn Jahre alt, um zehn Jahre jünger als er, ein bezauberndes, anmutiges Tier von überraschender, alles bezwingender Lieblichkeit; sie war gesund an Leib und Seele und bei allem Verlangen nach dem natürlichen Glück des Lebens imstande, sich zu jener inneren Größe aufzuschwingen, die man Schönheit der Seele nannte. John verliebte sich in sie und sie sich in ihn. Aber es war keine gewöhnliche Leidenschaft, welche die beiden erfaßte; es war etwas dermaßen Überwältigendes, daß sie das Gefühl hatten, die ganze lange Geschichte der Welt hätte bloß deshalb Bedeutung, weil sie sie zu dem Augenblick und zu dem Ort hingeführt hatte, an dem sie einander gefunden hatten. Sie liebten wie Daphnis und Chloe oder wie Paolo und Francesca. Aber nach jenem ersten Augenblick der Seligkeit, an dem sie einander ihre Liebe offenbart hatten, wurden sie von Entsetzen erfaßt. Sie waren anständige Menschen und achteten sich selbst, die Grundsätze, in denen sie erzogen worden waren, und die Gesellschaft, in der sie lebten. Wie konnte er ein unschuldiges Mädchen betrügen, und was hatte sie mit einem verheirateten Mann zu tun? Dann entdeckten sie, daß Mary von ihrer Liebe wußte. Die vertrauensvolle Zuneigung, die sie ihrem Gatten entgegengebracht hatte, war erschüttert; und es entstanden Gefühle in ihr, deren sie sich nie für fähig gehalten hätte, Eifersucht und die Angst, daß er sie verlassen könnte, Zorn, weil sie sich in dem Besitz seines Herzens bedroht sah, und ein seltsamer Hunger der Seele, der schmerzvoller war als Liebe. Sie fühlte, daß sie sterben würde, wenn er sie verließ; und doch wußte sie, daß er liebte, weil die Liebe zu ihm gekommen war, und nicht, weil er sie gesucht hatte. Sie gab ihm keine Schuld; sie betete um Kraft; sie weinte stille, bittere Tränen. John und Ruth sahen sie vor ihren Augen dahinsiechen. Der Kampf war lang und schmerzvoll. Manchmal meinten sie, sie wären am Ende, sie könnten der Leidenschaft nicht länger widerstehen, die ihnen das Mark in den Knochen verbrannte. Sie widerstanden. Sie rangen mit dem Bösen, wie Jakob mit dem Engel Gottes gerungen hatte, und endlich siegten sie. Mit gebrochenem Herzen, aber stolz auf ihre Unschuld, gingen sie auseinander. Sie brachten Gott ein Opfer dar: ihre Hoffnung auf Glück, die Freude des Lebens und die Schönheit der Welt.

Ruth hatte allzu leidenschaftlich geliebt, um jemals wieder lieben zu können, und mit versteintem Herzen wandte sie sich Gott und gottgefälligen Werken zu. Sie war unermüdlich. Sie pflegte die Kranken und half den Armen. Sie gründete Waisenhäuser und leitete wohltätige Institutionen. Und nach und nach verschwand ihre Schönheit, die sie nicht länger pflegte, und ihr Gesicht wurde so hart wie ihr Herz. Ihre Frömmigkeit war fanatisch und beschränkt; selbst ihre Güte war grausam, weil sie nicht der Liebe, sondern dem Verstand entsprang; sie wurde herrschsüchtig, unduldsam und nachträgerisch. Und John schleppte sich resigniert, aber grollend und böse durch die freudlosen Jahre und wartete auf die Erlösung durch den Tod. Das Leben verlor seinen Sinn für ihn; er hatte das Seine vollbracht und war ein besiegter Sieger; die einzige Empfindung, die noch lebendig in ihm geblieben war, war der unentwegte geheime Haß, mit dem er seine Frau betrachtete. Er behandelte sie mit Güte und Rücksicht; er tat alles, was man von einem Mann erwarten konnte, der ein Christ und ein Gentleman war. Er kannte seine Pflicht. Mary war eine gute, treue und – man muß es gestehn – außerordentliche Frau; sie dachte nie daran, ihrem Gatten wegen des Wahnsinns, der über ihn gekommen war, Vorwürfe zu machen; aber in ihrem Innern konnte sie ihm das Opfer, das er ihr gebracht hatte, nicht verzeihen. Sie wurde säuerlich und zänkisch. Obgleich sie sich deshalb verabscheute, brachte sie es doch nicht fertig, Dinge ungesagt zu lassen, von denen sie wußte, daß sie ihn verletzen würden. Sie hätte gern ihr Leben für ihn geopfert, aber sie konnte es nicht ertragen, daß er auch nur einen Augenblick glücklich war, während sie selbst so elend war, daß sie sich hundertmal den Tod gewünscht hatte. Nun, jetzt war sie tot, und auch die beiden andern waren tot; das Leben war grau und freudlos gewesen – aber nun war es vorbei; sie hatten nicht gesündigt und durften ihrer Belohnung gewärtig sein.

Sie hatten zu Ende gesprochen, und es trat Stille ein. Tiefe Stille herrschte in den himmlischen Gefilden. ›Geht zum Teufel‹, waren die Worte, die von des Ewigen Lippen kamen; aber er sprach sie nicht aus, denn sie gehörten auf ein sprachliches Niveau, das er berechtigterweise mit der Feierlichkeit des Augenblickes für unvereinbar hielt. Überdies wäre ein derartiger Urteilsspruch in diesem Falle nicht am Platze gewesen. Aber seine Stirn verfinsterte sich. Ließ er *dazu* die aufsteigende Sonne über das unendliche Meer hinscheinen, den Schnee auf den Bergesgipfeln glitzern; sangen *dazu* die Bäche so fröhlich, während sie über die steinigen Hänge zu Tal sprangen, und wogte *dazu* das goldene Korn im Abendwind?

»Manchmal glaube ich«, sagte der Ewige, »daß die Sterne niemals heller leuchten, als wenn sie sich in dem schmutzigen Wasser eines Straßentümpels spiegeln.«

Aber die drei Schatten standen vor ihm und nun, da sie ihm ihre unglückselige Geschichte vorgetragen hatten, konnten sie sich einer gewissen Befriedigung nicht erwehren. Es war ein bitterer Kampf gewesen, aber sie hatten ihn bestanden. Der Ewige blies leicht, er blies, wie ein Mensch ein Streichholz ausbläst, und siehe da!, wo die drei armen Schatten gestanden hatten – war nichts. Der Ewige hatte sie ausgelöscht.

»Ich habe mich oft gefragt, warum die Menschen glauben, daß ich sexuelle Unregelmäßigkeiten so schwernehme. Läsen sie meine Werke aufmerksamer, würden sie sehen, daß ich dieser besonderen Form menschlicher Schwäche stets sehr viel Nachsicht entgegengebracht habe.«

Dann wandte er sich dem Philosophen zu, der immer noch auf Antwort wartend dastand.

»Sie werden mir zugeben«, sagte der Ewige, »daß es mir in diesem Falle sehr wohl gelungen ist, Allmacht und Allgüte zugleich zu üben.«

Mister Allwissend

Ich fand diesen Max Kelada unsympathisch, noch ehe ich ihn kannte. Es war kurz nach Kriegsende. Der Schiffsverkehr stieg an, die Passagierdampfer sämtlicher Linien waren überfüllt, man hatte Mühe, einen Platz zu ergattern und durfte sich erst gar keine Hoffnung auf eine Einzelkabine machen. Ich konnte noch von Glück sagen, daß die mir zugewiesene Kabine nur zwei Betten aufwies.

Mein Glücksgefühl sank, als ich den Namen meines Reisegefährten erfuhr. Er weckte in mir die zwingende Vorstellung dichtverriegelter Luken und muffiger Luft. Eine Kabine vierzehn Tage lang – ich fuhr von San Francisco nach Yokohama – mit einem fremden Menschen teilen zu müssen, war schlimm genug. Aber ich hätte es leichter ertragen, wenn der Name dieses fremden Menschen Smith oder Brown gewesen wäre.

Als ich an Bord kam, stand Mr. Keladas Gepäck bereits in unserer Kabine. Es mißfiel mir auf den ersten Blick, weil es zu viele Hotel-Etiketten trug und weil der Schrankkoffer zu pompös war. An den schon ausgepackten Toilettengegenständen konnte ich feststellen, daß Mr. Kelada zu den Kunden des vortrefflichen Monsieur Coty zählte. Kölnischwasser, Haarwasser, Brillantine – alles von Coty. Auf den Elfenbeingriffen seiner diversen Bürsten prangte in goldenen Lettern das Monogramm M. K. Wie ich schon sagte: Mr. Kelada war mir sofort unsympathisch.

Ich ging in den Rauchsalon, verlangte ein Paket Spielkarten und begann eine Patience zu legen.

Nach wenigen Sekunden sah ich mich einem Mann gegenüber, der mich fragte, ob er in mir seinen Reisegefährten vermuten dürfe. Er selbst stellte sich als Mr. Kelada vor, fletschte mir mit blinkenden Zähnen ein Lächeln zu und nahm unaufgefordert Platz.

Ich bestätigte ihm, daß wir die Kabine miteinander teilten.

»Da haben wir Glück«, replizierte er. »Man weiß ja nie, mit wem man's auf einer solchen Reise zu tun bekommt. Ich war mächtig froh, als ich hörte, daß Sie Engländer sind. Wissen

Sie, wir Engländer müssen zusammenhalten. Besonders im Ausland. Sie verstehen, was ich meine.«

Ich verstand und fragte ein wenig taktlos:

»Sie sind Engländer?«

»Allerdings. Oder haben Sie mich vielleicht für einen Amerikaner gehalten? Britisch bis in die Knochen, jawohl, das bin ich.«

Zum Beweis zog Mr. Kelada seinen Reisepaß aus der Tasche und hielt ihn mir unter die Nase.

König George hat viele sonderbare Untertanen, und Mr. Kelada war zweifellos einer der sonderbarsten: von kleinem, stämmigem Wuchs, das dunkelhäutige Gesicht mit peinlicher Sorgfalt rasiert, eine fleischige, gekrümmte Nase, sehr große, sehr lebhafte, sehr hervorquellende Augen und langes schwarzes, brillantinegepflegtes Haar, das sich im Nacken kräuselte. Er sprach mit einer keineswegs britisch wirkenden Geschwindigkeit und weitausladenden Handbewegungen. Kein Zweifel: eine genauere Untersuchung seines Passes hätte ergeben, daß Mr. Kelada unter einem beträchtlich sonnigeren Himmel geboren war, als man ihn in England zu sehen bekommt.

»Was nehmen Sie?« fragte er mich.

Ich sah ihn zweifelnd an. Um diese Zeit war in Amerika noch die Prohibition in Kraft; sie galt, soviel ich feststellen konnte, auch für unser Schiff. Es blieb mir also nur die Wahl zwischen Ginger Ale und Zitronenlimonade, und ich finde beides abscheulich.

»Whisky oder einen trockenen Martini?« Mr. Kelada bedachte mich mit einem breiten orientalischen Lächeln. »Sie brauchen nur zu befehlen.«

Damit fischte er aus den Seitentaschen seines Jacketts zwei Flaschen hervor und stellte sie auf den Tisch. Ich entschied mich für den Martini. Mr. Kelada bestellte beim Steward zwei Gläser und Eiswürfel.

»Schmeckt gut«, sagte ich.

»Das freut mich. Und wo das herkommt, gibt's noch mehr davon. In meinem Reisegepäck, meine ich. Wenn Sie Freunde an Bord haben, dann sollten Sie keinem einzigen verheimlichen, daß sich in der Kabine eines Ihnen gut bekannten Passagiers größere Mengen von Antiprohibition befinden.«

Mr. Kelada kam ins Plaudern. Er sprach über New York und

San Francisco, über Theateraufführungen und Konzerte, über Bücher und Politik. Außerdem war er ein Patriot. Nun ist ja die britische Nationalflagge ganz gewiß ein eindrucksvolles Produkt heimischer Webkunst, aber wenn sie von einem aus Alexandria oder Beirut stammenden Herrn allzu aufdringlich geschwenkt wird, büßt sie etwas von ihrer Würde ein. Auch Mr. Keladas Leutseligkeit ging mir allmählich auf die Nerven. Von einem mir ganz fremden Menschen darf ich doch wohl erwarten, daß er mich nicht beim bloßen Namen anredet. Aber Mr. Kelada – vielleicht um für Entspannung und Gemütlichkeit zu sorgen – ließ solche Formalitäten gar nicht erst aufkommen. Nein, Mr. Kelada war mir nicht sympathisch.

Ich hatte die Karten weggelegt, als er mir seine unerbetene Gesellschaft zuteil werden ließ. Jetzt, so fand ich, war es für eine erste Fühlungnahme genug. Ich fuhr in meiner Patience fort.

»Die Drei auf die Vier«, sagte Mr. Kelada.

Nichts erzürnt mich mehr, als wenn mir beim Patience-Legen jemand mitteilt, wohin ich eine Karte legen soll, die ich selbst noch gar nicht gesehen habe.

»Die Patience geht auf!« jubelte er. »Sie geht auf! Die Zehn auf den Buben!«

Verzweiflung und Abscheu im Herzen, beendigte ich mein Spiel und schob die Karten zusammen. Sogleich ergriff Mr. Kelada das Päckchen.

»Lieben Sie Kartenkunststücke?«

»Ich hasse Kartenkunststücke«, antwortete ich.

»Dann will ich Ihnen nur dieses eine hier zeigen.«

Er zeigte mir drei und hätte mir bestimmt noch ein viertes gezeigt, wenn ich ihn nicht informiert hätte, daß ich in den Speisesaal gehen wolle, um mir einen Tischplatz zu besorgen.

»Schon erledigt«, sagte Mr. Kelada. »Ich habe für uns beide einen Tisch reserviert. Da wir Kabinengefährten sind, sollten wir auch Tischgefährten sein.«

Mr. Kelada war mir nicht sympathisch.

Ich teilte die Kabine mit ihm, ich nahm drei Mahlzeiten täglich in seiner Gesellschaft ein, ich konnte nicht den kleinsten Spaziergang auf Deck unternehmen, ohne daß er plötzlich neben mir auftauchte. Es gab keine Möglichkeit, ihn loszuwerden. Auf den Gedanken, daß er einem lästig werden könnte, verfiel er nicht. Er war überzeugt, daß seine Umwelt ihn ebenso anziehend fände wie er seine Umwelt. Selbst wenn man ihn irgendwo die Stiegen hinuntergeworfen und die Tür hinter ihm zugeschlagen hätte, wäre nicht der leiseste Verdacht in ihm aufgestiegen, daß sein Besuch vielleicht unerwünscht sei. Er fand sich überall zurecht, auch hier an Bord, wo er bald jedermann kannte. Er beförderte sich zum Maître de Plaisir, organisierte allerlei Spiele, leitete Auktionen, sammelte Geld für die Preise, die er den Gewinnern sportlicher Veranstaltungen überreichte, arrangierte eine Mini-Golf-Konkurrenz, ein Bridge-Turnier, einen Maskenball. Er war überall und immer an mehreren Orten gleichzeitig. Er war der unbeliebteste Mann auf dem ganzen Schiff. Wir nannten ihn ›Herr Besserwisser‹ und sagten es ihm sogar ins Gesicht. Er faßte es als Kompliment auf. Den Gipfel seiner Unerträglichkeit erreichte er während der Mahlzeiten. Da war man ihm für mindestens eine Stunde restlos ausgeliefert. Er floß vor Jovialität über, er war ebenso redselig wie streitlustig, wollte immer recht behalten und gab ein Gesprächsthema niemals auf, bevor er seine Ansicht durchgesetzt hatte. Er wußte alles besser.

Wir saßen am Tisch des Schiffsarztes. Mr. Kelada hätte sicherlich auch hier das Gespräch beherrscht, denn der Arzt war von eher schläfriger Wesensart und ich selbst verspürte keine Lust, mich auf eine Konkurrenz mit Mr. Kelada einzulassen. Das wurde mir von einem anderen Herrn am Tisch abgenommen. Er hieß Ramsay, war ebenso rechthaberisch wie Mr. Kelada und wurde von der eitlen Selbstsicherheit des Levantiners immer wieder in Harnisch gebracht. Die Diskussionen zwischen den beiden verliefen äußerst hitzig.

Ramsay gehörte zum Stab des amerikanischen Konsulats in Kobe. Er war ein großer, schwerfälliger Geselle aus dem Mittelwesten, dessen wuchtige, muskelstrotzende Figur aus allen Nähten seines fertig gekauften Anzugs zu platzen drohte. Nach einem kurzen Urlaub in New York befand er sich jetzt auf dem Rückweg zu seiner Dienststelle, in Begleitung seiner Frau, die er ein Jahr lang in New York alleine gelassen hatte. Mrs. Ramsay war ein hübsches kleines Ding mit angenehmen Manieren und Sinn für Humor. Da der konsularische Dienst nicht besonders gut bezahlt wird, konnte sie keinen großen Toilettenluxus treiben, wußte jedoch ihre einfachen Kleider sehr vorteilhaft zur Geltung zu bringen. Sie wirkte still und distinguiert, und mit diesen Eigenschaften – die man heutzutage beim weiblichen Geschlecht nicht mehr oft antrifft – zog sie meine Aufmerksamkeit auf sich. Man konnte sie nicht ansehen, ohne von ihrer vornehmen Zurückhaltung beeindruckt zu sein.

Eines Abends kamen wir während des Dinners zufällig auf Perlen zu sprechen. Die Zeitungen hatten davon berichtet, daß sich die geschäftstüchtigen Japaner neuerdings in großem Ausmaß auf die Herstellung von Zuchtperlen warfen, und der Schiffsarzt meinte, daß die echten Perlen nun unweigerlich an Wert verlieren würden. Schon jetzt konnte man falsche Perlen nur mit Mühe von echten unterscheiden, und über kurz oder lang würde das unmöglich sein.

Wie immer in solchen Fällen, riß Mr. Kelada das Gespräch sofort an sich und erzählte uns alles Wissenswerte über Perlen. Ob Ramsay etwas davon verstand, weiß ich nicht – jedenfalls wollte er sich die Gelegenheit nicht entgehen lassen, dem Levantiner eins auszuwischen. Binnen kurzem war zwischen den beiden ein heftiges Wortgefecht im Gange. Mr. Keladas Redefluß ließ ja auch sonst nichts an Vehemenz zu wünschen übrig, aber diesmal übertraf er sich selbst. Und eine Bemerkung Ramsays reizte ihn so zur Wut, daß er mit der Faust auf den Tisch hieb.

»Mir erzählen Sie nichts!« brüllte er. »Ich kenne mich aus! Was glauben Sie, wozu ich jetzt nach Japan fahre? Um ins Zuchtperlengeschäft einzusteigen! Ich bin nämlich aus der Branche. Fragen Sie, wen Sie wollen. Jeder wird Ihnen sagen, daß Kelada ein Fachmann ist. Ich weiß, wovon ich rede, und was ich über Perlen sage, das stimmt.«

Der eigentliche Kern seiner Worte war für uns alle eine Überraschung. Denn Mr. Kelada, so geschwätzig er war, hatte uns über seine Tätigkeit niemals genau aufgeklärt. Wir wußten lediglich, daß er in einer kaufmännischen Angelegenheit nach Japan unterwegs war. Jetzt kannten wir den Zweck seiner Reise.

Mr. Kelada mißdeutete unser Schweigen als respektvolles Erstaunen und blickte triumphierend um sich:

»Was soll das heißen, daß man echte Perlen nicht von falschen unterscheiden kann? Eine Zuchtperle, die ein Fachmann wie ich nicht sofort als solche erkennt, werden auch die Japaner nie zustande bringen.« Damit deutete er auf die Perlenkette an Mrs. Ramsays Hals. »Lassen Sie sich von mir sagen, Mrs. Ramsay, daß die Kette, die Sie da tragen, auch in Zukunft um keinen Cent weniger wert sein wird als heute, Zuchtperlen oder nicht.«

Mrs. Ramsay errötete ein wenig, und es entsprach durchaus ihrer gewohnten Bescheidenheit, daß sie die Kette unter ihr Kleid gleiten ließ.

Ramsay beugte sich vor und sah uns der Reihe nach mit einem sonderbaren Lächeln an:

»Eine hübsche Kette, nicht wahr?«

»Mir ist sie sofort aufgefallen«, gab Mr. Kelada zurück. »Das ist ja allerhand, habe ich mir sofort gesagt. Ganz große Klasse, diese Perlen.«

»Ich habe sie nicht selbst gekauft.« Ramsays Lächeln verstärkte sich. »Aber ich würde gerne von Ihnen erfahren, was diese Kette Ihrer Meinung nach wert ist?«

Mr. Kelada wiegte bedächtig den Kopf:

»Im Handel etwa fünfzehntausend Dollar. Bei einem der großen Juweliere der Fifth Avenue würde sie wahrscheinlich das Doppelte kosten.«

Jetzt wurde Ramsays Grinsen unverkennbar hämisch: »Es wird Sie vielleicht überraschen, daß Mrs. Ramsay diese Kette in einem New Yorker Warenhaus um achtzehn Dollar gekauft hat.«

Mr. Keladas Gesicht lief dunkelrot an: »Unsinn. Die Perlen sind nicht nur echt – sie gehören zu den schönsten, die ich in dieser Größe je gesehen habe.«

»Was wollen Sie wetten? Hundert Dollar, daß es falsche Perlen sind?«

»Einverstanden.«

»Ach, Elmer«, sagte Mrs. Ramsay lächelnd und mit einem leichten Tadel in ihrer angenehmen Stimme. »Du kannst doch nicht auf etwas wetten, was du ganz bestimmt weißt.«

»Warum kann ich das nicht? Warum soll ich mir eine solche Gelegenheit entgehen lassen? Da wäre ich ja ein Narr. So leicht verdiene ich hundert Dollar nie wieder.«

»Aber es gibt doch keinen Beweis«, sagte Mrs. Ramsay. »Es steht doch mein Wort gegen das von Mr. Kelada.«

»Beweis? Lassen Sie mich die Kette nur ansehen!« Mr. Keladas Selbstsicherheit kannte keine Grenzen. »Ich werde Ihnen auf den ersten Blick sagen, ob's eine Imitation ist oder nicht. Ich kann's mir leisten, hundert Dollar zu verlieren.«

»Nimm die Kette ab, Liebling. Mr. Kelada soll sie ansehen, solange er will.«

Zögernd betastete Mrs. Ramsay die Schließe. Dann ließ sie ihre Hände sinken:

»Ich kann sie nicht öffnen. Mr. Kelada wird mir aufs Wort glauben müssen.«

Mit einemmal hatte ich das Gefühl, daß sich hier ein Unheil anbahnte. Aber es fiel mir nichts ein, wodurch ich es hätte verhindern können.

Ramsay war aufgesprungen: »Schön, dann werde ich sie dir abnehmen.«

Und er überreichte Mr. Kelada die Kette.

Der Levantiner zog ein Vergrößerungsglas aus seiner Tasche und widmete sich der Untersuchung. Ein zufriedenes Lächeln erschien auf seinem fetten Gesicht. Er reichte die Kette zurück und wollte zu sprechen beginnen.

Plötzlich fiel sein Blick auf Mrs. Ramsay. Sie saß totenblaß da und schwankte, als ob sie im nächsten Augenblick ohnmächtig umsinken wollte. Ihre schreckhaft geweiteten Augen waren so flehend auf Mr. Kelada gerichtet, daß ich mich wunderte, wieso ihr Gatte von alledem nichts merkte.

Mr. Kelada hielt den Mund noch einige Sekunden offen, dann biß er sich auf die Lippen und senkte den Kopf.

»Ich habe mich geirrt«, sagte er mühsam. »Die Perlen sind eine sehr gute Imitation. Sehen aus wie echt. Aber durch mein Vergrößerungsglas habe ich natürlich sofort gemerkt, daß sie falsch sind. Mit achtzehn Dollar haben Sie für dieses verdammte Zeug mehr als genug bezahlt.«

Er zog seine Brieftasche hervor und hielt Ramsay eine Hundertdollarnote hin.

Ramsay steckte sie befriedigt ein:

»Das wird Sie vielleicht lehren, nicht immer so große Töne zu spucken, mein Freund«, sagte er.

Ich sah, daß Mr. Keladas Hand zitterte.

Der Vorfall machte die Runde auf dem Schiff, und Mr. Kelada mußte sich an diesem Abend eine Menge Neckereien gefallen lassen. Die Freude über den Denkzettel, den der Herr Besserwisser abbekommen hatte, war allgemein.

Mrs. Ramsay litt an Kopfschmerzen und blieb in ihrer Kabine.

Als ich am folgenden Morgen vor dem Spiegel stand und mich rasierte – Mr. Kelada lag noch im Bett –, hörte ich ein leises Raschelgeräusch an der Türe. Durch den Spalt wurde ein Brief geschoben. Ich hob ihn auf und überreichte ihn Mr. Kelada, dessen Name in Blockbuchstaben auf dem Umschlag stand.

»Für mich? Von wem?«

Er riß den Brief auf. »Oh!« machte er.

In dem Umschlag befand sich eine Hundertdollarnote. Sonst nichts. Mr. Kelada warf mir einen Blick zu, zerriß den Umschlag in kleine Stückchen und drückte sie mir in die Hand:

»Darf ich Sie bitten, das hier zur Luke hinauszuwerfen?«

Ich erfüllte seinen Wunsch.

»Niemand macht sich gern vor anderen Leuten zum Idioten«, sagte Mr. Kelada.

»Waren die Perlen echt?« fragte ich.

Mr. Kelada sah mich ein paar Sekunden lang reglos an:

»Nun, jedenfalls – wenn ich eine so hübsche kleine Frau hätte, würde ich sie nicht ein Jahr lang allein in New York lassen.«

In diesem Augenblick war mir Mr. Kelada nicht mehr so unsympathisch wie bisher.

Hinweis

Der Diogenes Verlag dankt den ›Executors of the Estate of the Late W. Somerset Maugham‹, London, der Literary Agency Mohrbooks, Zürich, und folgenden Verlagen für die Erteilung der Rechte:
- dem Diana Verlag, Zürich, für *Schein und Wirklichkeit* und *Das glückliche Paar* (aus dem Band *Schein und Wirklichkeit*);
- dem Rainer Wunderlich Verlag Hermann Leins, Tübingen, für *Die drei dicken Damen von Antibes, Aufgeklärt, Gigolo und Gigolette, Das Gurren der Turteltaube* und *So handelt ein Gentleman* (aus dem Band *Die Unvergleichliche*).

W. Somerset Maugham Werkausgabe in Diogenes Taschenbüchern

Gesammelte Erzählungen in zehn Bänden

aus dem Englischen von Felix Gasbarra, Marta Hackel, Ilse Krämer, Claudia und Wolfgang Mertz, Wulf Teichmann, Friedrich Torberg, Kurt Wagenseil, Mimi Zoff u. a.

Honolulu
Gesammelte Erzählungen I. detebe 125/1

Das glückliche Paar
Gesammelte Erzählungen II. detebe 125/2

Vor der Party
Gesammelte Erzählungen III. detebe 125/3

Die Macht der Umstände
Gesammelte Erzählungen IV. detebe 125/4

Lord Mountdrago
Gesammelte Erzählungen V. detebe 125/5

Fußspuren im Dschungel
Gesammelte Erzählungen VI. detebe 125/6

Ashenden oder Der britische Geheimagent
Gesammelte Erzählungen VII. detebe 125/7

Entlegene Welten
Gesammelte Erzählungen VIII. detebe 125/8

Winter-Kreuzfahrt
Gesammelte Erzählungen IX. detebe 125/9

Fata Morgana
Gesammelte Erzählungen X. detebe 125/10

Das gesammelte Romanwerk in bisher zehn Bänden

Rosie und die Künstler
Roman. Aus dem Englischen von Hans Kauders und Claudia Schmölders. detebe 35/5

Silbermond und Kupfermünze
Roman. Aus dem Englischen von Susanne Feigl. detebe 35/6

Auf Messers Schneide
Roman. Aus dem Englischen von N. O. Scarpi. detebe 35/7

Theater
Roman. Aus dem Englischen von Renate Seiller und Ute Haffmans. detebe 35/8

Damals und heute
Roman. Aus dem Englischen von Hans Flesch und Ann Mottier. detebe 35/9

Der Magier
Roman. Aus dem Englischen von Melanie Steinmetz und Ute Haffmans. detebe 35/10

Oben in der Villa
Roman. Aus dem Englischen von William G. Frank und Ann Mottier. detebe 35/11

Mrs. Craddock
Roman. Aus dem Englischen von Elisabeth Schnack. detebe 35/12

Der Menschen Hörigkeit
Roman. Aus dem Englischen von Mimi Zoff und Susanne Feigl. detebe 35/13–14

Als Diogenes Sonderband erschienen:
Meistererzählungen
Ausgewählt von Gerd Haffmans

D. H. Lawrence

Sämtliche Erzählungen
und Kurzromane in acht Einzelbänden

Aus dem Englischen von Martin Beheim-Schwarzbach, Georg Goyert, Marta Hackel, Karl Lerbs, Elisabeth Schnack und Gerda von Uslar.

Der preußische Offizier
Sämtliche Erzählungen I.
detebe 90/1

England, mein England
Sämtliche Erzählungen II.
detebe 90/2

Die Frau, die davonritt
Sämtliche Erzählungen III.
detebe 90/3

Der Mann, der Inseln liebte
Sämtliche Erzählungen IV.
detebe 90/4

Der Fremdenlegionär
Autobiographische Prosa.
Sämtliche Erzählungen V.
detebe 90/5

Der Fuchs
Der Marienkäfer – Die Hauptmannspuppe.
Sämtliche Kurzromane I.
detebe 90/6

Der Hengst St. Mawr
Sämtliche Kurzromane II.
detebe 90/7

Liebe im Heu
Das Mädchen und der Zigeuner – Der Mann, der gestorben war
Sämtliche Kurzromane III.
detebe 90/8

Außerdem liegen vor:

John Thomas & Lady Lane
Roman. Aus dem Englischen von Susanna Rademacher.
Die zweite und längste Fassung der ›Lady Chatterley‹.
Deutsche Erstausgabe. detebe 147

Pornographie und Obszönität
und andere Essays über Liebe, Sex und Emanzipation.
Aus dem Englischen von Elisabeth Schnack.
detebe 11

Carson McCullers Werkausgabe

Wunderkind
Erzählungen I. Deutsch von
Elisabeth Schnack. detebe 20/1

Madame Zilensky und der König von Finnland
Erzählungen II. Deutsch von
Elisabeth Schnack. detebe 20/2

Die Ballade vom traurigen Café
Novelle. Deutsch von
Elisabeth Schnack. detebe 20/3

Das Herz ist ein einsamer Jäger
Roman. Deutsch von
Susanna Rademacher. detebe 20/4

Spiegelbild im goldnen Auge
Roman. Deutsch von
Richard Moering. detebe 20/5

Frankie
Roman. Deutsch von
Richard Moering. detebe 20/6

Uhr ohne Zeiger
Roman. Deutsch von
Elisabeth Schnack. detebe 20/7

Über Carson McCullers
Essays, Erinnerungen und Notizen von und über
Carson McCullers. Herausgegeben von Gerd Haffmans.
detebe 20/8